U0600290

辽宁省全民读书节
2021

世纪芳华·辽宁颂

滕贞甫 主编

北方联合出版传媒（集团）股份有限公司
春风文艺出版社
·沈　阳·

图书在版编目（CIP）数据

世纪芳华·辽宁颂 / 滕贞甫主编 . — 沈阳 : 春风
文艺出版社 , 2021.3
ISBN 978-7-5313-5972-2

Ⅰ . ①世… Ⅱ . ①滕… Ⅲ . ①散文集—中国—当代
Ⅳ . ① I267

中国版本图书馆 CIP 数据核字（2021）第 057719 号

北方联合出版传媒（集团）股份有限公司
春风文艺出版社出版发行
http://www.chunfengwenyi.com
沈阳市和平区十一纬路 25 号　邮编：110003
辽宁新华印务有限公司印刷

责任编辑：张玉虹		责任校对：于文慧	
封面设计：Amber Design 琥珀视觉		版式设计：杨光玉	
幅面尺寸：155mm×230mm		字　　数：264 千字	
版　　次：2021 年 3 月第 1 版		印　　次：2021 年 3 月第 1 次	
书　　号：ISBN 978-7-5313-5972-2		印　　张：19	
定　　价：69.00 元			

版权专有　侵权必究　举报电话：024-23284391
如有质量问题，请拨打电话：024-23284384

目 录

001　前那木戈土　李青松

006　他把名字写在水上　李霄明

011　风归故乡　杨俊文

016　仰望党旗话初心　吴宝三

023　丁玲曾有过一个愿望　孟繁华

028　刘长春教授的塑像　俞胜

032　头　骨　于立极

038　父　亲　于冬梅

044　异　狱　万胜

048　五里河的呐喊之声　女真

053　沈阳天空的那颗星　马秋芬

058　守城者　王开

063　生命说话　王陆

067　河海润泽的北国水乡　王本道

073　致敬马家沟　车承金

078　遇见桥　孔庆武

083　草明和外八栋文化街五号的故事　田海蓝

089　黑黑的你　冯璇

094 怀念或者仰望　冯金彦

099 我和父亲比人生　师小童

102 辽河岸边是我家　曲子清

105 珍贵的回报　刘文艳

110 离我最近那颗星　刘兆林

117 对杨靖宇的愧疚与补偿　刘兴雨

123 上升起"绿月亮"　刘国强

128 岭上开遍映山红　闫耀明

133 日月光华　关捷

138 四十三年谱诗篇　安勇

143 以铭记的方式　孙成文

148 过去的一切还在前头　孙惠芬

153 白山黑水红星　羽瞳

157 朝霞映红农家院　李玲

162 心弦拨动　李铭

167 孙家寨莲语　李大葆

174 温暖的握手　李伶伶

179 喇嘛花村的年轻人　李轻松

184 响当当的共产党员　杨明

187 生长于"世纪"里　杨春风

192 又见肇新　初国卿

197 五姥爷的"入党"情结　陆兴志

204 父亲镜头中的共产党人　金方

209 从长夜到黎明　周明

215 永远的旗帜　周以纯

220 木兰山下有木兰　周艳丽

225　道　路　赵冬妮

230　等你，在芦花绽放的地方　赵晓林

233　家事百年　钟素艳

238　雪落成诗　津子围

243　于无声处听惊雷　贺颖

248　爱穿的城市　素素

253　一条大河　贾颖

257　我家三代人入党时的感言　郭宏文

262　故乡的桥　海东升

266　凤山凌水乌兰魂　萨仁图娅

272　画不上的句号　商国华

277　冰心玉壶　韩光

282　潮流里的幸福　蓝歌

286　宝和堂前的凭吊　翟营文

291　阳光照耀下的沃土　薛雪

295　我家有个大火盆　魏泽先

前那木戈土

李青松

我的出生地叫前那木戈土——是蒙古语，翻译成汉语是什么意思呢？我一直没有搞清楚——我只知道前那木戈土是辽西北科尔沁沙地南缘，一个如今连地图上都找不到的村庄——早年间，不知什么原因，前那木戈土的名字被宏丰取代了。

在我的记忆中，只有前那木戈土，没有宏丰。

从前的前那木戈土户户都是土坯房子。沙与人相伴相生，相依相存。母亲告诉我，我是在沙子里滚大的——儿时的摇篮里铺的东西，哪有什么尿不湿呀，是沙子。尿湿了，扔掉，再换干的。方便，卫生，没有异味，不起痱子，还省钱。饿了，就往嘴里填一把沙子，嚼一嚼，没什么味道，再吐出来。不哭，也不叫。沙乡的小嘎子（在故乡，大人把小孩子称作小嘎子）命贱，好养。沙地里有沙葱、酸不溜、麻黄草、沙拐枣……还有一丛丛的山里红。对大一点的小嘎子来说，到沙地里撵跳兔逮毛腿鸡是最有趣的事。

冬天里，灶口烧的主要是牛粪、秸秆和在沙坨子搂的干枯的蒿草。储备足够的燃料，是冬天来临之前，家家户户要做的一件重要事情。因为冬天的严寒需要大量的燃料才能克服。经过一个秋天，旷野里的牛粪都干透了，正好可以捡回家做燃料。干透了的牛粪是发白的，有股干草味儿，分量很轻，像北京街头煎饼摊上的脆饼。捡牛粪，是我小时候常干的活——先用木筐把牛粪集中到一起，攒成一个堆，再用牛车拉回去。每年秋天，当最后一车苞米棒子收回家之后，沙坨里就开始有隐隐约约的身影晃动了，那多半是捡牛粪的人。拉回家的干牛粪砌成垛，冬天就可以放心地猫在家里，守着牛粪火，享受温暖了。

牛圈里一摊一摊的新鲜牛粪也是不能扔掉的。新鲜牛粪，如果不及时捡出来，牛蹄子一踩踏就很容易成泥了，所以要在牛踩之前把它捡出来，做成粪饼贴在木杖上，稍硬实一点，就穿在一根一根木杆上，任日晒风吹，根本不用管它，只消一两周就干透了。用牛粪做燃料是故乡人的智慧。牛粪的燃烧很文静，不像木柴那样噼噼啪啪作响，火苗乱蹿，特别嚣张。但牛粪烧出的火并不软，通红通红的，少烟，炖菜煮饭香着呢。

沙地里，生长着许多老榆树。不成片，东一棵，西一棵，南一棵，北一棵。

那些榆树，有的是天然的，有的是早期三北防护林建设时栽种的。榆树，是沙地的乡土树种。远观，如枪如戟，直指苍穹。近看，那些老榆树的树皮灰褐色，树干粗糙纵裂，虬枝横斜，给人以忍辱负重的感觉。

在缺吃少穿的年代，榆钱儿可以用来充饥。

春天，榆树在长出叶子之前，就长出一串一串的榆钱儿了。那样子还真是有些像古代铜钱，一串一串的。歌谣云：正月过得快，二月来得早，三月让小嘎子吃个饱。在沙地长大的小嘎子，都有童年上树采榆钱儿的经历。像猴子一样，噌噌爬到树上去，一手抱着树干，一手撸榆钱儿。一边采，一边不忘往嘴里塞。新鲜的榆钱儿，甜丝丝、滑嫩嫩的，满口清香。只消一会儿，就采满满一兜子。稍不慎，或许还有从树上摔下来，摔得屁股生疼生疼的小意外。甚至，也有被枯枝划得狼狈不堪，划得龇牙咧嘴的情形发生。总之，那是有故事的童年。

通常把头脑不开窍、理解能力差的人，称为"榆木疙瘩"。事实上，榆木还真是个好东西。榆木木性坚韧，纹理通达清晰，线条流畅，硬度和强度适中，刨面光滑，花纹漂亮，是做家具的好材料。在前那木戈土，谁家姑娘出嫁，如果拥有一套榆木家具，那是很体面的一件事。

榆树皮是沙地人的爱物。在我的故乡，手擀面或者荞麦面饸饹里必掺榆树皮面，才有劲儿，筋道。

刚刚剥下的榆树皮除去外表那层老皮，剩下里面那层嫩皮晒干后放在碾子上碾压，碾成粉面后，用细罗反复筛，筛下的细面面，就是所要的东西了。一般情况下，五六斤榆树皮碾压后，筛出的细面面也不过一两斤。当然，根据法律规定，今天，榆树皮不能随便扒了。扒树皮是一种损害树木的违法行为，是要受到法律追究的。然而，榆树及榆钱儿和榆树皮毕竟给我的童年留下了温暖的记忆。

也许，11 岁之前，我对前那木戈土的认识，就是对乡村的认识。前那木戈土距镇（童年时，叫人民公社）所在地章古台并不很远，约 4 公里路吧，一条没头没尾的沙土路通往那里。

我常到章古台供销社买小人书，《雁翎队》《鸡毛信》《带响的弓箭》都是在那里买的。供销社的窗子是用木板子包着的，打开呢，就是"开板"了——正在营业。要是合上呢，就是"关板"了——打烊了或者正在盘点不对外营业。木板上常常落一层厚厚的沙子。木板的开合，除了告知是否营业外，还有 一个重要的作用，那就是抵挡风沙。有了这个木板包着的供销社，我的童年多了一些想头，也多了一些盼头。

然而，随着耕地的越种越薄，沙化也日甚一日地加剧了。有顺口溜为证：

其一，"种一坡，收一车，打一簸箕，煮一锅。"

其二，"一年刮两次风，一次刮半年。"

其三，"每人一天二两土，白天不够晚上补。"

终于有一天，村里人发现，当那些沙子一寸一寸逼近房檐和村头的那口水井的时候，现状是那么可怕了——沙子正在吞噬着我们的家园。

章古台，蒙古语，意思是长菖子的地方。菖子是什么呢？沙地上生长的一种植物，说白了就是猪特别爱吃的一种野菜，茎上结满带刺的果。不过，事情往往是悖谬的，章古台的闻名不是因为菖子，而是因为獐子松。

章古台沙地獐子松人工林是世界治沙史上的奇迹。

20 世纪 60 年代的某个早晨，人与自然的抗争开始了。同从大兴安岭引来的獐子松种子一样，治沙科研试验站在章古台扎下了根。经过几代人的努力，脆弱的沙地上硬是长出了大片大片的獐子松人工林，有十万余亩呢。在科尔沁沙地的南缘，从此筑起了一道闻名世界的绿色屏障。许多大人物来这里参观考察。有黑皮肤的，也有白皮肤的；有蓝眼睛的，也有黄眼睛的。

治沙种树，故乡人从未歇手。

一茬一茬的人老了，一棵一棵的树大了。针阔叶交错，乔灌草结合，森林生态系统一日日形成了，生物多样性也开始显现。野鸡野兔多了，狍子野猪猞猁多了，一些历史上从未露过面的珍稀野生动物也开始出没于森林中了。

沙地在静悄悄地改变着模样。当然，故乡人的思维、观念以及生产方式、生活方式也在静悄悄改变着。生态好了，一切都跟着好起来了——土坯房子彻底不见了，家家住进了窗明几净的砖瓦房。很多家庭还买了轿车。

忽然，我又想起那个货架上摆着许多小人书的章古台供销社，窗子还用木板包着吗？即便包着，想必木板上也不会落太多的沙子了吧?

　　我想，当故乡人皆已过上殷实、快乐、满足和幸福的小康生活的时候，前那木戈土到底是什么意思，也许已经不重要了。

他把名字写在水上

李霄明

父亲舒群留在我记忆中的印象，始终是一扇高大而紧关的门，威严多于安全。

记得当时我们全家还住在辽宁本溪。父亲 1955 年在中国作家协会被打成"反党分子"后，从北京下放到这里的。那时在本溪市委工作的一位领导是他在延安时期的老战友。老战友在生活和工作上都给予父亲超出友情的关照。虽然父亲受到了行政降五级和开除党籍的处分，但住房还是享有与当地市级领导一样的待遇。记得那是一座日式的二层小楼，院子很大，有前后两院。每到夏天，我们全家晚饭后都会在葡萄架下乘凉，享用父亲的劳动成果——吃葡萄。虽然政治上受到无情的打击，但生活中有朋友的厚爱和家庭的温暖，这多少对父亲起到了抚平伤痛的作用。

1966 年夏天，我刚刚上小学，一天中午放学回家，快到家门口的时候，我看到的景象，让我一生难忘。我家被数百人围得水泄不通，男声女声的叫喊声震耳欲聋。我挤过人群，从门的缝隙中看到父亲孤零零地站在院子中央的一把椅子上，母亲站在他的身旁。父亲脖子上挂着一块牌子，头上戴着用报纸糊的高帽，就在那一刹，我看到了侧影中父亲那高高仰起的头。这瞬间记忆的烙印，清晰并永久地留在了我的脑海中，无论日后我碰到什么样的痛苦和困难，我都会想起那天看到的父亲。

可以说，我对父亲的关注和了解就源自那一刻。再往后，特别是我参加工作后，才对他有更多的了解。知道了他出生在黑龙江阿城的一个满族家庭。我的曾祖父带着祖父一家在辛亥革命后，离开了山东青州清廷部队，用了三个多月的时间，从山东徒步走回他们的祖籍阿城。由于当时的民族矛盾，曾祖父一家隐姓埋名（至今我都不知道我们家族的老姓），全家靠祖父卖苦力养家糊口。父亲是曾祖父一家回到哈尔滨第二年出生的，又是男孩儿（父亲有三个姐姐），这对当时他们全家，不能不说是黑暗中见荧光，苦难中见灯塔的大事情。父亲是他们全家人的全部希望。就是因为这个原因，日后父亲备受祖父母的宠爱。由于满族人的文化传统，祖父一生酷爱武术和民间故事。虽然当时生活艰难，全家人的生存担子压在祖父一个人身上，但祖父一有闲暇就给父亲讲一些民间传说和故事。可以说，父亲的人生观和文学兴趣是祖父对他影响最大。

另一位对他的文学创作和人生观形成并产生重要影响的是他在哈尔滨中东铁路苏联子弟第十一中学读书时的班主任——苏联进步女教师周云谢克列娃。晚年父亲对我说过，最初对文学的喜爱是受他父亲的影响，包括做一个正直的人。革命文学和革命人生观是受到苏联女教师周云谢克列娃的影响。在苏联子弟中学期间的一位朝鲜族同学果里成了他日后的代表作，也是他的第一部小说《没有祖国的孩子》的主人公。在苏联子弟中学的经历，是父亲人生中的一个重要阶段，是改变他人生命运的分水岭。后来，他以女教师周云谢克列娃为原型，创作了小说《我的女教师》，以示怀念和感谢。

1934年，父亲在哈尔滨因参加一次"第三国际"的特殊任务而暴露身份，使他不得不离开哈尔滨，因为上级的指示，走得紧急，没能和父母家人告别，而令他悔恨不已，这次离去令他始料未及的是，这一别是他和祖父的终别。他从哈尔滨坐火车到大连再乘船，到了他母校（青岛海军学院）所在地青岛。几个月后他被捕，关押在青岛的"德式监狱"，在拘押期间，父亲完成了《没有祖国的孩子》初稿。这部作品1936年在上海《文学》杂志发表，发表后，《没有祖国的孩子》被称为"五四"后优秀文学作品之一，"国防文学"的代表作品。二十世纪三四十年代是父亲创作的黄金时期，也是他革命生涯最重要的阶段。1935—1940年，五年不到的时间，他先后在上海、武汉、青岛、广东、香港等地出版了六部中短篇小说集及散文、诗歌、报告文学、剧本等不同类别的作品，在当时产生了广泛的社会影响，作品被翻译成俄、日、英、法等多种文字。1940—1945年父亲到延安，不满30岁的父亲先后担任《解放日报》副刊主编、"鲁艺"文学系主任等重要职务，这突显了他在当时的成就和影响。最为重要的是他协助毛泽东主席调研、筹备延安文艺座谈会及出席会议人员名单的拟定、会议的后续宣传工作。今天看来，这是多么重要的工作。可以说这段时间是他政治生命的顶峰时期。1945年，抗战胜利，中央派他组建以延安"鲁艺"文学系、音乐系、美术系为骨干的"东北文艺工作团"，率团赴东北接管组建一些重要文教单位和部门。父亲领导接收并创建了新中国第一个电影制片厂——东北电影制片厂，同年出任中共中央东北局宣传部文委主任、机关党委副书记，东北大学副校长、东北文联副主席。

1950年，父亲以作家的身份赴朝鲜前线，在39军116师师部工作，写了大量的通讯、报告文学、散文等体裁的作品，如《天上地下》《前线女护士王颖》《欢迎你们来》。1951年秋，因身体原因回国，1953年奉调到京，任中国文联副秘书长、中国作协秘书长。这期间除了日常工作外，大部时间去鞍钢体验生活，准备写他的第一部长篇小说《这一代人》。这部作品从构思到创作出版用了4年多。《这一代人》是新中国第一部反映我国工业战线在新中国成立初期的艰苦奋斗和发展历程的作品，讴歌了社会主义新一代建设者的爱国主义和理想主义精神。但遗憾的是，这部曾被列为新中国成立 10 周年献礼推出的优秀作品，却因作者的政治沉浮而被深埋，从客观现实的角度看，无论对作者本人还是文学本身，都不能不说是一个巨大的遗憾和损失。

1955 年，父亲在中国作家协会被打成"舒、罗、白反党集团"，下放到辽宁本溪市。在本溪的二十几年中，他经历了"反右""四清""文化大革命"等与自身密切相关的重大历史事件。在这些运动中，父亲无论在精神上还是在肉体上都受到了非人的屈辱。但父亲始终不改少年时确定的理想追求。在"文化大革命"中，全家被下放到离朝鲜边境不足 50 公里的农村时，他也心静如水，乐观地看待生活的艰苦和不公。在农村劳动改造的五年中，他完成了《中国话本书目》近 20 万字的初稿（该书 2012 年出版）。那时父亲常常挂在嘴边上的话是"谁也打不倒你，只有你自己才能打倒你自己"。我那时候年龄小，还不能理解这句话的含义，但是这句话深深地印在了我的记忆中，对我后来做人做事，都产生了深远的影响。

1979 年春天，22 年的噩梦终于过去，父亲被落实政策得以平反，全家返回北京，唯一缺憾的是大哥因已工作，留在了本溪。后来每每说起这件事情，父亲母亲都会岔过去。母亲说过，1957 年离开北京时是带着大哥去的本溪，如今回来却把他一人留在了那里……在回到北京后的十年中，写作是父亲生活的全部内容。他从不参加社会活动，唯一参加的就是老作家支部的民主生活会。让父亲最感欣慰的是，过去了那么多年，无论发生什么情况，他都没有中断写作，拿起笔来还能写小说，这也让他常常与友人说起便引以为傲。父亲常说，一个号称作家的人怎么能不写作呢？写作是作家一生的事业，也需要才情，坚持一辈子也未必做到一个好作家，能传世的作品少之又少哇，所以说当作家不是一件容易的工作，现在作家那么多，有几个是真正写作的？写了几篇东西，就能吃一辈子作家饭。名气都很大，但你不知道他写了什么作品……当时有领导想请父亲复出，担当一些与文化或文艺相关的领导工作，他都以写作的理由谢绝了。唯一破例的是丁玲请他一起编《中国》杂志，他表示同意。《中国》创刊时，我也在另一家杂志做了文学编辑，我现在还清晰记得父亲对我说的，编辑就是编辑，好编辑是要会发现有潜质的作家，培养新人。当编辑能创作更好，不创作也不能说人家不好，毕竟编辑与作家是两个工种……1985年以后，父亲以极大的热情回到《毛泽东的故事》的创作上去了，再也没做其他事情。《毛泽东的故事》的创作想法，是父亲1958年下放到本溪后开始的，并写出了几十篇，可惜的是"文革"抄家时被损毁。创作《毛泽东的故事》几十年来，父亲说过，要用艺术手法来展现毛泽东真实的形象，还原一个伟人的真实。令父亲和我们全家欣慰的是，他在最后的生命中，达到了心中的目标——《毛泽东的故事》《中国话本书目》及几十篇反映现实社会生活的中短篇小说。

32年的离别之痛，每每想起，想起祖辈艰辛跋涉在回家之路，想起命运无常却无悔，想起岁月寒风吹变父母亲青春的面庞，想起那代人……他们内心都是简单的、单纯的、纯洁的。他们把理想放在生命之上，经过风雨的洗礼，最终回到了起点，回到了内心的平静、真诚、无私的本质。这就是父母和那一代人的幸福吧。正像诗人济慈的墓志铭——这里躺着一个人，他把名字写在水上。

风归故乡

杨俊文

人类与风相识之前，风已经有了亿万年的资历，只是人类最初无法认知它的心思，不知道它无常的面孔和乍隐乍现的身影，究竟想要给人类带来什么。

无论人类的脚步行进在时光的哪个区间，风依然亘古不变地吹着，时而温顺，时而暴虐，时而炽热，时而凛冽。"北风其凉，雨雪其雱。惠而好我，携手同行"。早在《诗经》里，便可看到人逃离寒风时的惶恐。而"春风如贵客，一到便繁华"，不过是风给人的一时恩惠。古往今来，那些消逝的情景，不得不使人相信：一场狂飙，能让华丽的建筑转眼成为废墟，满山的林木连根拔起，即将成熟的庄稼一片狼藉，船只被风掀起的冲天巨浪卷入海底，还有森林大火，如果没有风助火势、火借风威，燃烧得绝不会那么猛烈无情。

渐渐地，人类面对风，便由初始的惧怕和屈服，不得不转入对抗式的防御。于是，建筑物开始变得坚实，田野里有了防风林带，海岸上筑起了防风堤坝……

早年间，风的变化多端，之于日夜守望大海的人，如同飘忽不定的幽灵，神秘、诡异而令人心神不安。它从哪里来？要到哪里去？它要以怎样的速度行走？在缺乏科学预报的年代，锦州湾的渔民可以发现浪底的游鱼，却不易猜透风给出的这道谜题，他们出海前的心境，也如大海一样的渺然。

无数个黎明，锦州湾的渔民手搭凉棚，眺望苍茫的大海，揣摩着风的情绪。他们脸上深褐色的皱褶，覆满了风的足迹，眼睛一直望着远方，望着天上的云，以及在雾气中朦胧的海平线。也许没有谁会比他们更会观天象，几只海鸥的叫声和海燕飞行的姿态，还有云朵飘动的方向，在他们看来，都在为某种天象做出解释，并给出对风、对雨、对浪的答案。

此时的风，便是他们命运的主宰。生活里的苦辣酸甜，似乎都系于风中，所以一举一动，都要看风的脸色。像是有一把开启大海之门的钥匙，牢牢地握在风的手上，而风的心情如何，便会决定渔民的欢乐、烦忧或愤怒。当渔船在曙光中驶离港湾，又在夜幕下平安返回岸边，他们把一篓篓海货抬出船舱，家人在岸上喜笑相迎，那将是一天的完美，随后便是感谢风的一份美意。

每年从春至秋，来到锦州湾的风，无论是从山东半岛缓缓北上，还是从华北平原漫步而来，都要先入渤海。这片近似封闭的海域，少有巨浪和岛屿，为风的行走铺展着平坦的跑道。当风行走到这里，顿时就会眼界大开，心情不再是原有的淡定，而是突然就变得欣喜若狂。它们像是顽皮的孩子，在海上忘情地奔跑着、歌唱着，自由欢畅，健步如飞。

谁也说不清楚，风到底历经了多少年的踏访，才会和海浪一起，在渤海的底角，把锦州湾的海岸击打成一把小小的弯弓。当然也不会知道，在光阴流转到哪一年，坐落在锦州湾的笔架山岛，才有了状如笔架的模样，那个担笔的凹处，是不是风最喜欢行走的路线？岛屿与陆地的连接，当然是海。然而，在笔架山岛北侧，在岛礁与海岸之间的海面上，竟然还有一座被誉为千古奇观的"天桥"。每次在"天桥"上行走，我的身体都有些摇晃，心却不知向谁询问：海水涌到这里，怎么会莫名其妙地分手，转瞬之间，却又那么顾盼不舍，彼此非要再次相拥一起？

此时，从西南吹来的海风猛然掀起我的衣襟，我朝风吹来的方向望去，发现笔架山岛斜卧的角度与风的方向毫无二致，而两侧岩壁的奇峭如劈，清晰地裸露着风的印痕。于是，一个大胆的想象突然浮现在脑海：也许就是风，以千百万年不变的毅力，把岛上坚硬的山体，切削成了细小的沙石，吹送到岛的脚下。然后，每当海潮涨起，"天桥"便受两面潮水的夹击，渐渐隐没；每当潮水退去，一条蜿蜒的路，便清晰地从海里露出，使海面一分为二。这条1600多米长的天桥，正是风与潮汐一次绝佳的合作，成为它们留给锦州湾最杰出的作品吧。

无论船上的帆是如何借助风力，使海上的运输和捕捞节省了多少燃料，风依然还是人们放心不下的浪子。更多的时候，锦州人对它的憎恶远远胜于对它一时的好感。

如同耕夫祈求风调雨顺，渔民祷告的则是风平浪静。在笔架山岛上，在很久以前建造的龙王庙里，缭绕的香火弥漫着人们热切的企盼。似乎"龙王"的力量还显薄弱，在渔村的仙堂内，便多了一尊"风神"的塑像，案上摆满了同样丰厚的供品。

而风呢，依然我行我素，丝毫不理睬人们对它虔诚的期许。锦州湾的海浪一如昨日，与风一起呼啸着，向着灯火阑珊的海岸拍打。当北冰洋的冷空气涡旋掠过贝加尔湖，翻越蒙古高原，穿过松岭山脉与阴山余脉形成的"喇叭口"，一种叫作"伯努利"的效应，使风忽地变得烈性十足，天地骤然寒冷起来，人们对风又加重了几分不满。

人与风的抗争，似乎也走不出物极必反的逻辑怪圈，终于有一天，在岁月的一个拐点，不知是人先看清了风的秉性，还是风早已悟透了人的心思，就在人对风余恨未消的时候，风突然改变了肆意妄为的行径，开始乖乖地顺应了人的愿望。

风上岸之后，吹动着风电的叶轮不停地旋转，灯火开始闪耀在所有渔村的夜晚。人们看到，往常在日里夜里狂奔乱跑的风，第一次在这方土地上，把阴暗转化为光明。也就是从这天起，人们从内心里开始亲近它，并对往日的诅咒生出些许的愧疚。

好风也知时节。每年6月至9月，全国沿海大部分地区的风，要么疲惫得睡意沉沉，纹丝不动；要么暴躁得横冲直撞，不可一世。无风或台风，都让所有的海上运动者十分沮丧。宛如风的一处乐园，锦州湾海域却让风迷恋得忘记了歇息，依然迈着既不疯狂也不迟慢的脚步，贪婪地在海上玩耍不停。

对锦州湾的风惊叹不已的，最初是来自法国的四位航海家。在领略了世界上无数处大海的风浪之后，他们根据对监测信息的搜索，发现锦州湾的海域更适宜风帆运动。而当在这片海域扬起风帆，穿行海上，他们又惊奇地看到，正是风、潮、涌、浪、流这些不可或缺的海上元素，使这片海的表情呈现得无比丰富，正因为风如此强悍并具有韧性，被风卷起的浪，才会从不同方向，不时地簇拥一起，变化出不可计数的奇妙、险绝的形态。于是，就像哥伦布发现了新大陆，他们终于发现了一处风的迷人宿地，并庆幸能与世界上如此美妙的风牵手一回。

其实，最大的受益者叫王启光，他是地地道道的锦州人，而且是锦州湾航海俱乐部的创始人，在体验过白令海峡、英吉利海峡、马六甲海峡、琼州和台湾海峡的航行之后，便一口咬定，锦州湾的风，自己家乡的风，最能让风帆的驾驭者找到穿行海上的灵感。

就这样，一个关于风的话题，引起了当地政府从未有过的关注。犹如推介本地特产，锦州湾的风被推介到国内和国际风帆运动的论坛。于是，那些海上重要赛事——Hobie16帆船国际邀请赛、中国首届家庭帆船赛——锦州站、首届全国冰上帆船公开赛、2019全国帆船锦标赛（470级）、2019全国帆板锦标赛（RS:X级）——逐风而来，接踵而至，曾经寂寂无闻的锦州湾海域，从此变成了海上运动的殿堂。

风不知道发生了什么，仍一如既往地在锦州湾奔跑。锦州人却是知道的，而且亲眼看见正在进行帆板竞技的海域，有彩色的帆影在风中飞快地穿梭变幻，像是写在海上的一首抒情诗。那些以前并不熟悉的动作——控板、换舷、收帆、摇帆、绕标、冲浪、滑浪、破浪……令人目不暇接，如万花筒般接连展现，好像就是要对每个诗句做完整的表达。

毕焜——一个被风托起的名字，他是 2018 雅加达亚运会的帆板冠军，他的故乡就在锦州湾的岸边，从小就喜欢大海的他，常常不惧风浪，在海里游泳。长大之后，更是在家乡的海湾迎风弄潮，并成了一名优秀的帆板运动员。在他上台领取奖牌的那一刻，我忽然想起了笔架山岛，他那异常健硕的身躯，满身棱角分明的肌肉骨骼，不也是风与浪携手完成的一尊雕塑吗？而他弯下身来深深鞠躬，不就是在致敬锦州湾的风，致敬锦州湾的海吗？

太阳升起，晴空万里，又是一个难得的好天气。然而，此刻的锦州湾海面看似波澜不惊，如果有一队风帆翩然驶入，就知道早有好风藏在浪花深处。

仰望党旗话初心

吴宝三

在北大入党

1970 年我在北京上大学。是年 12 月，为了响应毛主席发出的"要准备打仗""备战、备荒、为人民"的号召，北京大学组织全校师生千里拉练。

像当年野战部队一样，我们背上行李、脸盆和牙具，踏上了征程。拉练的路线是，沿着昌平、顺义、密云、平谷、延庆，绕北京走一圈，再回到学校。时值隆冬，正是北京一年中最寒冷的季节，而同学们的情绪十分昂扬，一路高歌，一路豪情。"毛主席的战士最听党的话，哪里需要到哪里去，哪里艰苦哪儿安家，祖国要我守边卡，扛起枪杆我就走，打起背包就出发……"

我们每到一个地方，住在当地老乡的家里，白天和社员一起下地修"大寨田"，干农活，晚上以班为单位，组织学习毛主席著作，或分为几个小组访贫问苦。

行军每到一个地方安营扎寨，拉练总部的供给车把粮食送到各个连队，连队分到各班，各班再分头在老乡家起火。记得那次在延庆县花盆公社一个生产大队宿营，住在一户老贫农家，让我意想不到的是，京郊地区还有这般贫困人家——家徒四壁，一铺土炕上，只有两条破旧棉被，炕前屋地上，堆放着几袋粗粮、地瓜。然而，老两口乐乐呵呵，把我们当成自家的孩子，看成人民子弟兵，把炕烧得热热乎乎。几天来，给我们烧水洗脚，给病号煮鸡蛋，见我们上顿下顿吃苞米面，说什么也要给我们包一顿饺子吃。盛情实在难却。饺子虽是清一色大白菜馅儿，无油无肉无佐料，却好吃得难以形容。我敢说天南地北吃过各种各样饺子，没有一种可以与之相比。后来得知，这是老两口子半年来攒下的鸡蛋和几斤白面。

当晚，我饱含激情写了一首诗《老房东》，登在油印战报上，得到老师和同学们的好评，后来又刊登在《新北大》校刊上。几十年后，我曾约几位同学旧地重游，专程去看望我诗中所写的给我们包饺子的这家房东。

塞外寒风刺骨，滴水成冰。燕山雪花大如席。拉练队伍进入了最艰苦的阶段，特别是一些女同学，有点跟不上连队前进的步伐了。每天行军，我抢着为体弱的同学背行李，背诵毛主席语录，相互鼓励。不知是哪个同学动议，行军路上，同学们你一句我一句背诵起毛主席诗词。拉练这段日子，可谓弥足珍贵，毛主席的37首诗词，我们不能说首首能横流倒背，但可以说，每一首诗皆朗朗上口。

千里拉练路上，我学会了做饭，最拿手的是贴苞米面大饼子，同学们常常为我点赞。他们未必知道，这门手艺，是我中学时代下乡秋收学会的，如今派上了用场，有了用武之地。

拉练中，最难忘的一件事是忆苦思甜教育。那天傍晚，大家在一起吃忆苦饭，吃的是谷糠做的窝头。我吃过苞米糠，以为谷糠和苞米糠相差无几，难吃不到哪去，可只吃了一口，方知想得大相径庭，苦涩不说，难咽无比，几次咽下又呕吐出来。同学们的痛苦表情雷同，都想找个地方吐出去。我不能在关键时刻掉链子，闭上眼睛带头吞了下去，两眼里却呛出了泪水。

一个月的拉练生活结束了，我们回到学校的第三天，迎来1971年的春节。我被连里评为"五好战士"，立功喜报寄到小兴安岭深处我所在的家乡。这年春节过后，我入了党，亦是巧合，批准之日，正是美国总统尼克松访华到达北京，因而这一天记得格外确切。

和中国女排相处的日子

在辽西工作15年，是我文学创作的爆发期。20世纪80年代，我由辽宁作协推荐加入了中国作协。而最令我自豪的，莫过于接待以邓若曾为主教练、郎平为队长的中国女排。

这年8月，取得"三连冠"辉煌战绩的中国女排，应邀来到位于渤海之滨的辽西兴城集训，在林业疗养院食宿，在空军疗养院体育馆训练，备战是年在日本举行的第四届世界杯赛。

女排队员是乘火车到达兴城的。我是"林疗"党委书记，和县委、县政府领导人前往迎接。在车站站台上，女排队员一个个英姿勃发，一张张面孔是那么熟悉！握手的时候，我才感到，在这些高大的球员面前，我们这些接站的人真的成了侏儒。这些叱咤风云的名人，不讲究官场礼节，主教练邓若曾站在女排队伍之中，若不是国家体委的领导介绍，我还以为是陪练员呢！这位主教练身高两米，气宇轩昂，相貌堂堂，当年国家男排的主攻手，极为平易近人，笑起来很灿烂。

女排住在兴城林业疗养院第一疗区，为迎接天之骄子，每个房间都增添了一台彩电。队员在这里吃住都十分满意，特别是对早点赞不绝口，不管是南方人还是北方人，都能吃到家乡的饭菜。大家最不感兴趣的，就是吃黄油，不愿吃也得吃，这是规定，必不可少；最感兴趣的是青苞米，附近农民把烀熟的苞米往大门口一摆，姑娘们蜂拥而上，一个人一穗，吃得津津有味。一次队长郎平赶上了，买了一穗，刚吃几口，就被邓指导发现制止了，后来经过大家"请愿"，获准只准吃这一穗，下不为例。郎平不好意思地笑了，笑得像一个天真烂漫的小女孩。

那天，我一个人来到院长办公室，门锁着，一打听，得知院长正在第一疗区抢救病人，就径直奔向那里。疗区内外气氛紧张，医护人员神情严峻。我悄声问值班室的护士，是抢救疗养员吗？护士看了我一眼，低声道，是女排队员梁艳腹泻不止，大夫护士吓坏了，准备转院去北京。如果真出点事，这个责任谁敢负？这不，把院长找来了。啊！我不由得吃了一惊，这可是国宝哇！

我赶忙进了观察室，只见院长和几个大夫会诊，我站在他们身后悄悄地听。院长说，病人是输液反应，没有转院的必要，说完，下了医嘱。我赞同院长的意见。院长亲手为梁艳扎针点滴，待梁艳平静下来，微微入睡之后，大家才长长地舒了一口气。

在兴城训练期间，女排前主教练、国家体委副主任袁伟民两次莅临并观看了训练。袁伟民言语不多，习惯动作是两只胳膊交叉抱在胸前，两眼炯炯有神，不断沉思。每天早晨，他低着头，在楼门前的方块水泥路上走来走去，一走就是两个小时，喊他吃饭，他常常听不见。他在想什么呢？谁也不能去打扰他。大赛之前，他的心中是不平静的，面对古巴、苏联等劲旅，中国女排想再次夺魁，争夺会是十分艰苦、激烈的，前进的路上充满了坎坷和荆棘。

金秋十月，女排在兴城完成训练任务，拟于 11 月 5 日从北京飞抵日本参赛。离别前夕，邓若曾教练一个人来到疗养院领导办公室，把一只有女排队员签名的排球赠给院方。邓教练说："我们也没有什么东西可赠，这是一只旧排球，当个纪念吧！"同时，向在座的院工作人员每人赠送一枚印有扣球图案的纪念章。

女排第四次获得世界冠军，我应邀同兴城代表有幸参加了在北京人民大会堂举行的"国家女排、体操、围棋庆功茶话会"，在京期间受到了女排的热情接待。

我们在北京体育馆路五号运动员食堂就餐，被破例安排到唯一的小单间里，这个单间只有一张小方桌。一位50岁左右的老师傅笑容可掬地说："小邓（指邓若曾）说了，你们千万不要见外，一定要吃饱。"第二天，食堂管理员来了，他抱歉地说："听说你们来了，昨天没赶回来。女排姑娘常说起兴城，她们对那里印象好极了！"这二位一日陪三餐，让饭夹菜，热心服务。我们到北京的当天上午，女排全体队员在训练局同兴城的几位代表见面，每个队员和代表一一握手，一再表示欢迎。邓教练请大家观看了第四届世界杯赛夺回的奖杯，还观看了历届比赛荣获的奖品。送点什么纪念品好呢？想来想去，队长郎平拿出三张在奥运会夺冠后举着金杯站在领奖台上集体合影的大幅彩照，每位队员挥笔在照片的背面签上她们的名字，然后送给了我们三位代表。这幅照片弥足珍贵，收入我出版的著作中，有女排诸教练和全体队员签名的笔记本亦一直珍藏着。

从日本比赛归来，最忙的就是邓教练。代表到达北京时，他安排副教练接站，并陪同参观体育馆各训练场地，就是这样，他还抽空和训练局副局长张一沛一起到驻地看望了我们。当天晚上，邓教练推掉了所有的活动，坚持到车站为代表送行。我们分乘两台轿车前往北京站。火车快开了，只见邓教练拎着一竹篓家乡产的香蕉、橘子，汗流满面地走进站台。原来，他上车后拐回家取的水果，到车站挤了半天买不上站台票，亏得一位服务员认出了他，从贵宾室把他送进站台。离火车开动还有五分钟，邓教练坚持把我们送上卧铺车厢。他说："实在抱歉，照顾不周。这点水果在路上吃。"他依依不舍同我们一一握手言别，动了真情，泪花在眼里闪动："我从心里感谢兴城和疗养院对女排的支持和帮助，请转达我的谢意和祝福！"

30多年过去了，每当忆起往事我都心潮澎湃："想当年，金戈铁马，气吞万里如虎。"如今的女排，又由当年的队长郎平执教，征战南北，东挡西杀，烽烟不熄……她们一次次登上世界女排的峰巅，一次次捧起世界大赛的奖杯。

女排精神，民族精神，无时无刻不激励国人不忘初心，在一切领域勇攀高峰。

不用扬鞭自奋蹄

年近花甲之年，我与曹锋合作，为100位新中国成立以来感动中国人物之一马永顺撰写了《马永顺传》。此书先后荣获黑龙江省首届文艺精品工程奖二等奖，2002年《人民文学》优秀报告文学奖。

2005年，我从省作协解甲归田。退休后的第二年我便重新披挂上阵，担任了单位的关工委常务副主任。2008年，汶川发生特大地震，我主动请缨，报名去震区采访，奈何限于年龄和身体状况，未能成行，只是两次通过省作协向灾区捐款。是年5月，我和省里著名作家、艺术家发起"情系巴蜀，爱心助老"抗震救灾义拍义卖活动，我现场签名售书2000余元，捐给灾区，省老龄委等五单位隆重颁发了捐赠证书。此间，我主编《北方名家》文学期刊，邀请省内外的作家、诗人发表文章或诗歌，向灾区人民传递爱心。翌年，党支部改选，我当选为省作协老干部党支部书记。选举之后，我和自己开玩笑道，按上级的要求，我们党支部实现了干部年轻化，80多岁的老书记退了，一个还不到70岁的青年人接了班。新官上任三把火，我组织老作家一起深入生活，到林区、垦区采风，亦谓老有所为，老有所乐。我的散文《龟蛇静卧锁六峰》，刊发在《天津文学》2019年12月号《歌唱祖国·纪念新中国成立70周年》专栏头题。《黑龙江日报》刊发的散文《鸳鸯回眸鹊桥间》，在"我和我的祖国"主题征文中获奖。我的抒情长诗《一棵阔叶树的自述》，以"大我"的情怀，洞见初心，使命昭然，彰显了充沛的家国情怀。专业播音员在黑土乡情平台朗诵了这首诗，引起社会广泛关注。

抗疫期间，通过微信或短信，我同老作家们相互勉励，创作了多篇旨在"强信心、暖人心、聚民心"的诗歌或散文作品。我的诗歌《心里默默唱支歌》荣获省委宣传部、省广电局、省作协等单位联合举办的抗击疫情征文奖。

　　我毕业于北京大学，深爱我的母校，那是我入党的地方。50年过去，弹指一挥间。心系未名湖，情系未名湖，校园的一砖一瓦、一草一木，无时无刻不唤起我对母校的思念。她一回回走进我的梦境，我——一只北疆的飞雁，常常回到书声琅琅的湖边，栖息在她那温暖的臂弯里。我创作的许多文学作品，就是这样从梦中流出我的笔端。百年校庆，北大出版社出版了我的散文集《未名湖岁月》；2020年，中国文史出版社出版了中国专业作家作品典藏文库吴宝三卷·《在北大上学的日子》。

　　我是一个党员作家，当不忘初心、牢记使命。"老牛自知夕阳短，不用扬鞭自奋蹄"。中国共产党百年华诞，呈上一份未及格的答卷，我以为。

丁玲曾有过一个愿望

孟繁华

在资料上我看到丁玲的一幅照片。照片的说明是：1949 年 1 月 9
日，中国妇女代表团从东欧回到哈尔滨。随后丁玲抵达沈阳，住进东
北鲁迅文艺学院，准备长住东北，从事写作。照片上的丁玲，手捧鲜
花神采飞扬，穿着一件俭朴的西装，背景是一家欧式风格的建筑。那
时的丁玲只有 45 岁，年富力强。她是从延安走来的革命作家，革命即
将取得彻底的胜利。可以想象，那时丁玲内心该是何等的舒畅。这则
资料表明丁玲和东北、和辽宁、和沈阳的关系。此前我并不了解丁玲
和沈阳有关，更不了解丁玲曾"准备长住东北，从事写作"。这应该是
丁玲曾经的打算或者一个愿望，这个愿望在后来的日子里仍有所反映：
1963 年 10 月，中宣部通知中国作协、文化部调丁玲和陈明回北京搞创
作。在等待调令期间，丁玲、陈明先后参观了几个国营农场，他们被
北大荒火热的生活深深吸引，产生了继续留在北大荒的想法，于是写
了申请暂缓调动的报告，得到了批准。又有资料说，"1949 年 6 月 8 日
丁玲从沈阳调到北京后"，暂住在北京东总部 22 号中国作协第一处办
公大院，与萧三、沙可夫为邻。"从沈阳调到北京"，说明丁玲在沈阳
工作过，而不是路过、访问或短暂停留。但丁玲在沈阳哪个部门工作，
任什么职务，都语焉不详。我对丁玲有一个长住东北从事创作的愿望，

以及丁玲是否在沈阳工作过深感兴趣，是源自对丁玲进一步了解的兴趣和崇敬的心情。

2020 年 12 月 9 日，我去湖南常德领"丁玲文学奖"。10 日上午，主办方安排参观丁玲故居。于是，一行几十人乘车前往临澧县。12 月的常德还没有冬天的迹象，起伏的丘陵绿树葱茏。过了临澧县城，还要走很长一段山路，路很窄，两边村落杂错，有丛生的杂草或闲置的荒地，很是寂寥的样子。当时心想，以丁玲的性格，生活在这样一个地方，她是一定要走出去的。车上熟人很多，但没有聊天的声音，热爱言辞的文人都默默无语，这也许与丁玲不是一个容易把握的人物有关吧。

丁玲的故居到了。这里称作"黑胡子冲"，"冲"在湖南就是山间的平地。比如韶山冲，就是韶山诸山峰围绕的一块山间平地。丁玲故居就坐落在黑胡子冲上。说是故居，实际上是新修葺的。据说蒋家的这座老宅原先的建筑面积有 2000 多平方米，新修葺的只有 800 多平方米。只有名为"半堵墙"的残垣断壁是原来的，而且也经过了修葺。复原的老宅有丁玲的亲人以及丁玲生平的一些资料。我与同去的张承志、阿来、贺绍俊以及年轻的朋友李云雷、何吉贤等走过各个房间，我还指出了一处资料中的错误。下午参观常德的丁玲纪念馆。丁玲纪念馆无论资料还是规模，都远远大于丁玲故居，因此也更丰富、更全面地反映了丁玲一生的思想面貌和精神轨迹。我不是研究丁玲的专家，对她的一生无论是创作还是追求，只有个大致的了解。但我知道，丁玲在 20 世纪中国文学，特别是在革命文艺中有无可替代的地位。

现代文学史上最重要的作家，是文学史家王瑶先生在《中国新文学史稿》中排定的，这就是"鲁郭茅巴老曹"。后来有文学史家又续了三位：丁、艾、赵——丁玲、艾青、赵树理，由此可见丁玲在文学史上的地位。丁玲 1936 年到延安，被认为是最早到达延安的著名作家。到延安时，当时领导人深表欢迎，特在窑洞中为她举行欢迎宴会。出席宴会的有毛泽东、周恩来、博古、张闻天等中共高层领导人。毛泽东还有《临江仙·给丁玲同志》相赠："壁上红旗飘落照，西风漫卷孤城。保安人物一时新。洞中开宴会，招待出牢人。纤笔一枝谁与似？三千毛瑟精兵。阵图开向陇山东。昨天文小姐，今日武将军。"毛泽东在这首词中体现了对丁玲的欢迎、重视、信任和礼赞，同时成功地塑造了一位中国现代新女性形象。当时，中央书记处书记张闻天建议，让丁玲"找一所适宜的房屋，静心从事写作"，"这里文学题材是太多了，只是没有人写"。大家都期待她以艰苦卓绝的红军斗争为题材，写一部伟大的作品。但丁玲坚持要上前线，毛主席答应了她的要求。那是丁玲到延安后最愉快的一段日子。

丁玲是湖南常德人，求学和参加革命大多在南方。因此，这个时期丁玲没有到过东北，如果说她与东北能扯上关系，也是和"东北作家群"的关系。在延安时，丁玲与萧军、萧红、舒群等都有过程度不同的交往。1945年丁玲、杨朔、陈明等组成了延安文艺通讯团，准备赴东北从事新闻报道，后因交通中断滞留张家口。后来的资料表明，从1948年起，丁玲和辽宁的关系多有交集：

1948年7月12日，从西柏坡出发，经山东荣成湾乘船到大连。

1948年8月，《太阳照在桑干河上》由大连光华书店出版。

1949年1月，与中国妇女代表团访欧归来，经哈尔滨到沈阳，与陈明会面，住在东北鲁迅文艺学院撰写访欧散文，与张庚、吕骥为邻。本月，在沈阳与到东北的胡风会面。写批判萧军的文章等，到青年干部学校讲青年修养问题，参加东北文艺座谈会。

1949年3月29日，离开沈阳去哈尔滨，准备赴巴黎参加世界拥护和平大会。

1952年10月，赴大连苏军疗养院疗养，治腰病。

1953年2月27日，转汤岗子温泉疗养院，至5月6日回北京。其间修改《太阳照在桑干河上》，写一些文章，并辞中宣部文艺处处长。

1982 年 6 月 10 日，应辽宁作协分会和大连市文联之邀，经沈阳赴大连疗养访问。在沈阳做《文艺杂谈》讲演，在沈阳与马加和西战团老战友会晤。16 日到大连，做"关于文学创作"演讲，完成访美散记、易俗社与西战团等多篇文章，8 月 23 日离开大连回京参加中共十二大。

这是丁玲研究会副会长李云雷和何吉贤先生为我提供的资料，应该是准确的。但是，丁玲的这些辽宁经历，都是因为各种工作或休息的原因。这种经历许多作家都会有，还有一些作家因为创作的需要先后来过东北或辽宁，比如周立波、草明、郭小川等。但是，先后有两次想在东北或辽宁长住下来从事写作的，可能只有丁玲。如果说 20 世纪 60 年代丁玲想在北大荒长住下来写作，那显然是受到了农场火热生活的吸引。丁玲一直践行毛泽东在延安文艺座谈会上的讲话的文艺思想，坚信文学来源与生活。她的《田保霖》得到毛泽东的高度肯定，被称为"新写作作风"，就是践行毛泽东文艺思想的文学成果。《太阳照在桑干河上》，也是深入晋察冀土改第一线生活的结果。因此，丁玲有长期住在黑龙江农场从事文学创作的想法是可以理解也能够解释的。丁玲 1949 年来到沈阳就产生了长期留下来从事创作的愿望，至今仍然没有具体的材料说明。

但是，我觉得这也不难理解。一方面，这与丁玲对新奇事物的巨大兴趣有关。20 世纪 20 年代瞿秋白就说，冰之（丁玲字冰之）是飞蛾扑火，非死不止。这里也有指丁玲对新世界、新事物敢于强烈追求的性格和意志。她在散文《中国的春天》中说："旧的应该打毁，要砍断一切锁链！要冲破牢笼，为了光明，为了祖国，要做一个时代的、社会的、家庭的叛逆。"一个新女性的形象就这样完成了自我塑造。1949 年 1 月，东北早已解放，这片新奇的土地一定会吸引丁玲好奇的目光；另一方面，也与丁玲性格中的天真和浪漫有关，她那代革命作家，不会计较条件、待遇等与俗世相关的问题。如果不是这样，丁玲就不会去延安，不会去前线。因此，丁玲当时的愿望，一定与她坚定的革命信仰有关。于她说来，无论在哪里，能够和人民在一起，能够用手中的笔书写人民，就是最大的愿望。如果丁玲能够长期在东北或沈阳生活，她一定会写出好作品来，培养更多的青年作家。

丁玲后来也没有在辽宁或沈阳长期生活，具体原因我们不了解，也不知道丁玲是否为此有过遗憾。但是，我觉得只要丁玲有过这样的愿望，我作为一个东北籍的文学研究者，就感到非常兴奋。但丁玲在20世纪50年代后期，还是来到东北，在北大荒劳动生活了整整12年，北大荒也成了她的"第二故乡"，成了她重要的"文学根据地"之一。对于一位扎根中国大地的革命作家，其意义是非常重要的。丁玲是一位有信仰、有坚定意志的伟大作家，曾给过我们巨大的教育。她一生坎坷，但无论她遇到怎样的委屈、误解、排斥甚至打击，她都矢志不渝，从不彷徨、犹豫、瞻前顾后。她的胸怀、情怀和坚不可摧的意志，是我由衷敬佩和景仰的。无论丁玲是否在辽宁、在沈阳从事创作和生活过，我都会向丁玲的灵魂致敬，向她百折不挠的精神致敬，向她怀有坚定信仰的思想品格致敬。

刘长春教授的塑像

俞胜

大连理工大学的校园里，现在一共有三尊塑像。距离现在时间最近的一尊是教育家屈伯川先生的，1999 年 50 周年校庆的时候落成于伯川图书馆前。

在这之前共有两尊塑像，都在学校的主楼前。

一尊是毛主席的，位于主楼的正前方，主席像高 13.26 米，昂首苍穹；另外一尊位于主席像的左侧、主楼的左前方。这是尊半身的塑像，加上理石基座，高度和我们普通人差不多。理石基座上镌刻着"体育先驱——刘长春教授"的字样，字是原中顾委秘书长荣高棠题写的。

刘长春——中华奥运第一人，他生前是大连工学院体育教授。1909 年出生于大连市，是大连市的一张精神名片。

在刘长春出生前一年，即 1908 年，在天津南开学校操场观看了在伦敦举行的第四届奥运会盛况幻灯片的学生投书《天津青年》杂志，发出了著名的"奥运三问"："中国何时能派人参加奥运会？中国何时能够派支队伍参加奥运会？中国何时能够举办奥运会？"

"奥运三问"是在寒冬之时埋下的中国奥运梦的种子，谁也没有想到这粒种子第二年就在大连这块近代史上饱经苦难蹂躏的大地上生根发芽。

少年的刘长春就展现了他过人的奔跑能力，他凭着自己的天赋与勤奋，并得到当年的东北大学校长张学良将军的爱护和栽培，终于成为一名优秀的短跑国手，曾参加第九届、第十届远东运动会。

在那个中华民族饱受欺凌的年代，弱国哪里敢做体育的梦呢，到了1932年，发出"奥运三问"的时间都已经过去了24年，梦想还只能是梦想。

这一年，第十届奥运会在美国洛杉矶举办，南京政府已经宣布不派选手参赛。

这一年，刘长春毕业于东北大学。

这一年，东北的天空是黑沉沉的。成立不久的伪满政府为了摆脱外交上受孤立的困境，竟卑劣地宣布，东北运动员刘长春代表伪满洲国参加奥运会，企图利用刘长春的成就，借参加奥运会之机，提升伪满洲国在世界上的地位。

作为爱国青年的刘长春，怎能忍受如此侮辱。他当即在《大公报》发表声明称日本人说的都是谣言，自己作为中华民族的子孙，怎能以伪满洲国的名义参加奥运会，给他们当牛做马？而且自己热血尚存，还有良心，不可能忘记自己的祖国，"我是中华民族的子孙。我是中国人，我只代表中国，决不代表'满洲国'出席第十届奥林匹克运动会。"

刘长春的声明赢得了每一个热血尚存的中华儿女支持，临走时，几千国人在上海码头欢送，大小媒体几十家来采访，拍摄纪录片。一支只有一名运动员和一名官员的奥运会参赛队伍出征了，他们坐船在海上漂泊了23天。刘长春终因长途跋涉过度劳累，导致比赛成绩不佳，在100米和200米预赛中就被淘汰了，但是作为第一个登上奥运会赛场的中国人，他首先完成了"奥运三问"的第一问，给当时积贫积弱的中华民族带来了复兴的希望。

刘长春永远在路上，他于1933年在南京举行的第五届全国运动会上，创造了百米 10″07 的全国纪录，该纪录在国内保持了 25 年之久。新中国成立后，他任教大连工学院，即现在的大连理工大学 30 多年。

每天都有许多人来到他的塑像前，怀着崇敬的心情走近他。在大连理工大学读书的那些年，我也常常来到他的像前。每次，我都把脚步放轻。每次，我的耳边都会响起那个深沉厚重的声音："我是中国人，我只代表中国……"这一个个字掷地有声，是真正蒸不熟、煮不烂、捶不扁、砸不破的铜豌豆。

人就应该有崇高的理想与执着的信念。1932 年，一个 23 岁的青年，不畏强迫威胁，不惧危及家庭，万里奔突，历经险阻，把自己的金色年华和苦难祖国的荣誉连在了一起，这就注定他的一生必定会走向辉煌。

1932 年就这样写进了中国奥运史，这一步迈得意义非凡，它体现的是一种求索创新精神，就像一位诗人开创了一种新的诗歌体裁，就像阿姆斯特朗小心翼翼地踏上亘古无人的月球。"这是个人的一小步，却是人类的一大步。"这种求索精神，永远值得后人学习。

一个人如果在某件事上成功，在另外一件事情上成功的概率也会很大，是好汉的永远会是好汉，因为做过好汉的就会比没有做过好汉的人多了一份自信心和一份自豪感。刘长春教授就是如此，新中国成立前，他是一位著名的短跑国手；新中国成立后，他又成了一位著名的体育教授。在人生的跑道上，他从来没有停下过脚步。根据大连理工大学体育科学研究所原所长邹继豪教授的回忆，1980 年至 1983 年，这是刘长春教授的生命最后几年，他仍然怀着对发展祖国体育事业的无限厚望，抱病完成了《短跑运动》一书。专家评价这部书："不仅是一部无价的珍贵史料，也是一部深刻的爱国主义教材，还是一部集数十年教学经验，学术水平较高的传世之作。"

每次来到他的塑像前，我都要在这里久久徘徊。透过塑像一侧翠柏的枝间往主楼正中看过去，主席像巍然屹立。两尊塑像近在咫尺，无人的时候他们能否有思想的电波，在空气中交流？有时候我这么傻想着，心中竟然鼓荡起许多莫名的感动。著名编剧王兴东评价刘长春教授：一个人在民族存亡之际，毅然代表了本民族，不当汉奸，不留后路，身怀大义，一往无前，正是这种精神像巨大的磁铁吸引着海内外华人的情怀，正是这种精神像迅雷闪电把东亚病夫的帽子抛到太平洋，正是这种精神像暗夜里的火炬照亮了中华民族的奥运征程，正是这种精神为实现民族伟大复兴的梦想而永远奔跑。

理石基座上，刘长春教授的目光坚定而沉着，他系着领带，一丝不苟，恰如他生前严谨的治学态度。每次来到他的像前，我都感觉我是来拜见一位严师，亲切而自然。30多年来，他的足迹遍布校园的每个角落，就是我脚下的这条路，也一定是他曾经走过的，我想顺着他的足迹，让足迹与足迹重合，迎着他坚定沉着的目光，让目光与目光重叠，一直走进他的灵魂深处去，希望自己也能获得和他一样的崇高理想与执着的信念。

1999年50周年校庆以后，大连理工大学又建造了"刘长春体育馆"，大约是2003年的时候，把刘长春教授的塑像移到了体育馆前。

2008年北京奥运会已经成功举办，著名的"奥运三问"完成"第三问"，中华民族恰好用了100年的时间。今天的中国正在推进从"体育大国"到"体育强国"的发展，当奥运赛场上中国的国歌一遍遍奏响的时候，刘长春教授的在天之灵，真不知其欣喜如何！

头 骨

于立极

　　此刻，我的身体伴随列车飞驶的节律摇晃着，在旅途的倦顿中关闭了亮着的思维，只留下一根灯绳。对了，就是这种久违的感觉呀，半梦半醒的恍惚中，你可以超越尘世的规则，跟大自然许许多多东西做匪夷所思的交流。比如现在我的眼里，列车就是有生命的，我能如此清晰地感受到。你听，它在歌唱！以在黑夜里穿行的方式演奏乐曲，轻敲耳膜的音符单调却充满哲理，迅疾把你从一个时空带往下一个时空，那种穿越黑暗飞逝的感觉，让你无限憧憬，又在其中生出没法把握的惆怅。

　　"我到了，再见了！"我被一个无比熟悉的声音惊醒，灯绳拽下，我的思维重被点亮，双目搜寻到一位60岁左右的男人在与朋友告别。一瞥之下，我失望了，不是他，也不可能是他呀！每次听到有男人用浑厚嗓音说大连话，我总会不自觉地转头注目，宛如一个瞬间通电的机器人。尽管我明白，死去的人不会回来，但我就是忍不住。原因很简单，我最崇敬的已故恩师唐健竹就是大连人，上课总是一口"海蛎子"话。他学识渊博，讲课深入浅出，堂堂都能让同学们听呆了，以至10多年后，同学聚会的时候总会有人怀念地说：听唐教授的课真是人生的一大享受哇！我鬼使神差跟随那个男人出了火车站。这时人夜，夜空上一轮圆满的皓月静静地悬挂着，把整个城市铺陈成一个白银世界。

沉思中那个男人不见了，似乎完成了一种冥冥中的指引，我信步来到了大连站前胜利广场。我在医科大学工作多年，旅途中曾有人问我，你们医生的内心是否很坚硬很冷漠？也许医生见惯了太多的生生死死，这些人眼里有些过分冷静。想想吧，医生面对死神不能镇定以对，和病人家属一样哭哭啼啼，如何拿得起手术刀？但医生也是人，职业后面掩盖的可能是更深沉的情感，并在某个快乐或痛苦的时刻完全显露出来。

呵呵，你说你看得出来，我是一个有故事的人？当然，如果你愿意，我把这个故事讲给你听。

我们的医科大学有四家附属医院，员工大都具备医生和教师双重身份。出诊之余，我担任解剖学讲授课程。我每当给新生上第一堂解剖课的时候，总是眼睛潮湿。我会难以抑住双手的颤抖，恭敬地把一个头骨端放在讲台上，然后深深鞠上一躬，打开 CD 机，在贝多芬雄浑的《命运交响曲》中讲述一个生命的故事……

也许你想到了，这个头骨，便是已故去的唐健竹教授的头骨。

我是从一个海滨小镇考入医科大学的，那年我 16 岁。因为在中学时连跳两级，我在家乡被人们称为神童，来到大学里的时候年龄是班里最小的。同学们都把我看成孩子，尽管我不这样认为。那时唐教授担任我们解剖学课程的讲授，很欣赏我的聪明劲儿，对我格外关照。在同学们眼里，唐教授渊博精深的学识和正直谦和的人格是我们的偶像。时间长了，我们渐渐了解到，唐教授独身一人，妻子前几年过世，没有续娶。同学们常去他家，作为他最得意的门生，我更是经常泡在他那里，偶尔帮他做家务。更多的时候，唐教授什么也不让我做，而是让我坐下来闲谈或一起欣赏音乐。他拥有当时少见的 CD 机，对自幼家贫却喜欢音乐的我有着莫大的吸引力。

20 年前的那个月夜，在我的记忆中仍然清晰如昨。接受唐教授同过中秋节的邀请，从没想到它在我以后的生命中有多么重要。我来到他家门前时，夜空已是恬静如水，月光滤网一般铺过来，将人的心过滤得清清静静。我敲门进门，坐在教授家客厅的沙发里，面前是丰盛的节日菜肴。师生举杯，其乐融融。食物会让人很快乐，对吗？我当时是很快乐的。就在我以为这就是节日全部的时候，唐教授起身打开CD 机，把一张折射七彩的碟片轻放上去，为我放了一张唱片。音乐奏响时，我愣住了：多么美妙的音乐呀——我被牢牢吸引住，继而酒酣似的陶醉了。好像觉得那金属般闪亮的音乐就在我心灵深处起源，在浑身血管中同血液一起流淌，难忘的往事、悲欢离合、宠辱得失……从我眼前一一闪过，我时而懦弱恐惧，时而又勇敢坚强，我的浑身渐渐积蓄起无坚不摧的力量……渐渐地，我的双眸湿润了，在夕阳的抚慰下两行热泪抑制不住飞流而下。

乐曲播完了，我的头脑却从那个美好的境界中不能马上回转。良久，我问这曲子叫什么名字，唐教授告诉我是贝多芬的名曲《命运交响曲》。这就是著名的《命运》吗？我在心中牢牢刻下了这个名字。喜欢是喜欢，但仅凭我当时可怜的一点交响乐知识，还不能深刻理解它。唐教授便耐心地指导我——《命运》是贝多芬的《第五交响曲》。你听，奏鸣曲式，明亮的快板，乐曲一开始就用四个"三短一长"节奏的音响，震撼着整个空间，以弦乐和单簧管的齐奏宣告"命运在敲门"，这是命运的挑战……这里是谐谑曲，快板。由小提琴奏出的一个应句，大管和单簧管轻轻地附和着，似乎有些不安，像是艰苦的斗争仍在继续……乐队的音色明亮而柔和，在乐句的长音处，衬以由低音乐器奏出的一连串跳音，充满喜悦，小提琴自由地向上伸展，乐队的音域不断扩大，音响也在增强，音乐进入 C 大调光辉灿烂、胜利归来的终曲……

就这样，师生在对音乐的共同欣赏和理解中，更加默契情同父子。

在跌宕起伏的旋律中我了解了唐教授的多舛经历。1947年，我党在大连建立了新中国第一个医学院，怀揣自由、民主、富强的中华梦，刚刚归国的唐教授听从组织调派从上海回到大连。在史无前例的十年动乱里，他因为是留美博士被打成右派，下放到农村劳动改造。妻子不但与他划清界限，还站出来揭发所谓的"反党言论"，孩子在这种混乱的情况下病重夭折。家破人亡，活着还有什么意思？他想到了死，只有死亡才能解脱一切。当唐教授决定之后，他偷偷回了一次城，最后看望了年迈的母亲，然后在无人的深夜里毫无目的地乱走着，不知道哪里该是自己最后的归宿。迷蒙中他跌跌撞撞走入了一个狭窄的小巷，在一棵歪脖树上系好绳索时，突然听到远处传出一首非常熟悉的乐曲，这便是久违了的贝多芬的《命运》。

他震惊了！是谁如此大胆，竟敢在这个年代弹奏禁曲？他循声找到音乐响处的阁楼下，聆听此时格外动人心魄的乐曲。他痴痴地听一遍遍反复弹奏的《命运》直至黎明，然后走出日出七彩光华洒满的小巷——他终于顿悟了生命的意义，他要在与命运的抗争中书写一个大写的人！在此后的日子里，唐教授无愧于他的醒悟。后来落实政策的时候，妻子跪在他的面前求他原谅，他用宽容的心胸包容了妻子，复婚后一直对她很好。直至妻子久卧病床仍然对她照顾无微不至，从无怨言。妻子在生命即将走到尽头的时候，紧紧拉住唐教授的手，欲语还休，两行滚烫的泪水从脸颊上滚落……

在唐教授的言传身教下，我的年龄虽小，心智却和周围的同学一起成熟起来，并以优异的成绩毕业留校。能够和唐教授在一起工作，我很高兴，唐教授比我还高兴！那晚师生在音乐声中谈笑风生，直至天明。这时教授已届七旬，因是国务院政府特殊津贴专家被学校延聘，仍然奋斗在教学和科研第一线。然而好景不长，一纸化验单把平静的日子击得粉碎！唐教授身患癌症，已是晚期。身为教授醉心工作，却对自己身体种种异常掉以轻心，以致养虎为患，唐教授已经不是医科大学第一个例子了。

三个月后唐教授撒手西去，之前我一直陪在他身边，握住他瘦骨嶙峋的手，想把人世的温暖传递过去。最后的时刻到来了，教授进入昏迷状态，直至停止呼吸。我是如此切近地感受到一个生命的寂灭，活生生的人变成了一具尸体。在死亡面前，恩师走得如此平静，像秋风中翩然飘落的叶子。唐教授留下遗嘱把自己的尸体捐献给学校，把他的 CD 机和交响乐碟片赠送给我。我明白了教授的心意，追悼会上放的不是哀乐，而是《命运交响曲》，波涛一般激情澎湃，悲怆而雄浑……

接下来的遗体解剖使人情绪复杂心态失衡，解剖室里充斥福尔马林的味道，让我重温做学生时第一次上解剖课的紧张。你知道，搞解剖的人几乎每天都要面对尸体，如果你面对它们整天思考生啊死呀，肯定没法下刀了。但为唐教授做的时候，我却再也忍不住自己的情感了，一个自己最尊敬的亲人，现在却躺在这里，虽然抽去了生命，再也感受不到疼痛，但怎么忍心下手哇？这是教授的眼睛，这是熟悉的鼻翼，这是亲切的嘴唇，现在都要……做了一半，我再也坚持不下去了，冲到屋外大哭了一场，同事们都用同情和理解的目光来看我。

回去坚持做完以后，我觉得自己的精神都快要崩溃了。白天，教授的头骨在前面的柜子里摆放着，仍然像从前那样注视着自己的学生。血肉之躯变成了白生生的骨，好似夏日海边盐池里日渐晒裸出来的盐，盐是大海的骨骼呀，积聚了地球上所有水的精华；教授的头骨是一种文明的坚守和延展，凝聚着人类高尚且永不磨灭的精神。那段时间我几乎每天晚上都会梦见教授用慈爱可亲的眼睛看着我，每一个疑难在他那里都会得到详尽的解答，那大连话是多么亲切朴实呀……记得唐教授生命垂危的时候，我很痛苦，对生命产生了疑问：这个世界上所有人，都逃脱不了死亡的结局。难道出生就是为了死亡？每见到一个医科大学退休的老教授，我都会重复同一个问题：人生到底有没有意义？泪眼模糊中，我想起在病床前看望唐教授的情景，他为自己的学生解答了最后一个问题："……每个人都是人类社会的一个细胞或是链条，通过繁衍后代传递智慧和知识，目的就是让整个民族、整个人类不断走向文明和进步，这是我的宿命，"他停顿了一下，目光炯炯地望向我的眼睛，"也是你的宿命，是所有人的宿命啊。"

后来，在我们的解剖教研室里，形成了这样一个不成文的规矩：每当新生上第一堂解剖课的时候，任课教师都要把唐教授的头骨端放在讲台上，在《命运交响曲》中讲述这个令人震撼的故事。每次讲述完了，老师和同学们再次面对教授头骨深邃的注视时，总会发觉彼此总是泪流满面。午夜的广场上除我之外空空如也，感觉自己仍然披了一身熠熠闪亮的月光，《命运交响曲》在心中不停回荡，如同大海万古不息的潮水……

父　亲

于冬梅

父亲当兵时是一名出色的军人，在部队里曾立过功获过奖，并成为一名光荣的共产党员，他放弃了提干的机会，一心要回村为百姓做点事。退伍回来没多久，由于群众对军人的敬仰和信任，父亲被推选为公安，负责调解村民纠纷和巡逻等治安工作。

父亲凭着军人的威望和一颗公正无私的心，一次次平息潜在的危险，打架斗殴的人少了，偷鸡摸狗的人没了。那时，父亲的心里有一个愿望，夜不闭户，路不拾遗。

父亲25岁那年，村里飞来了金凤凰，就是母亲。那时的母亲年轻，漂亮，她是从县城来村中走亲戚的。父亲身上那种特有的军人气质，母亲脸上那抹不胜凉风的娇羞，便使两个一见钟情的年轻人终成眷属了。

父亲结婚后，对未来有了更好的憧憬，工作更努力了。29岁那年，他以突出的表现和工作能力被党员选为大队党支部书记。父亲心想，土地是农民的命根子，现在国家政策好，一定要让有限的土地创造最大的利润，让群众过上好日子。

父亲多次去离家几百里路的先进村子学习，学习他们的致富门路和致富经验，回来后向乡里汇报，申请到部分资金后，选择光照好、地势平坦、能解旱排涝的地方扣一排蔬菜大棚。父亲还请来了专业技术员指导。

一年下来，扣大棚种蔬菜群众的收入比种粮食翻了好几番，其他村民也要求来年扣大棚，就连平时偷偷摸摸推牌九的人也不耍钱了，他们也认准了这个来钱道。其他村也争相效仿，常有人来"取经"。

我9岁的那一年，清晰记得有一天晚上，一个中年男人扛着一袋大米放到我家北炕上，我非常高兴，心里乐得直拍巴掌，太好了，有白米饭吃了。当听到父亲对那人说："你家情况我清楚，我是按照规定办事，不管面对谁，违反规定违背良心的事我不做，你不用感谢我，把米带回去。"我的希望顿时变成了失望，眼看着那人把大米背走了，我的口水都要流出来了，但不敢吭声。

那时候，村里的土地清一色是种的玉米，遇到雨水稍大的年头，高岗地块产量还可以，低洼地块总是减产很多。父亲召集村里几个干部开会，提议把每个小组的洼地都改成水田，让群众都能吃上香喷喷的白米饭。

说干就干，趁着秋收结束，父亲联系来几台推土机，昼夜奋战，终于在结冻前把洼地修整成型。父亲又买来有关水稻种植技术的书籍，利用冬季农闲组织村民学习。

春天播撒汗水，金秋收获希望。从那年以后，全村人每天都能吃上以前只在年节才能吃上的白米饭，我也终于如愿以偿了。

群众的生活水平一年比一年好，父亲很高兴，但是他没有满足现状，我时常会在晚上看见父亲思考，指间夹着的旱烟卷有时会烧到手指。

一天早上，母亲做饭前从灶坑里扒出一大簸箕稻草灰。父亲眼前一亮，对母亲说："我要把稻草变废为宝。"说完就出去了。母亲问了声："又不吃饭啦？"

因为吃饭没有规律，父亲患上了胃病，胃痛的时候常常吃过药再喝点小苏打缓解，他说小苏打见效快。望着父亲走远的身影，母亲又生气又心疼。

原来，父亲是看到了稻草里的商机，他召集村干部和党员开会，然后向乡领导汇报要在村里建厂子，制作草绳和草苫子，再把产品卖给乡里的砖厂护理砖坯用，再制作部分厚一些的草苫子供应其他村扣大棚的用户。乡里很支持，还为厂子取了个亲切的名字"富民草编厂"。

购买机器的钱由村民自愿入股，有出1000元的，有出2000元的，没几天，就筹够了买设备的钱。有了群众的信任和支持，父亲的信心更足了。厂子在一阵响亮的鞭炮声中开业了，一垛垛金黄的稻草在勤劳人的操作下变成一条条紧系希望的绳子，变成了一张张托起幸福的苫子，群众的生活芝麻开花节节高。

有一次，父亲去县城回来，思想又有了新变化，他想让村民都能住得起楼房。

于是，肥皂厂也在乡里的扶持及村干部和群众的共同努力下建成了，大家出3000元的，出5000元的，全村大部分人家都入了股，每户都有人在村中的厂子上班，村民不仅有钱赚，每月还能拿到几块作为福利的肥皂。

一年又一年过去了，群众的腰包一天比一天鼓，两个厂子却在岁月中老去，已经跟不上时代发展的步伐了。父亲又鼓励大家响应国家号召，自己创业，一些敢想敢做的人就开始行动了，开加工厂的，买车搞运输的，凡是需要大额资金创业的人，父亲都亲自帮助联系低息贷款，或疏通关系，常常忙得忘记了时间。

父亲用言行诠释着大公无私。老姑初中毕业第二年时，村里的小学缺教师，奶奶对父亲说让老姑去教书，父亲却说自己受党教育那么多年，权力是党给的，是群众给的，要为群众服务，不能滥用职权，他对老姑说，想去教书也可以，要参加考试。老姑气哭了，奶奶还气得病了一场，说这个儿子白养了，对父亲很失望。

父亲 47 岁那年，爷爷突发急性脑溢血，父亲去外地参观学习还没回来，是母亲雇车带着爷爷去县城医院抢救，结果刚到医院爷爷就病逝了。父亲回来时，爷爷的遗体已经在一块黄布下躺了很久。奶奶哭骂着用拳头捶打父亲的胸部，她对父亲的怨气更深了。

父亲 49 岁的时候，乡里调父亲去乡里的联合厂做厂长，父亲知道那是个责任重的岗位，工资待遇高，也知道乡干部是看中了自己的工作能力，但父亲有些为难，放心不下村里的事情，经乡干部做了思想工作后，父亲答应了。还没等走马上任，我家的院子里就挤满了村民，说啥也不同意父亲调动工作，父亲没办法了。村民选出代表去和乡里干部谈，最终，那几名村民代表不负众望，把父亲留下来了。通过这件事，一直对父亲有怨气的奶奶和老姑也对父亲改变了看法。

父亲带领村里百姓满怀信心地谱写着幸福交响曲，一边学习农业和养殖业科学技术，一边付诸行动实践，种花草树木的，养鱼的，养畜禽的，每一步都走得那么稳健。路边脏乱差被红花绿树代替，鲜衣美履再不是过年时的专利。

1995 年夏天，家乡发大水，父亲同一些强壮的村民一起奋战在堤坝边，晴天的时候，脸晒得爆皮，雨天浑身是泥。

抗洪期间，父亲吃饭吞咽困难，嗓子疼痛，母亲让他去医院检查一下，父亲说，现在是抗洪关键时期，他要亲自巡查排险才放心，等险情过了再去检查。母亲见拗不过父亲，只能每天为父亲做稀粥和鸡蛋羹。

一天，一个村民由于低血糖，在堤坝上晕倒了，父亲一边派人骑自行车回村找村医，一边背上病人往村里跑。父亲觉得那一公里路程比马拉松还要长，跑到村口时，村医赶到了，父亲把病人交给村医就回去看守堤坝了。

十天后，母亲见父亲吃饭吞咽更费劲了，就咨询了村医，母亲在村医的表情和话语中似乎猜到了什么，苦苦哀求父亲去了县城医院。

一个星期后，母亲去医院取父亲的病理切片回来时，脚步很沉重，父亲患上了食道癌，而且是晚期。

几天后，父亲再次被我们送进医院，我们焦急地在手术室外等了六小时，手术室的门终于开了，父亲还在昏迷中，苍白的脸看不出表情，身上插着管子，淌着血水，滴进透明的塑料袋里，可以想象到被鲜血浸染的白色纱布下，胸前尺余长的刀口，在缝合线的牵引下努力融合着。

我站在父亲的病床边，用蘸水的棉签为父亲擦润着干裂的嘴唇，并轻声地反复呼唤："老爸，醒醒啊！"半小时后，不知是麻药劲过了，还是听到了我的呼唤，父亲皱了皱眉，脸上表情很痛苦，应该是刀口很痛吧。父亲慢慢睁开眼睛，看着身边的亲人们，摸了一下腰间的插管笑了："我还以为是'大哥大'电话呢！"这一句话把我们逗笑了，然后又哭了。

三个月后，父亲撑起病弱的身体又去村里工作了，虽然只能坐镇指挥，村里的其他干部还是很高兴，说他们又有主心骨了。

父亲病后，总爱在晚上拿起那把满是心事的旧二胡，那只枯瘦如柴的手在两根弦中起舞，那弦音里没有痛苦，有的只是对群众的牵挂。我想，父亲是感觉到了自己生命碎裂的声音，才频频把心事托付胡弦的。

随着病情的恶化，1997年3月9日，父亲病逝了，辞世前几天一再叮嘱我们，要响应国家号召，破除迷信，不用棺椁，遗体火化。他用最后的行为最后一次响应党的号召。

父亲任村支书以来，换届选举时从来没人与父亲竞选村支书一职，父亲成为全乡18个村唯一连任30年的村支书，他是群众的好带头人，对于家庭来说，父亲尽的责任太少，但听到群众夸赞父亲时，母亲觉得自己的付出都值了。

当有人问起我，父亲当了几十年村支书，也没托关系给我安排个像样的工作，是不是会有怨恨时，我总会实言相告：父亲给了我生命，把我养大成人，就已经很感恩了，成功要通过自己努力，一直等待喂养的鸟儿永远也不会捕食吃，我懂父亲的良苦用心，也要向父亲学习，能做一个对社会有用的人。

　　父亲的一生虽然只有短短的 58 年，但他用行动温暖着身边人，他带领村民养成了吃苦耐劳、艰苦奋斗的好习惯，为村民走向致富路打下了良好的基础。

　　我知道父亲一直在天上看着，看着国家的惠民政策越来越多，农民越来越富。我想，父亲应该看见许多村民都住上了楼房，许多村民都买了轿车，父亲离世前脸上的那一抹遗憾也该烟消云散了。

异 狱
——沈阳二战盟军战俘集中营

万胜

我从不问丧钟为谁而鸣,它为我,也为你而鸣。

——约翰·堂恩

很多本地人都不太知道,沈阳曾经有一座非常特殊的监狱。

1942年冬,沈阳城北,在原奉系军阀东北军北大营的原址上出现了几座木板搭建的营房,周围用铁丝网封闭,由日军把守。因为施工仓促,又值天寒地冻的严冬,营房构造非常简陋,属半截在地下半截在地上的地窖子房,四处漏风。当地的中国人并不知道日本人修建这几座营房到底是做什么用的。营房建成后不久,一群特殊的人便住了进去。这群特殊的人每天天不亮就成群结队走出营房,在荷枪实弹的日本兵押解下向4公里外的奉天城行进。晚上天黑后,他们再回到北大营。中国东北这片土地对这些人来说是完全陌生的,他们在这里饱受日本兵的虐待,唯一支撑他们活下去的信念就是有朝一日战争结束,他们能够回到遥远的家乡。

他们来自大洋彼岸。

1941年12月7日,日军发动太平洋战争,37个国家15亿人口被卷入战争的旋涡，在历时三年零八个月的交战中，双方投入总兵力达6000多万，伤亡不计其数。战争初期，日军向中国香港、马来西亚、菲律宾、印度尼西亚、缅甸等国家和地区疯狂进攻，驻防当地的英美军队及政府武装节节败退。至1942年4月9日，太平洋战区盟军司令乔纳森·温莱特中将率领被日军围困在巴丹半岛的守军向日军投降，随即东南亚其他地区的盟军也陆续放弃了抵抗，20多万盟军成为日军的战俘。盟军的大规模投降令日军措手不及，日军为了解决战俘的安置问题，在日本本土和亚洲其他地区紧急修建战俘营，从1942年到1945年陆续修建了大小战俘营共115所，坐落在中国东北的沈阳二战盟军战俘营便是其中之一，日本人称作"奉天俘虏收容所"。奉天俘虏收容所是其中关押战俘级别最高（关押过美军温莱特中将、英军帕西瓦尔中将、香港总督杨慕琪等76名高级战俘以及523名军官战俘），也是至今保留最完整的一座战俘营。

1942年5月在菲律宾战场被俘的盟军士兵中的一部分，经过了"巴丹死亡之旅"后，又乘货轮从菲律宾抵达朝鲜釜山港（今属韩国）登陆，再转乘火车途经朝鲜从安东（今丹东）进入中国，最终抵达沈阳。当时的沈阳是日军重要的军事工业基地和中心，在太平洋战争爆发之前，日本人就在这里开办了很多兵工厂，而工厂里的设备和工程师大都来自美国。日本这部高速运转的战争机器，急需利用这些美国设备生产战争工具，用于侵略扩张。侥幸存活的这些盟军战俘正好是这些美国设备最合适的操纵者，于是这些战俘就成了日军的劳工。除此之外，他们还充当了日本生化武器实验的活体。第一批2052名战俘抵达奉天的时候，计划中的战俘营还没修建好，只能在奉天城以北的北大营旧址修建一个临时营区。战俘从东南亚热带地区被运送到天寒地冻的中国东北，棉服配备不及时，到达临时战俘营时很多战俘还穿着单衣单裤，站在凛冽的寒风中两个多小时接受日本长官训话。日军在给他们配发棉大衣时，为了羞辱他们，故意把大号棉大衣发给矮个战俘，把小号棉大衣发给大个战俘，这一看似滑稽的举动令战俘苦不堪言。日军要求战俘看到日本士兵和军官必须致敬，否则就会遭到毒打。战俘被强制每天到 4 公里外的军工厂做劳役，他们制造的产品成为战场上屠杀同胞的武器。对于生病不能参加劳役的战俘，日军的治疗方法很简单，让战俘光着脚在寒冷的操场上跑步，如果不虚脱，就证明战俘是在装病。战俘除了遭受虐待之外，还要接受莫名其妙的"治疗"，被一群神秘的日本医生注射"疫苗"。很多战俘在注射"疫苗"之后死去，许多年后才被揭秘，这群医生来自日军七三一部队，他们是在拿这些战俘做活体细菌实验。

1942 年 11 月 11 日到 1943 年 7 月 29 日在临时战俘营度过的这段时间里，恶劣的环境、非人的待遇、繁重的体力劳动致使很多战俘丧命，战俘死亡率高达 12%，而法西斯德国的战俘集中营的死亡率仅是这里的 1/3。由于中国东北的冬天天气异常寒冷，无法挖掘坟墓，日军便将战俘的尸体垒放在一间空房里中，过了冬天后再掩埋。战俘每天排队领取食物时，都要经过那间堆放战友尸体的房间，惨状历历在目。

1943 年春天来临，土地解冻，日军在北大营北面指定了一块土地作为死亡战俘的墓地，盟军战俘在日军的看押下，埋葬了 252 名同伴的遗体。

尽管在日军的残酷镇压之下，战俘仍没有放弃抵抗。日军为了削弱他们的身体和意志，不但在精神上折磨，还削减食物供给量，战俘每天的食物配给维持不了身体的基本需求，他们就靠捡拾垃圾中的剩食、捕捉野猫野狗充饥。他们还暗中用干活的工具和当地居民换取一些食物。他们利用祈祷日组织集会，秘密传递从中国人那里得来的外面的信息。在做工时，他们故意不按照图纸施工，致使制造的飞机零件成为废品，还故意破坏生产设施，阻碍工作进度，甚至纵火焚烧车间，使工厂停工停产。

战俘每天外出劳役早晚来回的路上，都会看到那座正在修建中的新战俘营。新战俘营坐落在沈阳东关外，规模庞大结构牢固设施完备，全部是砖石结构，在四周约 2.5 米高的围墙上拉设了电网，四角设置警戒岗楼。战俘营与战俘劳役的军工厂之间由一条百米长铁棘甬道相连通，工厂同样是高墙电网炮楼戒备森严。战俘心里都明白，新战俘营一旦建好，他们就会搬进去，从此再无可能走出去半步。查斯特、麦林格洛和帕里奥迪三名美国士兵，决定在被转入新战俘营之前逃出战俘营。

1943 年 6 月 23 日，这三名美国战俘带着从日本学徒工那里偷来的地图册，趁着夜色穿越临时战俘营的铁丝网围墙逃走了。他们一路向北，如果能够穿过中苏边境线，他们就会获得自由。可惜他们最终没能逃过日本兵的追捕。他们被抓回来后，在战俘营被日军枪杀。在他们这次越狱行动中，在军工厂做工的原中共奉天特委成员，暗中为战俘提供了帮助，这件事最终导致数名中国工友受到牵连，高洪福、张洪源等人被日本宪兵队带走，严刑拷打，高洪福还以反满抗日的罪名判刑 10 年。一个月后，战俘被转入了新的永久性战俘营。

盟军战俘在奉天战俘收容所里饱受虐待的日子随着 1945 年 8 月 15 日日本天皇宣布无条件投降而结束。三天后，看押战俘的日军向美军战俘缴械投降。双方角色互换，日本兵就地成为盟军的战俘。有意思的是，当年春天在日本兵看押下由盟军战俘耕种下的土豆玉米，到了秋天换成在盟军战俘看押下由日本兵进行收割。

1945 年 8 月 24 日，首批重患战俘被空运回国。9 月 19 日最后一批战俘离开了战俘营。自此奉天战俘收容所关闭，把那段经历封存在历史之中。

如今，坐落在沈阳的这座曾囚禁过外国战俘的集中营已经成为一座纪念馆。但它依然如当年一样，继续肩负着囚禁的任务，不同的是，当年囚禁战俘的那些阴森恐怖的营房里，如今囚禁的是日本军国主义的阴魂。

五里河的呐喊之声

女真

在梦里，我又一次回到五里河一带，体育场的呐喊之声回响在我耳畔，在我的梦境之中萦绕徘徊。

说起五里河体育场，现在中年以上的沈阳人应该都有深刻的印象。足球运动在沈阳曾经很火，当年这座城市里有过辽宁队、沈阳队两支甲A球队，加上多次获得甲A联赛冠军的大连队，一个省拥有三支甲A联赛资格的球队，让多少热爱足球的外省人羡慕不已。五里河体育场是国内甲级联赛赛场，还举办过国际邀请赛、亚洲俱乐部杯比赛，甚至世界杯预选赛。作为足球迷，我曾经挺着大腹便便的孕肚去现场，就为看意甲桑普多利亚队与辽宁队的比赛，为了目睹荷兰三剑客古力特、范·巴斯滕、里杰卡尔德的风采。五里河曾被称为中国足球的福地：2001年10月7日，米卢任主教练的中国国家男子足球队以1：0击败阿曼队，提前获得2002年世界杯决赛阶段入场券，这是中国足球首次进军世界杯决赛阶段，也是目前为止唯一的一次。

五里河体育场建于1988年，之前我已经搬到五里河北面的三好小区居住，见证了浑河边曾经的菜地怎样变成可以容纳五六万人的新体育场。体育场建成之后，每有大型体育赛事或者演唱会，通往体育场的几条道路都拥挤不堪，球迷全副武装，拿着彩旗、气球、喇叭，三五成群、兴高采烈拥向体育场的场面，让我记忆犹新。夏天，体育场上空的灯光和隐隐传来的呐喊之声，从五里河传递到我所居住的三好小区，让我不必经常亲临现场，也时常能够感受到这座城市的体育热情。

那声音就是我梦中呐喊之声的来源吧。那种热情呐喊，穿过岁月之河，至今让我回味。

辽宁是国内公认的体育大省，作为省会的沈阳则是一座有着体育传统的城市。这种体育传统，可以上溯到近百年前。

1928年6月4日，在皇姑屯被炸伤的张作霖身亡；同年8月，张学良正式兼任东北大学校长。张学良重视体育教育，上任后亲临学校发表演讲，热情陈述体育教育的重要性。1929年，张学良捐资24万元，在东北大学校园北侧修建了奉天体育场。奉天体育场是当时中国第一座现代化体育场，设计者是著名建筑学家杨宝廷先生。奉天体育场建成后，成为民国时期沈阳的标志性建筑。1929年第十四届华北运动会在这里举行，在这次运动会上，东北大学学生刘长春打破100米、200米和400米三个项目的全国纪录。张学良在这里观看他比赛，给他颁发了奖品。在这之后，又有了资助刘长春参加奥运会的佳话，刘长春后来被称为中国参加奥运第一人。

为纪念张学良将军，奉天体育场在1949年后更名为汉卿体育场，这里变成沈阳体育学院的训练场地。2000年我家搬到北陵东门居住，与体育学院一墙之隔。在体育学院搬迁到浑南校区之前，我看着学生们在这里训练、上课、开运动会，也曾一家人在这个体育场散步、活动，直到学院搬走。后来这里被房地产开发商通过土地置换购得，又因为体育场属于省级文物保护单位，开发商既不能在此建房，又不知如何处理，不知体育场将来会作何用场。后来的日子，每每走过陵东街或者泰山路与北陵公园之间的那一段路，遥望体育场那一片老旧的红砖建筑，我常为这座老体育场的尴尬处境感到困惑，不知这里将来会如何结局。

20世纪20年代，沈阳城里还有一座体育活动非常活跃的大学，那就是比东北大学稍晚建立的冯庸大学。创办人冯庸先生与张学良同龄，自幼与张学良常在一起，同是军校出身，是奉系军人冯麟阁的长子。冯麟阁去世后，冯庸散尽家财，创办大学，自任校长兼训练总监。与张学良一样，冯庸也重视体育建设，学校建有400米圈跑道，200米直跑道，滑冰场，游泳池以及足、篮、排、网等各种球场，另有两架飞机供学生实习，学校还有汽车、摩托车、马匹供学生实习、锻炼，校内竟设有飞机场。我近年看过一些回忆文字，一些学生当年之所以选择进入这所大学学习，除了学校提供的免费优厚待遇，很大程度上也是因为学校的体育氛围。冯庸大学日常生活实行军事化管理，当年有"西大营"之称。学校实行强迫体育制度，入学考试除正常体检外，还要加试体育课目，不及格不录取。入学后，体育为必修课，每天下课后，全校所有房间大门紧锁，所有学生必须到操场上参加各种体育运动。严格的体育制度，使得冯庸大学的体育教育成绩斐然，在沈阳市甚至东北三省举办的各种体育赛事中，冯庸大学经常能够取得好成绩，有的项目还能力压东北大学。冯庸大学拥有当时全国甲级的田径队、游泳队、足球队、篮球队，还拥有一支由朝鲜留学生组建而成的棒球队。由校方资助的多支球队，利用假期去平津、上海等地交流，扩大了东北学校的影响。

以东北大学、冯庸大学为代表的东北近代新式教育机构普遍格外倡导体育教育与训练，与此前清王朝多年积弱、饱受欺辱的历史有关，与东北大地一直受到日俄觊觎的历史有关，不做"东亚病夫"、以体育强身强国，也是那一代国人的梦想。而随着九一八事变的爆发，随着东北大学、冯庸大学流亡关内，那一代人的体育梦想被日军的炮火浇灭，但热爱体育的种子在这片土地上深深地埋下了，一旦有机会，就会开花结果。

多年来，沈阳专业体育的成绩有目共睹。作为一个国企数量众多的工业城市，在计划经济年代，沈阳许多国企配置有规模不等的体育运动场馆，业余体育活动同样搞得轰轰烈烈，企业之间的频繁比赛丰富了职工的业余生活，夯实了这座城市的群众体育基础，也培养了这座城市的体育观众。最近几年辽宁男篮成绩不错，每到比赛季节，在街头、公交车上，经常能够听到一些上了年纪的大爷、大妈在谈论刚刚结束的比赛或者预测将要开始的下一场比赛，狂热的球迷会追随球队到客场，热情的粉丝经常到桃仙机场去接送球队，年轻人买票到球馆现场观看或者找个能看球的酒吧跟朋友一起看比赛，成了沈阳人生活中的开心一乐。体育氛围的浓厚是这座城市的显著特色。回想我刚到沈阳时，铁西体育场、辽宁体育馆、火车头体育馆等场馆中体育赛事不断，而作为新场馆的五里河体育场，更因为中国足球的那一次荣耀而载入了史册。

遗憾的是，五里河体育场存在的时间实在太短。2007 年 2 月 12 日下午，五里河体育场被成功爆破，一座更新的奥林匹克中心场馆建于一桥之隔的浑河南岸，五里河体育场成了沈阳人永远的回忆，也成了我个人永远的回忆。听说当年决定拆迁五里河体育场时，很多球迷难过不已。当年立于体育场的球迷协会捐资塑造的中国足球冲进世界杯纪念雕像曾经被毁，几经辗转，修复后立于五里河体育场原址对面市图书馆前面的草坪上，从青年大街走过的路人很容易看到那些雕像。与纪念雕像同时竖立的还有那一届国家足球队教练和运动员的雕像，这些雕像从国足当年下榻的绿岛酒店移到这里，成为中国足球福地曾经存在于这里的见证。沈阳建筑大学在建新校园时，将五里河体育场拆迁下来的座椅放置在校园水边，学校体育场边名为"刚强"的雕塑，其材料来自被拆掉的五里体育场——当年的五里河体育场化身碎片，存在于我们这座城市的多个角落。

五里河体育场爆破的时候，我已经从三好小区搬走。后来我偶尔回到这一带，走到体育场那一片时，站在新起的高楼下，我脑子里经常还原体育场还在这里的情形。我写中篇小说《跟梨花说》时，设计小说中的一个男医生年轻时经常到五里河体育场看比赛，是为了纪念自己居住在那一带时的岁月，证明我亲耳聆听过五里河体育场上空的呐喊之声，也是想纪念沈阳这座城市对足球运动的热情经历。

沈阳天空的那颗星

马秋芬

　　我小的时候，就爱在夜幕降临之后想入非非。因为我的大姐特别能讲鬼神的故事。她经常被院里的孩子围在中间，慢悠悠地构建着她那诱人的奇特世界。她臆想出来的人物，或黑袍或白衫，大都御风而来，踏云而去，故事总是玄天玄地，曲里拐弯，跌宕起伏，可最终结局大多是坏蛋不得好死，即便没死，也没好结果，或显形一只受了伤的狐狸、一条断尾待毙的僵蛇，或一揭阴湿处的断瓦残砖，就露出一只现了原形的癞蛤蟆或毒蝎子。而好人的结果正相反，不是娶上好媳妇，就是得了意外之财，从此过上了好日子。可是好日子岂能凭空而来？这时就必得另有好人、好神、好仙，为了让老实人过上好日子，那些有些本事的好人、好神、好仙，就去跟妖魔鬼怪上天入地地打斗，妖魔鬼怪也不是白吃干饭的，到头来双方无不用力过猛，大都难逃同归于尽的结局。我们那些小孩听不得好人、好神、好仙殒命的下场，每到这时，我大姐就诡谲地抬起头看着天，幽幽地说，你当那好人、好神、好仙的命真就那么脆吗？那可就错了，虽说一阵清风他们就没影了，你们知道去哪儿啦？其实都上天了呢，都变成了星星。看这满天星星，一眨一眨的，最亮的都是好人、好神、好仙变的……我当时真的相信好的灵魂是不死的，他们在天上定定地看着和他关联的那块土地，不离不弃。稍大以后，我懂得了些许宇宙与日月星辰的知识，还多少带着一份儿时内心隐秘而温婉的怜情，参加了学校的天文观测小组。夏季是观星的好时段，在老师的指导下，我观测到了东北面天空的织女星、天琴座、牛郎星、天鹰座、天鹅座，南面的天蝎座、人马座，北面的北斗七星、天龙座；西面的室女座、牧夫座，天顶的蛇夫座……无限的天体，构成了无限的宇宙。可是我仍然觉得，闪闪烁烁的星辰，不是无情无义没有温度的。夏夜，我经常看着漆黑而又明亮的夜空发呆和冥想，自己也似乎悬空而起，离那些有灵魂有性情的星星越来越近，甚至用心和它们说话。

日月更替，流水落花。成年后事业、生计所累，经不起这份时光流云、岁月走马的磨蚀，内心的那个高远而绚丽的星空，不知何时已暗淡和模糊了。直到我那次接到出版社约我写《老沈阳》，我经过历时一个多月的阅览历史文献、采风和田野调查，在本土的历史人流中，我看到了数不尽的向着光明行进的身影。在这无数的身影中，有一个人牢牢地抓住了我的视线，使我心潮激荡，难以平复。

这个人就是从沈阳出发奔向大天地的杰出爱国人士杜重远。这个人不是共产党员，却执着地寻找和紧紧追随着共产党，在共产党艰难跋涉时期挺身鼎力相帮，最后也终因共产党的事业而惨遭杀害。邓颖超大姐慨然追缅他说："杜重远是党的患难之交。"

这位可歌可泣的杜重远，生于1898年，聪慧刻苦的他，官费留学日本，1923年学成回到沈阳。动荡的年代，国家命途多舛，他立志以民族工业报国。于是便在沈阳城北的二台子，买了100亩地，创办了中国最早也是当时最大的机器制瓷企业——肇新窑业。这个热血青年想以此开创中国民族工业新局面，用自己国产的陶瓷，将大量涌入东北的日本瓷驱逐出去，实现实业救国的抱负。他的肇新窑业一开张，便得到张学良和当时的辽宁省政府的支持。肇新窑业发展很快，"九一八"之前，年产陶器已达到近千万件，几乎超过当时的景德镇陶瓷产量，并成功地将日本陶瓷从东北市场赶了出去，这个大企业也一下成了誉满东北的"模范工厂"。然而九一八事变后，肇新窑业被日军占领，杜重远也因坚持抗日，驱逐日货，成为日军追捕的要犯。危难之中他只得怀着满腔怒火惜别沈阳故乡，参加了旨在支持组织东北抗日义勇军，抵抗日本军国主义侵略的"东北民众抗日救国会"，成为救国会9名常务委员之一和张学良身边核心组成员。他到处演讲募捐，足迹遍及华北各地、大江南北，号召万众一心奋力抗日。

杜重远辗转来到上海后，很快结识了邹韬奋、夏衍、沈钧儒、胡愈之等革命知识分子，从此更走近了共产党。他通过夏衍第一次会见了周恩来。杜重远与周恩来同岁，两人生日只差几天，因此更多了一层亲近。他们一见如故，相谈甚欢。当时杜重远热切地想跨入共产党组织的门槛，1938年他在武汉向周恩来递交了他本人及邹韬奋、萨空了委托的入党申请书。周恩来对此认可并感谢他们的热忱，但是建议说，现在你们已经有了身份地位，在党外活动自由度大，倒可以做更多党内做不到的事情。杜重远理解这份良苦用心，颔首听从。

杜重远不仅是实业家、活动家，同时学识渊博、文才出众。在上海结识邹韬奋后，两人惺惺相惜成为挚友。他在邹韬奋主办的《生活》周刊上撰写了不少革命的檄文。1933年12月《生活》被国民党政府查封。几个月后，义愤填膺的杜重远不计个人安危，挺身接办了该杂志，改名为"新生"，寓意是《生活》周刊已获新生。1935年5月，《新生》周刊刊载了一篇文章《闲话皇帝》。日本驻沪总领事以"侮辱天皇，妨害邦交"为口实，向国民党政府提出严重抗议，无理要求查封《新生》周刊社。为此国民党当局判处杜重远14个月徒刑。6月30日，杜重远在《新生》周刊最后一期上发表《告别读者诸君》一文，激情地鼓动民众"鼓起斗争勇气，担当历史的使命……最后胜利不是属于帝国主义者，到底是属于被压迫人民啊"。张学良得知此情，1936年趁去南京开会之机，转道上海，会见当时尚在服刑但已转移到虹桥疗养院的杜重远。两人诚恳密谈良久，杜重远分析了当时的抗日形势指出，联合抗日是中国唯一的出路。同年 11 月份，刚刑满释放的杜重远冒着国民党特务严密监视的危险，于 11 月底来到西安。他是根据周恩来的指示，与张学良、杨虎城两位将军商定如何履行"停止内战，枪口对外"的重大决策。此番密谈是奏效的，两周后，震惊中外的西安事变就爆发了。蒋介石被张学良扣在西安，幕后助力的杜重远自然未能脱离干系，此刻他虽然已远在江西，但还是第一时间遭到当局的断然扣押，直到 12 月 25 日张学良亲送蒋介石返回南京时，他也随紧张形势的改变而得以恢复自由。

1939 年，杜重远为了进一步发挥自己在抗战中的作用，放弃了财产和大城市的生活，携带家室远赴新疆，出任新疆学院院长，想为抗日救亡培养大批人才尽力，将新疆建设成抗日基地。他是个实干家，他的理想正在一步步地实现。这一切遭到军阀盛世才的仇恨，遂将这个热血汉子逮捕入狱。狱中对他施以各种酷刑，杜重远始终坚贞不屈，直至壮烈牺牲……对于杜重远和中国共产党及民族解放事业的关系，习仲勋说："杜重远不是共产党员，但是他一身正气，刚直不阿，为国家的独立、民族的解放追求真理，在中国共产党最困难的时候认识共产党，并毅然接受共产党的领导，为实现第二次国共合作做出了重要贡献。"

我在撰写《老沈阳》一书的时候，历史长河中一排排浪涛，层层叠叠地向我奔涌而来，不停地击打着我，震撼着我，令我慨然中时而悲情又时而骄傲。但不知为什么，透过历史的浪涛，在那水雾迷蒙的每一道浪谷中，都觉得隐隐晃动着同一个身影，我知道那是杜重远的身影：那身影是那样的年轻干练、睿智俊逸、血脉贲张、披肝沥胆、甘死如饴。我情不自禁地想起儿时我大姐那些玄天玄地的故事，那些为了别人幸福而与恶势力奋力打斗的好人、好神、好仙。我也想起大姐说过，他们都是不死的灵魂，他们栖息在天上，还在眷恋地俯视着他们为之奋斗的人们和土地。

我又开始热衷于仰望夜空，目光抓住正上方那颗最大最亮的星星不放，不计较也不辨别它的天文学定义的学名，而认定它就是任重道远星——他是正值年富力强时，便飞身而去的沈阳老乡杜重远幻化而成的星。我一遍遍地仰望他，那光芒淡柔而又耀眼，冰凉而又温暖，觉得此刻的他敛住所有年轻时的表情，异常光亮和凝重。

守城者

王开

　　一座城市有一条大河，是城市的福气，若大河穿城而过，那就好上加好。水有记忆，每一道波纹都是历史与现实的和弦。就这一点来说，抚顺是幸运的，一条泛绿透蓝的浑河，宽阔而笃定，像历经劫难越挫越勇的武士，跳脱皮肉之痛，只剩矍铄的精神在发光。

　　因为浑河，抚顺有好多桥连通南北，平时乘车奔驰其上，两岸鲜花盛开，草木葱郁，有一天，于树隙花影中发现，永安桥头塑着一座雕像，再细看，竟是将军杨靖宇。这让我一震，没想到杨将军在此多年。再一想，也是的，庚子事变后的东北，从200多年龙兴祖地的荣耀，一下子跌落民间，百业开禁，只为赚些银子去填东倭的大坑。采煤也正是抓着这个机缘，经地方官商的呈禀获得清帝允许，开始了规模性挖掘。

　　如果没有日俄战争，或者日俄战争不在中国北方设战场，抚顺的煤炭还会继续在地方商人手中不大不小地运营，股东年年分红，工人有活干有工资挣。但残酷就是残酷，弱国无外交，何况还有张之洞那些受历史局限的思想与视角，在联俄抗日的方针带动下，甘愿向那个狼与狈为各自利益争夺双手奉上自己的肉糜。

　　战争打到抚顺的时候，已经是1904年，那时候沙俄出于能源的需要，多次对抚顺煤矿借故豪夺，修了一条单轨铁路连通沈阳，迫使煤炭商为其供应煤炭。没有人想到，这件事为战胜的日本提供了霸占的借口，他们强说抚顺煤矿是沙俄遗产，战败方的一切日本有权继承。地方煤炭商当然不干，向朝廷申述。抚顺煤矿的来源，最清楚不过的是晚清政府，于是，外务部与日本展开交涉，这一纠缠，拖了好几年，其间日本大量从本土调人，开发抚顺煤矿，造成事实上的占有，最后拿钓鱼岛问题为筹码，硬生生抢到手，可怜地方商人耗尽家财打输官司，憋屈而死。

1929 年 7 月，杨靖宇将军被党中央从河南调到东北工作，当时中共满洲省委屡屡遭到敌人破坏，主要负责人相继被捕，力量相当薄弱。由于抚顺煤矿是东北四大中心产业之一，产业工人集中，觉悟高，成为满洲省委的工作重点，计划发动工人罢工，发展地下党组织，壮大党的队伍，坚持长期与日本人做斗争。在这样的背景下，满洲省委任命杨靖宇将军为抚顺特别支部书记。杨靖宇将军化名张贯一，拿起丁字镐，深入抚顺煤矿挖煤，一边积极靠拢工人，从中培养革命对象，散发抗日传单，发展新党员。

以当时的困局，靠几个人的力量去宣传、发动人民抗日之难非我们后辈能想象。魔爪之下，危险重重，虽然杨靖宇的地下工作卓有成效，短时间内建立起严密的地下党组织，带领工人罢工，为工人谋取权益，嗅觉灵敏的日本人也发现他的疑点，加上叛徒出卖，日本人突击搜查他的住所，将他羁押到沈阳监狱。杨靖宇在里面遭到酷刑，下水牢，逼供，但他说的都是日本人视为无用的东西，甚至他经常反问，那些机智的言辞在泛黄斑驳的史料中像一粒粒金子，至今仍在发光。后来，在党的营救下，杨靖宇被释放出狱，继续回抚顺煤矿搞工人运动。不久，他再次被捕。二次出狱后，他奉命到辽东山区领导抗联。

他当年走过的路，我走过；他当年建立的密营，我看过。那些路，在陡峭的老岗上，其中一个叫草帽顶，厚厚的陈年落叶覆盖着湿滑的泥土，踩上去出溜一条印子，爬几百米就气喘吁吁，无奈，我放弃尝试，心里满是对革命者的敬佩，我徒手攀爬尚且无力，他们每天在饥饿、严寒酷暑中出没于森林，一些人迹罕至的地段还隐匿着黑熊、毒蛇，倘若没有坚强的意志支撑，哪有战斗的勇气和力量。

杨靖宇率领东北抗联建立的密营，我也走过几个，在海拔 1300 多米的山之巅，木材搭的窝棚架子歪斜于地，狭小潮湿的空间，不知多少抗联将士歇过脚。我见过的最大一座密营，石头垒砌的灶台至今完好遗留，随处可见的石碾子，散落的木板、房基，还有打谷场，这是东北抗联最大的密营，也是著名的三师指挥部。我去的时候正值春天，野菜当季，漫山遍野，我在密营地的风声中采着野菜，遥想当年的杨靖宇和抗联战士，缺衣少穿，没有外援，在那么艰难困苦的条件下为家国舍生忘死。他们的勇敢，也赢得了百姓的支持——一个大娘救过杨靖宇的小警卫员，杨靖宇认了大娘做干妈。秋天收粮，有人赶着马车，专门往抗联经过的路线走，粮食粒故意掉一路。也有人偷偷扛着粮食埋在密营里，等抗联驻扎时吃。有一年随媒体采访一位蒋姓大爷，他已经老得牙齿没剩几颗，可回忆起杨靖宇和抗联在他家的事，思维异常清晰。他坐在屋檐下，讲着讲着，唱起抗联歌，唱得我们掉眼泪。现在想来，我们党之所以能在东北燃起抗日火种，唤醒民众的斗志，都是杨靖宇这样的优秀党员牺牲自己换来的。

抚顺是杨靖宇将军来东北的第一个工作地，也是他领导的东北抗联活动轨迹最多的地方，这里到处流传他的故事，崇山峻岭中不知留下他的多少足迹，一些便于行走的密营，都设立为爱国主义教育基地，教育一代代后来人，铭记英雄。抚顺的血液中较早根植红色基因，这座城市秉承着忘我的优秀品质，在国家需要时，不惜代价冲向前方。

抚顺属于较早解放的城市，我们党成立的新政府深受人民拥戴，百姓欢欣之余，为了支援中国人民解放军渡江解放江南，积极修复被日寇破坏的机械设备，努力地采矿挖煤。热火朝天的场面感动了作家萧军，他深入矿山不久，就写出了著名的文学作品《五月的矿山》。我以为，这部作品是东北版的《太阳照在桑干河上》，或者《暴风骤雨》，它真实地记录了矿山回到人民手中以后的沸腾生活，在崭新的太阳下，抚顺人民有干劲，有奔头，浑身充满热情，团结一心创造新天地。

我多次到抚顺西露天矿观摩它的壮观，在矿区纪念馆，浏览一幅幅黑白或彩色照片，它们反映、记录了一代代国家领导人对这座煤城的重视，还有那些党员、群众，镜头里的他们无不是脸上挂着灿烂的笑容，神情自信而笃定，浑身洋溢着自豪感。新中国成立初期的他们，的确是这样的精神风貌，因为抚顺以成熟的工业基础日夜不停地生产，石油承担起了支援整个国家的重担，钢铁、木材、机械源源不断地被火车运往四面八方。更不用说抚顺籍的技术人员听到祖国一声召唤，到每一个需要的地方扎根，去支援国家建设。更多的人选择留在生养自己的土地，为国家民族的未来像蚂蚁一样辛勤，各行各业不断涌现英雄劳模、技术革新能手，所有人视此为最高荣誉，个个争先，唯恐落后。萧军采访矿区的手稿和照片也在其中，我就想，萧军是值得我们尊重的作家，他的文学嗅觉是敏锐的，他的文学立场是坚定的，他知道文学应该站在什么地方，为谁说话。而我们之所以越来越苍白，最大的欠缺是脱离了人民，背对社会呓语，忘了应该歌唱谁。

70年过去了，如今的抚顺再也找不到低矮破旧的棚户区，浑河两岸高楼林立，曾经严重的大气污染也被蓝天白云所代替，浑河湿地越来越多地有鸟类栖息，供养辽宁九个城市吃水的大伙房水库风光旖旎，停采的煤矿陆续变身生态公园，轰鸣一时的机器设备作为工业文化遗产保留下来。雷锋精神得到最大限度的发扬。在抚顺，有各种以雷锋命名的组织，常年活跃、服务社会，雷锋学院也以弘扬雷锋精神为主旨，宣传正能量，培育正确价值观。

一座城市有正气，就有希望。尽管受主观和客观因素的影响，抚顺近些年来处在爬坡过坎阶段，前进的步履有些蹒跚，但我相信她一定能战胜困难，她有杨靖宇这样伟大的灵魂守护着，会越来越强大，因为这座城市从来不缺英雄，不缺奉献者。当抚顺再次辉煌的时候，也一定有另一个萧军，倾情写作一部新的《五月的矿山》。

生命说话

王陆

大连金石滩有十里黄金海岸线，但2020年4月13日下午，海滨路一线有警车封路，车不让走，人可以行。

我问警察，是……谁……要来吗？

警察看我背着冬泳装备，手那么一挥，没搭理我。

是一个开小环卫车的老师傅，他脸向东一仰对我说，那不是希尔顿酒店和发现王国酒店吗？住的都是咱大连穿白大褂的，从武汉回来，今天隔离满14天了，这就要回家喽，咳。

想武汉这四月天，那东湖绿道，落雁又是往日的落雁，渔光也是往日的渔光，而大连此时，春意刚出，绿柳还未挂满，迁徙而归的海鸟在高空盘旋。

哦，无论什么季节，总有生命在说话！

我不记得大连援鄂总共去了多少医护人员，分好几批，这一批是529名！新冠肺炎疫情与病者与死者等等，我是不愿问，也不愿听。而此时，也就是一瞥的时刻，我突然有了一丝愧赧的心境。

是的，愧赧！我一个60岁的老者得知不远处是这些被隔离的医务人员，生出渴望，想站在这僻静的大海道旁看他们一队队经过。我不了解他们这60多天在武汉方舱是怎样度过的，那疲惫，那苦楚，那悲哀，我怎么也是无法了解。我只是在料峭春风里站一站，目送他们平安回家，算我最最微薄的情意。

大海此时气象最好，西北风4级，气温15℃，水温9℃，潮是满的，波光是粼粼的。我穿上泳裤，下海紧游起来，宽阔大海里就我自己一个人，岸上几个戴口罩的青年觉得我不得了，向我伸拇指，为我拍照片，我刚一上来，他们拥过来与我合影。他们竟把我这早春的闲泳者当作英雄！

我拒绝了，我这几天感冒咳嗽，怕传染给青年。

我在日记里写下："面貌好的可以面貌赠人，形体好的可以形体示人，才华好的可以才华傲人，这都是爹妈给的，别人做不了。但行为好是人人可做的。大连去武汉这些医护人员，都是寻常中青年，有老有小有负担，疫情最危险时却去武汉救世。其行为天职，文章写不出。"

人们喊"加油"，喊"骄傲"，喊"义无反顾"，喊"壮士家国"，自然是真切的心情。但我喊不出，也是真话。

我若为至亲，心情最真切处必是感伤为多；若此时面对，我定是无言以对；她若脱旧装，我则把旧装拿走并烧掉；她若看春天，我则一定要买到草柯花枝一盆盆给她栽上；她若愿意说武汉，我一定要肯于倾听；她若不愿意说，我绝不会提问；若她有阴影挥之不去，有麻烦束之难行，我所能为之则必当为之，等她一起过平常。

因为他们是昨天的先锋者，是今天的牺牲者，是明天或者明天的明天又一个值得纪念的依据！

可毕竟，我不是至亲，做不到什么。这1000多名穿白大褂的逆行者，我没有记下一个名字，也没有细看一个长相，只是挥一下手，送他们的车辆匆匆往家里驶行，算是证明我在这个疫情时期一次真切的心情。

他们是多么重啊！而我又是多么的轻！

我相信，他们有的是共产党员，我也相信，他们有的还不是共产党员，但是时代主流，源远流长，又有这么好的风华，就足矣。而我，是老党员，检讨我这大半生，变来变去，多了这么些的市侩尘埃。多少年好像习惯了，把天职做成了宣传看板，好像不修饰不拔高不注水不垫胶就不能成为高尚，而忘掉了天职的本分。

春天再讲《木兰诗》，和往年不一样，联系到疫情，竟然难以自已。中华儿女文章，数这一篇最好。

读"不闻爷娘唤女声，但闻黄河流水鸣溅溅"，想年轻儿女离家赴国，哪能不思前想后、难舍难去？不经生死劫，谁敢称英雄？经过生死劫，谁还说豪迈？"可汗问所欲，木兰不用尚书郎，愿驰千里足，送儿还故乡"，把国与家的关系就讲得很清。家是生自，一生归依；国是意志，世代责任。大连一位援鄂护士回家看两岁儿子，让儿子喊"妈妈"，儿子不肯喊；等儿子喊出"妈妈"要让妈妈抱，妈妈又不敢抱，那种泪水滋味！深一想，还有多少抗疫一线中青年再也不能回家，一家孩儿父母从此要怎么过才能数尽苦痛日子！

哦，无论什么性情，总是天职在说话！

我愿听豫剧《花木兰》"用巧计哄元帅出帐去了"一段，军中木兰思家想家，万里情景都是家。"开我东阁门，坐我西阁床，脱我战时袍，着我旧时裳。当窗理云鬓，对镜贴花黄"，常香玉用"花流水"唱，原诗六句没动，只加了个别衬字，我感觉，"谁说女子不如男"励志，"用巧计哄元帅"动情。

可惜，木兰多少在人间，文章没能写出。

我往下想：要是木兰战场是另一个样子，或战亡，或失明，或残肢，或毁容，或俘虏流放，或染疫终身，这时的木兰会是怎样？这，所有人都会想，但没有人会去写。写了，也难以流传。大概，我们生来柔弱，格外需要力量和荣耀，却忘记人性根本，忘记了我们及我们的后人对这些忠守天职的人应有的铭记。

对不起，我又想到我三姐。

1970 年，珍宝岛事件之后，中苏关系最紧张，三姐王汝香所在沈阳军区二一七医院抽她去前线，她担任护士长，又是党支部书记，奔图们行军，哪想军车过江时落入冰河，三姐受伤受病。三姐在病床上，领导通知她须做手术，要摘除一个卵巢，对生育会有影响。三姐没有哭，还给上级写决心书，说学习于庆阳，生命不息，冲锋不止，一生交给党安排。部队领导非常好，说三姐刚结婚，须回原单位休养，要无条件服从。

倒是我父母哀叹流泪，他们不抱怨，只是自责"怎么对得住孩子呀"。后来，三姐好容易有了孩子，但复员后有种种后遗症显现，艰难愈下。三姐却只字不提艰难，当年的信念从不曾丢弃，到病逝。

三姐是 1964 年入党的老共产党员，2019 年病逝。

在我心里，三姐就是木兰英雄，配得上先锋的主题。

生死不辞，劫后余生，就是英雄吧？

所谓国家形象，都是千千万万个小家儿女用自己的一根根肋骨一块块血肉补缀而成，能真切纪念就好，不求其他。

国家有国家的纪念，城市有城市的纪念，一所学校一所医院一个兵营一个社区甚至一个家庭也应该有真切纪念，记生卒，记事迹，不论高低，不分种族，能立碑的立碑，不能立碑的也可以在外墙上凿出一个浅窝，能摆放最小的玫瑰花环，不能一年新鲜两年剥落三年扒掉。

其实，这样的铭记，死者不知，却有着生者对长河的信念。

我去通化看过东北抗日联军纪念馆，而给我印象最深的却是有一天在附近的田野走，偶然看到过几块残碑，有一个碑写得全，但没有姓名，左上字是"东野二纵三团卫生队"，右下小字是"生卒 1927 年至 1948 年"，其他不知。另几块墓碑字迹已经秃平，有一块还显出几个俄文字迹。问村子老人知道，这里当年鼠疫猖獗，东北野战军派八名卫生员来，还请来了两名苏军卫生员，这些人有先有后，只活下一名，余下都死了，遗体当时就地焚烧。具体恐怕永远无法查找，但简碑所在，人心所记。可以想象，那些年轻的生命，那些先锋的追求……

河海润泽的北国水乡

王本道

"继承下去吧，我们后代的子孙，这是一笔永恒的财产——千秋万古常新；耕耘下去吧，未来世界的主人，这是一片神奇的土地——人间天上难寻。"半个多世纪前，诗人郭小川曾为祖国北部边陲北大荒发出这样的吟唱。如今，借用这两句诗来描摹坐落在辽河三角洲的盘锦市，更是十分贴切。

盘锦地处渤海辽东湾右岸，占辽河三角洲总面积 70% 左右。中国四大河流之一辽河袅袅婷婷穿城而过，衣袂翩翩的大辽河从它身旁奔腾向海。河海的润泽使境内形成纵横交错的大小 19 条河流，如绕阳河、太平河、六零河等。由于地处辽河冲积平原，一马平川，坦荡无垠，平均海拔只有 3 米，站在旷野放眼回顾，随处可见天际线之浩渺，地平线之苍茫。百余年来，这片平畴沃野也同神州大地上其他所有的乡土一样，曾屡遭劫难。100 多年前的甲午中日战争，清军在黄海战败，翌年，穷凶极恶的倭寇从海上辗转窜至盘锦境内的田庄台镇登陆，遭到三千守备清军的英勇抵抗，终因寡不敌众，三千清军全部阵亡殉国，至今掩埋于镇内的清军墓。20 世纪 30 年代初侵华期间，日军也曾将铁蹄踏上辽河三角洲的土地，派出"垦荒团"，利用这里充沛的水资源栽植水稻。这种野蛮的侵略和掠夺行径，理所当然地遭到当地人民的强烈反抗。以张海天为首的"老北风"地方武装力量，在浩瀚的芦苇荡里打响了东北民众抗击日本侵略的第一枪。抗日战争胜利以后，随着革命力量的发展壮大，1948年1月在中共中央东北局的领导下，于盘锦所辖的盘山县沙岭镇一个普通民宅之中，成立了盘锦地区的第一个党支部，从此星星之火逐渐燃成燎原之势，组织带领盘锦人民和全国人民一道，经历腥风血雨，苦战奋斗，终于击溃国内外反动势力，迎来新中国的诞生。

新中国成立70年来，盘锦这方地肥水美的沃土发生了翻天覆地的变化。20世纪50年代初，国家在此投巨资兴修水利工程，并安排人民解放军整建制转业到这里，兴办起20多个国营农场集群，开荒造田，种植水稻。20世纪70年代初，辽河油田在这片土地上勘探开发，仅十几年就建成了年产1500万吨原油的当时国内第三大油田，极大地推动了盘锦市开发建设步伐，加快了这块土地上的自然资源优势向经济优势的转化。伴随着祖国改革开放的脚步，进入社会主义建设新的历史时期，盘锦这片4000平方公里的土地已呈现三大产业有序推进、城乡建设协调发展、生态文明花团锦簇的喜人景象。

辽河和大辽河下游，充足的水源优势在漫长的地质演化过程中形成的河流冲积、洪积、海积和风积的土地，土壤沉积厚度大，且盐碱成分高，非常适合水稻栽培。传承百余年水稻栽培技术，加之水利灌溉设施完善配套，抗洪排涝能力不断增强，水稻生产实现了全程机械化，这里已经建成国家重要的商品粮生产基地，160万亩水田，每年产优质大米近百万吨。得天独厚的水源和土壤质地结构等优势，选用优良粳稻品种，严格按照生产有机食品的农业技术操作规程进行农事作业，使盘锦大米直链淀粉含量低，韧性强，口感好，从外观看去，籽粒饱满，长宽适中，色泽晶莹青白。每年七八月间，正值"稻花香里说丰年"之际，水稻开始扬花。稻花很细小，而无数比花朵更细小的花粉，如烟似雾，在密密匝匝的稻禾间穿行。此间，阳光格外强烈起来，气温可达 30℃以上，这时水稻开始灌浆了。稻浆汇聚，在烈日下浓缩，逐渐变硬，便形成了稻粒。中秋过后，水稻开始收割，田野里弥漫着成熟稻谷那清淡、朴素、干爽的香气。10 月，各家的新米下锅，随着锅里的水渐渐沸腾，大米的香味也随之袅袅升腾。米香从厨房飘出，从烟囱、小院飘出，在四方缭绕，于是整个村庄都沉醉在浓浓的米香之中……盘锦大米，蒸、煮、焖做成米饭，吃到嘴里清香润滑，且不失韧度，又因其特殊的水源和土质条件，不单籽粒饱满，且米粒上有层油状薄膜，胶稠高，蛋白质和氨基酸含量丰富，熬出的粥又稠又黏，呈鹅黄绿色。熄火之后再微微焖一会儿，粥面上会结出一层亮白的粥膜。据说这是米油结成的面子，吃下去补人，特别是补小孩的大脑。据说旧时江南乡下一些地方常在秋后举办粥会，依据农家煮成的粥面能挑起几层粥膜，来评定"种稻状元"。当今盘锦乡下，户户农家煮出的粥都能挑起几层粥膜来，如此看来，盘锦当是"种稻状元乡"了。盘锦大米因其外观品质好、加工品质好、理化性质好、食味品质好、卫生品质好等特点，被国家质检总局评为"国家地理标志产品"，获得"中国名牌"和"中国驰名商标"等殊荣，2008 年被指定为"北京奥运会专用米"，盘锦大米做成的白米饭，遂实至名归地成为海内外瞩目的美食。

河海交汇，海淡水交织，盘锦历史上盛产中华绒螯蟹（辽蟹）。在市场经济环境下，为了增加产量，满足市场需求，根据河蟹生长繁殖规律，科技人员成功攻克了河蟹育苗难关，在坑塘水面，特别是水稻田里，大面积养殖河蟹，使盘锦成为中国北方最大的辽蟹生产基地，年产河蟹 50 万吨，其中出口量占 40%，畅销于京、津、沪、港、澳，而且空运至海外。章太炎先生的夫人汤国梨女士当年曾有诗云："不是阳澄蟹味好，此生何必住苏州？"公允地说，如今盘锦的河蟹，无论烹调技艺还是味道之鲜美，与大闸蟹相比并不逊色，更何况辽蟹需两年才会长成上市时的三两左右重，相对于一年长成的大闸蟹，辽蟹的肉、膏、黄要更厚实一些，吃起来也更有嚼头。随着盘锦经济和社会发展步伐的加快，人工孵化蟹苗技术水平的不断提高，规模育蟹养蟹经济的不断扩张，加之丰富多彩的蟹文化系列活动的日益推动，辽蟹"眼前道路无经纬"，遨游四方也将指日可待。

记得当年在大辽河南岸的营口市工作期间，盘锦曾被人们称作"河北"，而盘锦的"东邻"（台安县）则称这里为"河西涝"，盖因这里地势低洼，河流纵横，每逢汛期，水患不绝，且公路覆盖率低，群众对"行路难"问题十分纠结，常年是晴天一身土，雨天一身泥。而如今这里变"水患"为"水利"，河道疏浚，河闸加高扩孔，高耸的辽河大堤已变成通衢大道，城市防洪能力，已提高到"百年一遇"水平。历史上横亘于城区间的八千亩溢洪区的土地，早已建成多个主题公园、学校和文化休闲区。城乡交通可谓四通八达，"京沈""沈大"高速公路绕城而过，"高铁""动车"熙来攘往，11条公交线路总长208公里，覆盖所有乡镇，柏油路面覆盖所有村屯。双向8车道的环城公路分流了城区的主要车流，特别是横贯全市城乡南北62.4公里的国家级公路，被称作"向海大道"，更为这座城市插上了腾飞的翅膀。沿途林木挺秀，花海鲜红，层楼嵯峨，碧水泱泱，一座座乡村民居的柴门小院，掩映在葳蕤的花草树木之中。

得益于辽河油田油气采掘的辐射，改革开放四十余年来，盘锦石油化工装备产业、乙烯、化肥、塑料产业蓬勃兴旺，特别是毗邻大辽河北岸的辽东湾新区，属国家级经济技术开发区，展示着一派生机盎然的繁荣景象，306平方公里区域内，建成了以石油及精细化工、海洋工程装备制造产业为主导，以临港物流业为支撑，以高新技术产业和现代服务业为补充的工业项目。波光水影之中，帆樯林立的盘锦港已经跻身国家一类口岸，105万吨以上泊位和15万吨级航道正加快建设，港口吞吐能力已达5000万吨。辽东湾经济技术开发区的建立，使盘锦这座名副其实的水城，已经成为全国重要的石油化工产业基地，新兴的港口城市，跻身"辽海欧""辽蒙欧""辽满欧"三大通道的节点城市，成为东北及蒙东地区最便捷的出海口，并与宏大的"一带一路"接轨……

盘锦境内河海汇集，水网密布，加上全市上下致力于生态文明建设，这里大面积的湿地蒹葭苍苍，连片的芦苇面积就达120万亩，是目前地球之上面积最大的芦苇荡了。每年春、夏、秋三季，芦荡周而复始地平涂着天衣无缝的淡绿、浓绿、深绿、碧绿，青翠秀美的苇叶摩挲发出的声响延绵不绝，似缠绵的小夜曲低吟浅唱。整座城市都在苇海中轻轻摇曳着。沿120公里海岸线的滩涂及水陆交汇处，生长着大面积的碱蓬，经海水潮汐浸泡作用，碱蓬变得殷红秀美，形成连天接地的景观——红海滩，红得那么娇艳，那么剔透，那么晶莹，那么珠光闪烁，红出了一种燃烧之美、青春之美、生命之美，让人倏忽萌生冲动——与茫茫的红海滩拥抱亲吻。蓝天、白云、红滩、绿苇，天造地设的自然风光，使这片土地成了鸟的乐园。这里长年栖息着250多种鸟，其中不乏濒危鸟类丹顶鹤、黑嘴鸥、白天鹅等，啾啾细语，倩影婆娑。

金风送爽，硕果盈枝的清秋时节，我陪同省内外诸多文友观赏秋日的北国水乡风采。随意走进一个叫大堡子村的地方。村党支部书记是一位20多岁的年轻姑娘，大学毕业后自愿报名回乡来当村官的。她热情地陪同我们参观村容村貌，如数家珍般介绍村子里的文化室、卫生院、洗浴中心、超市的设置及其运营情况，青春俊美的脸上，洋溢着自信、豪迈的微笑。一位曾经在农委工作的文友介绍："这些年来，全市致力于缩小城乡差距，加快推进乡村民生工程建设，努力解决农村医疗、清洁能源、养老保险、食品安全等问题。"年轻的女支部书记接着娓娓说道："不单是我们大堡子村，现在全市300多个自然村，村村都建起了卫生院、文化室、洗浴中心、超市呢。"一番话，让我心中百感交集。30多年来在这里工作、生活，目睹穷乡僻壤逐渐变得烟柳繁华，温柔富贵。一方水土养一方人，这里的人民也一如这方水土，质朴无华，刚柔相济。长期以来，他们不但凭借这里的自然资源优势，加快经济和社会发展，而且精心守护着这片地球之上难得的湿地，采取有力措施，让这片"绿化石"永远晶莹剔透，且日渐成长壮大。

　　丰富的自然资源和稳定发展的经济优势，优化的营商环境及秀美的生态环境，吸引着海内外众多有识之士来盘锦投资兴业，观光旅游，啧啧赞许这方土地可谓镶嵌在辽东湾畔的一颗明珠。百余年来，这颗熠熠闪耀的明珠，得益于浩瀚的河海润泽，更得益于党的阳光雨露哺育，才使得这里的一条条小河汇入泱泱浩浩的大海，一株株花草和庄稼得以"扬葩吐艳，各极其致"，装点着伟大祖国绚丽斑斓的春光秋色。

致敬马家沟

车承金

我去过两次马家沟。

第一次去马家沟，是 1996 年 6 月末，七一前夕。此前，我多次想去，都没成行，没能成行的一个重要原因，是马家沟太偏僻。

马家沟，是山咀子镇道虎沟村的一个自然村，村庄不大，隐藏在辽西丘陵褶皱里，四周是山，山连山，山抱山。放眼望去，层层叠叠，连绵不断，整个村庄被山环抱着。沟沟坎坎，崎岖不平，行车困难。过去，人们出入马家沟，骑马骑驴，没马没驴的要步行，要走十几里山路，大件物品要用骡马驮运。

从地理环境特点上看，马家沟犹似当年罗霄山脉中段的井冈山，地处喀左、建昌、凌源三县市的交会处，四面山峰叠嶂，远离城市，信息闭塞，出入不便，人烟稀少。也许正是因为这一地理特点，在日寇铁蹄统治和白色恐怖下，便于组织活动，便于组织发展壮大，喀左县的第一个党小组，在马家沟诞生了。

记得，那天到达马家沟，上午 10 点多钟，乘了近三个小时的车。进村，见山坡一老人在放牛。老人姓王。说明来意后，老人领着我们来到一个院落前，他指着四间茅草房说，他们就是在这里开的会。这四间茅草房，是当年杨永才的家。老人说的开会，是党小组成立会议——

1943年10月初的一天，吃过晚饭，邢殿才、任景海、阎怀德，先后来到杨永才家，煤油灯下，四个人喝着水，谈论当前形势。窗外的黄狗突然叫起来。杨永才说，来了，我去看看。跟着进屋的是武工队的张树民和李玉民。他俩是杨永才、邢殿才、任景海、阎怀德的入党介绍人。进屋后，张树民说，准备宣誓，我领誓。宣完誓后，开会，选举杨永才为党小组长。此后，喀左大地上有了党的基层组织。

当时，党的工作重点是广泛建立抗日民族统一战线。党小组成立后，杨永才几位党员，秘密与白沟村伪甲长张占祥，二道营子村伪协会书记王文秀、助理张占营联系，从民族抗日大局出发，宣传党的方针政策。争取过来后，他们主动向武工队提供了很多有价值情报。发动群众，短短几个月，武装工作人员增加20多人。以马家沟为中心，辐射周围几十个村庄，开展活动，与日寇做斗争。

马家沟党小组卓有成效的工作，引起日伪当局警觉和不安，建昌伪警务科经常派特务来马家沟刺探情报。1944年1月10日，20多名警察特务来到马家沟，挨家挨户搜查共产党员和武工队员。因叛徒出卖，杨永才、张占祥、邢宝海、许文奎被捕入狱。他们宁死不招。最后，以"国事罪"，判杨永才15年，张占祥和邢宝海20年，许文奎5年。张占祥病死狱中，杨永才等在抗战胜利后才被释放出狱。

杨永才等人被捕入狱，马家沟的党组织遭到严重破坏。日寇在马家沟疯狂地进行"集家并村"，烧杀抢掠。但撒下的革命火种还在。1944年下半年，党员齐英、苗树青又回到马家沟，继续发动组织群众，开展抗日斗争。抗日战火又迅速燃烧起来，直至日本侵略者投降，抗战胜利。

那天，院门上着锁，家里没人，我们没有进院。望着眼前的四间茅草屋，我心里在想，1921年到1943年，建党已20多年，但马家沟党小组才建立，又远离党中央，几名加入党组织的同志，党龄只有短短几个月，他们的理想信念却坚如磐石，直面牺牲，大义凛然，执行党的政策毫不含糊，果断坚决。

也许，这就是我们党不断从胜利走向胜利的根本原因吧！想到这些，敬仰之情油然而生，我朝那几间茅草房深深鞠一躬。

那时，马家沟村民住的是草房。一间间茅草房散落在大沟坡上。我数了数，眼前有十三四家。那些茅草房，是泥土墙体，旧式木格窗户，大多没有院墙，树枝围栏。与树下歇息的老人聊一会儿得知，人们靠几亩地生活，都是山坡地，风调雨顺年景还行，遇到干旱年份，绝产绝收，靠天吃饭。偏僻，交通不便，生产条件差，经济发展缓慢，人民生活在温饱线上徘徊。

第二次去马家沟，是 2020 年 11 月 2 日，距离上次去整整 24 年。此时，脱贫攻坚如火如荼，进入决战阶段。24 年，马家沟又有怎样的变化呢？从县城一坐上车，我脑海里就开始想象马家沟的各种变化。

车下桃山线公路，向南一拐，走不远就进入了道虎沟村地界。过村部，我眼前一亮，车行驶的方向是马家沟，车轮下，是黑色的柏油路面。出入马家沟的路，由砂石路变成了柏油路！我不由得一阵欣喜。路面三四米宽，车在柏油路上行驶盘旋，转弯，上坡，下梁，平平稳稳，马路左侧银灰色围栏随着柏油路延伸……

车上，道虎沟村原党支部书记老伞说，柏油路是 2016 年修的，属"村村通工程"，上级投资，修得也快，都是机械化，铲车、钩机、大卡车齐上阵，一个来月就修完了。我说，上次我 1996 年来，那时是沙土路。他说，砂土路是 1986 年修的，是"以工代赈工程"，那时我任村书记。他看了一眼窗外，说，现在还记得真真切切，两个字：不易。

老伞接着说，之前，出入马家沟，是条一两尺宽的盘山小道，走不了车，山是石质山，都是花岗岩，那时，没有机械，用钎子铁锤打眼，然后装炸药，把石头炸碎，最多时一天放上百炮，石头炸碎后，人们用手搬，用抬筐抬，手都磨出血泡，虎口也震裂了，磕碰刮伤每天都有，打眼放炮有危险性的活，都是党员干部干，起早贪黑，从春干到秋，干了9个多月才干完，路修好了，各种车辆开始出入马家沟，人们出行也方便了。

是呀，从一两尺宽的盘山小路，到三四米宽的砂石路，再到平坦的柏油马路，改善群众生活条件，出行方便了，快捷了，这不正是我们共产党人的初衷嘛！

车过山岗，到马家沟停了下来。下车后，我向四周望去，上次看到的那些茅草房呢？房顶怎么都变成红瓦和彩钢瓦了？老伞说，2009年春天，刮一场龙卷风，那天风特别大，树刮断了不少，风过后，草房上的草都刮没了，只剩下抹的黄土泥。灾情上报，县民政出钱，都换烧制的红瓦和石棉瓦，后来个别人家又换成彩钢瓦。

有点可惜了，我说。这些草房年龄有七八十岁了，已是文物了，保存好，这里就是一个古村落，好好打造打造，可以搞乡村游、红色游。我和老伞唠得正酣，一辆摩托车停在我们面前，来人有60多岁。老伞介绍，这位就是马家沟现任党小组长杨玉奎。

我自我介绍后，我们来到杨永才故居，四间土瓦房，石棉瓦盖顶。房门上方挂着一块红色牌子，写着：喀左县第一党小组旧址。房门两侧的墙上挂着犁杖和驮架子。门前有一个水缸。进屋，炕上铺着高粱秸编制的炕席，有一个老式铸铁火盆。这火盆里不知沉积了多少往昔的烟火呀！地下一对老式箱子和红色柜子，上面有座镜、穿衣镜和一些生活用品。柜子上还有一个本子，写着：留言簿。上面有20多条留言。杨玉奎介绍，准备把这里打造成红色旅游景点。

杨玉奎是马家沟第五任党小组长。他前任有杨永才、杨秀明、邢文林、杨明国。我说，你肩上担子不轻啊。杨玉奎说，还行，基础好，好传统一代代传下来了，全村五名党员，有的主动传递用工信息，帮助群众联系外出打工，有的帮助群众养牛，谁家有困难都主动上前，伸出手来，帮助解决问题。

从故居出来，走进坡上的一户邢姓人家，牛圈有几头牛，我数了数，大小六头。杨玉奎说，马家沟自然条件虽差，但群众不甘贫穷，千方百计致富，32 户人家，有 5 户孤寡病残家庭享受低保，有 15 户养牛，存栏 60 多头，有两户经营蔬菜大棚，有两户在外买卖蔬菜，还有八户外出打工，日子过得都行。

　　我问，都脱贫啦？杨玉奎说，你指的是建档立卡贫困户吧？我说，是呀。杨玉奎笑了，他说，马家沟没有建档立卡贫困户，除 5 户低保户外，几年前收入就都超贫困线了。

　　这么差的自然条件，马家沟人不等不靠，广开致富门路，脱贫奔小康走在前头，不拖后腿。我眼睛一热，被他们不甘贫穷的精神所感动。

　　那天，我在留言簿上郑重写下——

　　致敬马家沟！

遇见桥

孔庆武

世上的路都相似，桥却不同。

路走着走着遇到了阻隔，于是桥出场，即使千山万水它也能连接上。

一座桥的身体，可以跨越季节、地理、距离。一座桥的生命和语言，可以通过路向外传递和延伸。

一

第一次去扶贫户七叔家，电话里约好了七叔的侄子小白骑"蚂蚱"来车站接我。

北方初夏的 5 月，槐花飘香山林染绿，路边、村庄都是香气，槐树好像是在早晚没有人打扰的时候，悄悄地吐着花香。

小客车在崇山峻岭穿行，或在盘山路爬行，或在集市中蜗牛般缓慢行走。这个季节往返县城与各乡镇的路上，总能欣赏到田野上耕作的音符，山峦的睫毛弯弯，溪流的叮咚歌谣，清晨黄昏走过村庄的牛羊……我喜欢享受这美丽如画的慢时光。

我去的哨子河乡，因河水落差大，日夜奔流发出哨声而得名。哨子河在境内汇入大洋河，两大水系在群山和村庄中穿行，浩浩荡荡在东港黄土坎入黄海，全程约 230 公里。千百年河水冲刷形成的土地，是流金淌银的象征，也是落后贫穷的写照。毕竟是以单一的农业为主，靠耕种过活。家家户户土地多，赶上风调雨顺粮食装满仓。

水泽万家，水也祸害百姓。哨子河乡处在全县的下游，每年立秋前后涨一场大水，三五年一场洪水，常常使一年辛勤劳作打了水漂。

七叔排行老七，父母走得早，兄弟多还有欠债，近 50 岁未娶上媳妇。三间老房山墙裂开缝，十几亩地靠种花生在好年景可以有点收入。前几年遇车祸造成肢体瘫痪拄着双拐，没有田间劳动也就没有了基本的收入。党的十八大以来精准扶贫战役打响后，七叔成了我的扶贫包保户。

坐在突突突的手扶拖拉机上，和往常一样我在思考怎样帮助七叔脱贫。下公路，蹚过河，拐过北山头，到了村中。伸出墙外的柴火垛厕所、猪圈，使路变窄，车刚好通过。进了屋和七叔的手握在一起，能感受到粗糙和力量，每次他握住的手都不愿意松开。

他这一双手，长年累月和土地打交道，土地回报他丰收的粮食。七叔说，脚下土地就是咱的衣食父母。他喜欢这样一辈子和土地交朋友。如果不是发生意外，拄着双拐的他不会选择从事种粮食之外的事情。

哨子河乡有得天独厚的山水资源和地理环境：水里河蟹鱼虾丰富，山上适合放养柞蚕，土壤沙层厚度达到五六米，适合种花生和沙瓤地瓜等。这些，都和七叔距离遥远。我每次与他攀谈，都强烈感觉到他内心深处的渴盼。他纠结着不能在他深深热爱的土地上耕种。

七叔还有个爱好，喜欢美术。河两岸天然的大沙滩上，画了大大小小数不过来的画。帮扶这些年，我送给他的画册和素描本他如获至宝。

终于等来一次机会，有爱心团队愿意帮助他安装假肢。经医院检查，安装后经过一年多的康复，扔掉双拐他又站了起来。正赶上扶贫工作队实施养殖计划，坚强的他，领养了三头猪，当年收入近万元。连续几年，母猪生小猪，不断增加数量。七叔一边饲养，一边改良品种，利用当地满山的中草药和粮食的自创喂法，不但降低了发病率，还提高了品质。很快他养的黑毛猪远近闻名，注册了商标，供不应求。顾客说：肉质好，价格贵一点我们也愿意买。

哨子河乡出行，从前以船为主，车辆难进，现在离不开桥。主要出行路段在河上建有公路桥，沟岔村组之间在河流浅水地方建成了众多的漫水桥，深水的地方保留摆渡船。桥上每天往来车辆行人，七叔的黑毛猪一趟趟从桥上运到山外面，成了餐桌上的鲜香美味。

一座座桥，连接着水与岸，使村庄与外界开通了一条条致富路。

秋后的一天，我再次见到七叔和他新娶的老伴，他身体变得硬朗健康，好像看不出伤残。院里吃饱了的猪不再嗷嗷叫，餐桌上准备了河蟹和花生，当然还有中草药喂养的黑毛猪肉。他和我商量翻建房屋的事情，我正思考着帮忙筹措资金，他的侄子骑着"蚂蚱"突突突开进院子拉猪，我才想起七叔已经脱贫。

光阴似箭，每一次抵达与往返的时间，总有些珍贵的回忆。我还想再去一趟哨子河，再坐一次"蚂蚱"，蹚河看看层层浪花和两岸风景。

二

《山海经》记载的百座山百条河中，岫岩玉就藏在连绵的群山和泉水淙淙中。主要的玉产地哈达碑、偏岭山连山，水连水，山水间藏玉。

山水有灵韵，玉雕大师逐玉而居。

如果说，桥是人间的奇迹。那么，玉是中国文化的传承。这些从小进山采玉、入河摸玉的村民，越来越认识到"桥"的重要性。从前脚下踩的是简单到几块石头就能通过的山村简易桥。现在，高速路架起高架桥，将封闭的乡村连接上外面的世界。

他们在心里也连接着一座通向世界玉雕艺术的桥梁。十九大提出，要坚定文化自信，推动社会主义文化繁荣兴盛。用玉诠释大千世界万象，岫岩玉文化的桥梁，将玉雕文化与艺术淋漓尽致展现。

在岫岩玉文化节上，我看到"玉星奖"获奖作品中有一个熟悉的名字。

白大师，您好！不敢想象真的是你呀！

孔兄弟，好久不见，刚才听见玉文化节的主题曲《千年玉缘》，是你写的吧，我就想应该联系你了。

一别5年后，两双手紧紧握在一起……

七叔成为玉雕大师，我有些惊讶，约定的时间还没到，迫不及待地驱车赶到岫岩玉产业园。牌匾上"老白玉雕工作室"几个隶书字，像他朴实、憨厚、坚忍、低调，不争锋不外露的性格。

昨天的七叔突然变成白大师，从前的贫困户现在是获奖专业户，我带着疑问走进工作室。白大师引我在玉茶海入座，烧水煮茶。片刻，雾气氤氲，清香袅袅。

白大师的记忆带我回到山清水秀的哨子河：吃了中草药配方的黑毛猪供不应求，我也脱贫致富了。你七婶又给我生下一个男孩，老白家终于有了后。话说有苗不愁长，一转眼工夫，孩子要上学了，我们进城买楼陪孩子上学读书。你七婶和我商量把养猪场交给小白经营，他能吃苦，人勤快，我们放心。我重新捡起画画这个爱好，选择做自己喜欢的事，开始试着给玉雕"画活"，有从前的沙滩画经历，设计起来得心应手，很快有作品崭露头角并开始获奖，又到北京、扬州、河南等地去学习，才有了今天的工作室。

白大师一口气说完，沏了杯茶递到我手中。我品着茶，开始欣赏他的工作间。门口半月形花窗后面一丛竹子，落地窗户双层设计，摞石成山植入苔藓引瀑布小桥流水和各种玉石、奇石等，俨然一个微缩的江南园林，可谓山中有水，水中有石，石中有玉。玉觅有缘人的书法挂在茶海后面的墙上。两侧博古架上，左边是获奖证书、照片、画册、书籍，右边是玉雕作品。

白大师作品不拘泥于派别，有自己的独特审美。他的特点是扎根传统文化，吸收诗词曲赋、国画、音乐、戏曲等长处，兼收现代美术、雕塑等手法。他的作品不刻意雕饰，返璞归真随形巧用颜色，在自然中完成对话再现生命。别人荒废的边角料，矿山有瑕疵的山料，河磨玉中含玉少的石头，都是他的最爱，他的手可以化腐朽为神奇，重新赋予作品艺术灵魂。比如过去习惯剜脏去绺，一块玉石能雕刻的所剩无几，在他手里黑脏可以化身羽毛鳞片等。一块河磨玉切开后，含玉少没人要，在他手里可以用玉皮雕刻一圈褶儿的牛皮乌拉。一块翠玉边角料，他可以雕刻抽象的旗袍。他能想象的几乎都能雕刻，入心、入眼、入手，让更多的作品活灵活现生动逼真。长期的观察和积累，炼就了火眼金睛。

他的作品走红了，赚钱了不忘家乡，希望每个人都走上致富路，可是山洪无情，影响家乡百姓出行，他每年投入最多的是修桥。养猪场坚持量少质优，小白现在又增加了农家乐项目，当上了村党支部书记，上养猪、大棚种蘑菇、草莓、花卉项目，带动大家致富，新买了大吉普，原先的"蚂蚱"只在春耕的时候能看见。

我原先的七叔，现在的白大师正设计雕刻一件体现山水和谐的巨型玉雕"百桥图"。他说：村庄里山多水多，我一出生就和桥连在一起。

他遇见桥，遇见最美的路。

草明和外八栋文化街五号的故事

田海蓝

　　草明是在 1954 年 8 月从沈阳来到鞍钢的，但是她可不是仅仅作为一名作家到鞍钢来采访基层和体验生活的。当时她在鞍钢的正式身份是鞍钢第一炼钢厂党委副书记，并且在这个岗位上做实职性工作一干就达三年之久。

　　草明是 1954 年 8 月搬到鞍山外八栋文化街五号的。这是一栋二层结构的日本复式楼，庭院中还有着古老的红枫，高大的松柏，专供锻炼用的水泥平台。绿荫如盖的小山丘，山丘下还有一条据说是通往郊区旧堡的地下暗河。而这样的建筑规模在全院中也是仅此一家。

　　草明应该是小院里名副其实的老住户之一，但是平日里左邻右舍很少能看见草明，因为她不是在工厂忙碌就是下基层去搞调查研究，不是去大白楼开会就是到工人师傅家里去串门走访，就连自己家里的人一天到晚也见不到她几面。我们当时也很纳闷：为什么我们家的姥姥跟别人家的姥姥就是不一样？别人家的姥姥总是守护在自己家孩子的身边，总是带着孩子玩，给他们讲故事，给他们买糖吃，可是我们的姥姥总是在忙于工作，好像外八栋这个家只是让她回来吃饭和睡觉的地方？还有一件事，也让我们奇怪：每到年节假日，特别是过春节的时候，外八栋这个平日里静悄悄的院子里，热热闹闹来客最多的就是我们家了！从早到晚客人总是络绎不绝的，而且一来就是一大帮人。他们中间的大多数人是身穿工作服、脚蹬大头鞋、戴着狗皮帽子的鞍钢工人师傅，而且他们还是轻车熟路，一进门来就争先恐后地脱帽给姥姥鞠躬行礼拜大年。他们嗓门粗大，说话快人快语，留下爽朗的欢声笑语洒满一院一路。邻居都羡慕地说："瞧瞧这老太太的人缘多好哇，这么受人尊敬爱戴，年年都有这么多的人来给她拜年！"是呀，怎么会有这么多的人特别是鞍钢工人师傅到我们家来拜年呢？小的时候我们真的不懂也不知道，直到长大了上了大学，学习了中国现代文学史和中国当代文学史，特别是历时两年多撰写了 41 万余字的《草明评传》，才真正了解到她究竟是一个怎样的人。

外八栋优雅安静的氛围让草明很是喜欢，她深感到了鞍钢公司党委对她真诚的关心和细致的照顾。从此草明更无顾虑，全力以赴投入工作的干劲和热情就更加高涨。对于别人来说，做好白天在第一炼钢厂的党委工作就行了，可是草明还要在夜晚牺牲自己的休息时间不断地搞创作。这可不是一件体力能支就容易做到的事情，但是为了党的事业，倔强的草明仍然坚持下来了，而且成就居然那么丰硕！我们仅以草明在担任鞍钢第一炼钢厂党委副书记的三年里所发表的作品为例：草明在百忙之中居然在国内外知名报纸杂志上发表文章或作品 31 篇；出版长篇小说一部，中篇小说一部，短篇小说集三部；散文集一部。

就上述的作品成就而言，我们不难看出草明是一个多么勤奋努力的人！用著名戏剧家陈白尘先生的话来说就是："草明同志不是在工作，简直就是在拼命！"谁能相信，就是在外八栋文化街五号二楼的灯光下，草明挤出自己的休息时间，竟然写下了那么多具有一定社会轰动效应的传世之作？

一想到这些，我不由得在怀念和钦佩中又产生了一丝心痛：一般来说，人们只注意到了作家的作品成功后的喜悦和光辉，却哪里会知道作家自己在创作过程中所经历的艰难和所付出的牺牲。我们经常看见姥姥因为写稿连续十几天不曾下楼来和我们一起吃饭，而非常关心照顾她的保姆庞大娘也经常是无可奈何地对妈妈说："唉，老太太昨儿个又是一宿没睡！""这不，饭又是没吃，我都给她热好几回啦！"记得有一次妈妈让我上楼去给姥姥送信，我才发现姥姥写作竟然会是这么辛苦：外面的天已经大亮了，姥姥却忘了关灯，一脸倦容，两眼通红地还在灯光下伏案疾书，而旁边竟然是一碗早已凉透了的白粥和一碟小咸菜！我心疼地对她说："姥姥，看看您多累多辛苦哇！您就不能歇歇吗？"可是她笑着回答我："这是我的工作呀，现在还没有做完，我怎么能够休息呢？"当我怕打扰姥姥的工作正准备离开的时候，姥姥却叫住了我："孩子，你能来帮姥姥捶捶背吗？姥姥的背真的有点直不起来了……"

　　除了自己拼命努力创作之外，草明还始终在严肃地思考着一件大事：当时正是我国开始实施第一个五年计划的时期，鞍钢的发展建设日新月异突飞猛进，英雄人物和先进事迹层出不穷，捷报频传。这样沸腾丰富的时代生活难道仅仅靠几个作家写文章来反映和歌颂就够了吗？显然是远远不够的！而要改变这种状况，就一定要培养出一支工人阶级自己的创作队伍！那么由谁来做这件从未有人做过的事情呢？草明认为自己应该是当仁不让：我要创办青年工人的业余文艺创作班，这是我不可推卸的历史责任！草明说，我是鞍钢人，就要为鞍钢多做贡献！关于办班地点，草明提出就在自己家中来办；关于学费问题，草明的态度更是非常明确：这是一个革命作家应尽的社会义务，因此是绝不会收学员一分钱学费的。关于如何招收学员，草明只提了三个条件：第一是学员必须得到他们车间的同意，第二是本人思想纯正，第三是先写篇短文来让她看看学员的基本功如何。最后一点是关于办班的时间，草明更是毫不含糊地规定：这个班只能是利用星期日到自己家里来上课。这也就是说草明在鞍钢的十年里一共创办的九期青年工人业余文艺创作班（一年一期，每年讨论研究十个题目），所占用的

085

时间全是她自己的休息时间！鞍山市文联和鞍钢党委宣传部得知草明的这一想法，都高兴得不得了，他们早就盼望有人能来做这样的辅导，草明同志的请缨和无私奉献，让大家终于有了信心和底气。

虽然还是有人担心学员的文化程度普遍较低，作品比较粗糙，恐怕会让草明大失所望，那么这个班就可能办不下去了，草明自己的态度却始终是坚定不移："只要我们肯下功夫来培养工人阶级自己的作家，那么未来的社会出现的那些伟大的作品中，就一定会有工人阶级自己的优秀的巨著！"实践证明：草明的预见是正确的，在鞍山十年举办的九期青年工人业余文艺创作班中，她为鞍钢和鞍山市培养了200多名工人业余作者。他们之中有的成了中国作协会员，各个省市作协会员；有的成为文艺刊物的编辑或各个单位的文艺骨干。而著名的工人作家李云德同志就是青年工人业余文艺创作班第一期学员，他的长篇小说《沸腾的群山》曾经在中国文坛轰动一时，从而深受广大读者称赞，不但被排成了话剧，而且还被排成了电视剧和电影。草明培养工人作家终于桃李满天下，这应该是让她比什么都高兴的一辈子都引为自豪的事情啊！

在外八栋文化街五号的家中一共有六间房子，而我们最喜欢待着的地方就是饭厅和客厅了。因为这两间房子是我们能有机会和草明姥姥相处交流更长时间的地方，我们有很多的生活道理和文学常识都是在这两个房间中从姥姥那里偏得的。草明姥姥喜欢读书，应该说她的一生都情系书中，所以多年来，她以自己惊人的记忆力始终保留对所读书目的内容和人物的清晰印象和深刻的感觉。她也经常在饭桌上和客厅里与我们这些晚辈平等地讨论这些作品中的人或事：那种信手拈来的熟稔，那种从容不迫的分析，那种声情并茂的描述，那种水到渠成的结论，都让我们这些小毛孩子获益匪浅，茅塞顿开。这些谈话不但逐渐提高了我们的审美意识和理论水平，而且也进一步加强了我们的艺术修养和鉴赏能力。记得有一次，大家在一起不知为什么忽然谈起了俄罗斯著名作家屠格涅夫的《贵族之家》，姥姥突然问我们："应该怎么来看待书中男女主人公的最后分手？特别是对女主人公丽莎这个人物应当怎样来看待？"姥姥问我们的问题，是出在我们看书时深深被感动的章节之一，可是这么深奥的文学论题，就凭我们几个初中生、小学生怎么答得出来？所以尽管书我们是看过，可是谁也没有更深入地考虑过这类问题。于是我们异口同声地反问起姥姥来："那么姥姥您先说说，您是怎么认为的？"姥姥并没有责怪我们的唐突，她很认真地像是在和成年人交谈似的说道："丽莎的拒绝是一种爱，离开也是一种爱，不过这两种爱都是勇于牺牲自己，真正替对方着想的更有道德的爱。正因为如此，她才能感动人，才有艺术魅力，才会是经典人物，因为她在全世界人民面前树立了俄罗斯妇女崇高而美好的形象。还有像普希金的《欧根·奥涅金》中的达吉亚娜，像托尔斯泰的《战争与和平》中的娜达莎，《复活》中的玛丝洛娃，都是俄罗斯妇女的美好形象……"原来是这样！我们真的很喜欢这种平等的讨论和谈话，尽管当时还不一定完全听得懂，但是毕竟让我们对原本还是很朦胧的人类的爱情观问题，突然有了很清醒的新鲜认识。

姥姥很喜欢普希金的抒情诗，她常常在散步的时候，听我们几个孩子一人一句地朗诵普希金的名篇《在弯弯的海岸上，有一棵绿橡树》。诗中那些神奇美妙的童话故事让人心驰神往，更是让其他路人也驻足聆听。他们是否也在和我们一起分享着这份文学的快乐与感动，我们是很难猜测的，但是有一点我们是看得很清楚的，就是从此在我们居住的那条街道上，吵街骂巷的动静少了许多，而琅琅读书的声音却渐渐多了起来。

记得有一次，我曾把一朵在野外采撷的花儿夹进了我的日记本里。这是女孩子常做的傻事，原本也没有什么更多的想法或含义。却让姥姥看到了，她笑着向我推荐了普希金的一首小诗《一朵小花》。草明认为，这首小诗好就好在诗人由一朵被人遗忘在书页中的枯萎了的小花，引起了一连串的关于这朵小花的奇异故事的遐想。他对想象中故事的主人公的命运，寄予了那么多真诚、热情和体贴入微的关心，从而也使读者深刻地感受到了作者对生命和生活，对爱情和友情的那份执着的热爱与眷恋，对命运无常弄人的惋惜和哀叹！而诗人对生活的细腻感受又是通过丰富的想象力传染给读者的，在深沉热烈的感慨中又时时表现一种亲切的柔情和几分苦涩的乐观。突然间，我觉得自己也有了一种脉脉温情般的亲切的感动，有了浮想联翩的遐想，不是为了自己，而是为了诗中两个不知名的男女主人公，开始情不自禁地关心起他们未知的命运，牵挂着他们多舛的爱情，惦记他们可能的遭遇，更担忧他们脆弱的未来。而这一切都源于一朵小花的提示，让人与人之间开始愿意相互沟通、相互友好、相互了解、相互关怀。我突然明白了姥姥的用心良苦：她是在平日里，从一些细微的小事上，就注意培养我们的这种富于想象、勤于联想的能力，希望我们能够更加关心自己周围的世界，关心自己周围的人，多用眼睛和爱心去关注我们的社会、我们的国家、我们的人民！

　　和草明姥姥在一起切磋文学艺术的写作是一件很愉快的事情，日久天长，点点滴滴，片片段段，只言片语，信手拈来，都是一些难忘的亲切的涓涓细流似的教诲。她讲述的虽然只是一家之说，不一定那么宏观，也不一定那么权威，甚至不一定那么符合时尚和潮流，却成就了她的那么多的工人业余作者和我们！于是我记起了古人的一句话：师者，所以传道受业解惑也。我想，工人师傅和我们大家都一定会更喜欢草明这样的师者吧！

黑黑的你

冯璇

那一年春天，84岁的她从生命的枝头陨落。一地的阳光和满坡的梨花没能接住她。她重新回到的这片土地，那一刻，她是安详的。这里的山山岭岭有她战斗过的枪声，有她奋起的呐喊。然而这一切，是鲜为人知的。人们只知道这老太刚强、泼辣、说一不二，谁也没把她同"女匪"、抗联战士联系起来。邻居们只觉得她这黑黑的老太太是个有福之人，家族兴旺，子肖孙贤。

拂去岁月的层层迷雾，我要告诉你，她跟随抗联名将杨靖宇打过游击，为韩震报过仇。在那个特殊时期，她铿锵的背影和她的大脚板子踏遍这里的山山水水。

她有一个好听的名字，于秀莲，出生在普乐堡瓦房村，辽东山水的孕育和滋养，令十七八岁的她出落得像一株挺拔的山杜鹃，丰腴，俊美。媒人隔三岔五地米。而她心里有自己的目标：一定要找个自己喜欢的男人。

在那个动荡不安的年月，谁家有这么惹眼的大姑娘会终日提心吊胆。当时在辽东一带有不少胡子，不仅掠夺财物，也抢大姑娘小媳妇。女人要把脸抹上锅底灰，把头发弄乱，越脏越疯才越安全。于秀莲也一样，夜里衣不敢褪出门脸带灰。

那年春天，草长莺飞的时节，她一副男儿打扮进了山。采野菜，挖人参，她沉浸在自己的收获中。突然一阵风，她还没意识到是怎么回事，自己就被一个又高又壮的黑影扑倒了。她拼命挣扎，那人却死死地捂住了她的嘴。在撕扯中，她看到那人右手是六指，腰里还有一把枪。

石黑子——

她早就听说过这个人，健步如飞，枪法精准，能用多出的指头拉大栓，扣扳机，杀人像切萝卜……万没想到，今天竟然让他给糟蹋了。那人走时留下一句话：我一定要娶你，你等着……

石黑子原名石风山，是辽东一带很有名的胡子。他枪法好，讲义气，手下有50多号人。他们有个不成文的规矩，砸窑（抢劫）不抢办喜事、丧事的，不打劫货郎邮差、算命摇卦、鳏寡孤独，专踩那些有钱的、欺侮人的大户人家。

他早就看中了于秀莲，可是自己这样的身份，哪个人家的女儿能嫁给他。他时常在于秀莲家门口转悠，只等有机会下手。那天，他回来后一直想找个合适的机会，托媒上门。回到家的于秀莲没有跟爹娘说自己的遭遇，她只是打听到了他屯聚的山头，暗地里打算一定要找到他。哪想石黑子见了她，喜出望外竟一时不知该如何表达，还是手下人机灵，问她愿不愿意嫁给大当家的。

于秀莲脸一红，默默地点了点头。石黑子当即决定，披红挂花，给于秀莲一个隆重的婚礼。石风山当着弟兄说，山上有石，石上有溪，溪下有鱼，鱼下有莲。我和她是上天安排的一家人。一席话，让于秀莲一下子喜欢上了这个粗人，善良美丽的于秀莲转眼成了压寨夫人。

很快她学会了打枪、放哨。随着儿子一个接一个地出生，她背着孩子也能行走如飞神出鬼没，不仅练就了一双鹰的眼，还练就了左右开弓的神枪一绝。渐渐地，她的名气超过了石黑子，人们叫她于大娘儿们、于大脚板儿。

九一八事变后，唐聚五在桓仁召开民众自卫军誓师大会，石黑子和于秀莲都参加了，他们和弟兄们商定，誓死捍卫这片土地。

那年秋天，10多个日伪军包围了石黑子的山头。石黑子舞起大刀砍倒了两个日伪军，并掩护于秀莲和弟兄们向大山深处躲藏。这时他不幸中弹，临终时叮嘱于秀莲：带领弟兄……上山……快……看着被小鬼子杀害的亲人，没有时间悲痛和犹豫，她把眼泪一抹：我一定要为你报仇……

不久之后，驻扎在镇里的日伪军纷纷到各村抓猪找羊，准备过樱花节。于秀莲瞅准了机会，扮作村姑下山了。她大大方方地来到守备所，说自己家里猪羊膘肥体壮，价格便宜。几个鬼子一听眼都直了，要她前面带路。她不慌不忙地走在前头，转到密林时，一个小鬼子要非礼她，她早有觉察，迅速地掏出枪，只听啪啪几声枪响，小鬼子还没反应过来就倒在血泊之中。不久之后，一些巡视的鬼子常常"意外"失踪，站岗放哨的日伪军会无缘无故地死去。

有一次，日伪军组织了七八十个精兵摸到了于秀莲的藏身地。富有山林作战经验的于秀莲觉有异样，她马上号令弟兄立刻撤退。她和弟兄们利用熟悉地形的优势，一会儿隐藏在砬头，一会儿隐没在庄稼地，日伪军被他们绕得团团转，一阵枪声响后，小鬼子死的死，逃的逃，还丢了十几支枪。打从那时起，她又有了一个绰号：于弹子。

后来一些遭了难的乡民、无家可归的大姑娘小媳妇纷纷投奔了她。她告诉大家，上了山，就不要把自己当女人，国难家仇，咱要像爷儿们一样保家卫国。别看队伍里女人多，她们个个都是好样的。

那一年，鬼子在各村屯实行"集家并屯"政策，强迫散居的农户迁到指定的村屯，并在四周筑起高墙、碉堡，日伪军还把修筑围子的人活活打死、饿死、冻死。500余人遭受着非人的折磨，如果有一人是抗联战士或是有什么"疑点"则实行"保甲连坐"制，即全家全部杀死。驻守在这一带的日本守备队长米岗、片野、喜多每日杀人取乐，把人头摆在长凳上拍照取乐，把人心取下当下酒菜。这些暴行让乡邻们恨之入骨，为了逝去的亲人，他们有的从死人堆里逃出来，有的是主动上山找她，人们纷纷拿起了手中的铲刀、镰头。

打鬼子光有怒火是不够的，还要有武器，要有不怕死的精神，哪怕有一口气，也要咬下小鬼子的耳朵。

不行军打仗的时候，她天天把这些话挂在嘴边。这个女土匪还教弟兄们练习拼刺、擒拿。在她的带领下，弟兄们个个勇敢无敌，队伍的力量也在不断壮大。

一时间，于大娘儿们在辽东百姓口中越传越神，有人说她的眼睛在夜里放光，看得清一切；还有人说她受天神护佑，子弹都会绕过她。

后来，她跟着杨靖宇西征，一直辗转在桓仁山林打击敌人，直到日本投降。

当她重新回到了村子，已经物是人非，她只说自己是逃荒的。邻居们相信了她。因为她的脸跟锅底一样黑，不仅头发短得像个男人，说话也像个男人。人们发现她总是站在院子里向山上望着，望着，身板子一动不动。关于她是女匪、打鬼子的传奇，在那个动荡的年代，是要隐瞒的。新中国成立后，她的故事也没有见诸报端，没有写进地方志，一年一年，她身边的人老的老，死的死。她平静地过着普通百姓的生活。很少有人知道她曾是令小鬼子闻风丧胆的"女匪"，是抗联战士依靠的亲人。

在那个特殊时期，有人检举她是"土匪"，抓出来批斗她。她咬着牙淡淡地说，只有杨司令知道我是干什么的，我是土匪不假，可我是打鬼子的土匪，因为我不想当亡国奴。批斗的人嘲笑她，认为她在说胡话。

她只是冷冷地一笑。

是的，能证明她的只有杨司令，还有一张亲手写给她的手迹，她当时怕落入敌手，偷偷地烧掉了。可是杨司令已经在1942年被鬼子杀害了。造反派问她脸为什么这么黑，她说是风吹火烤的。问她为什么身板这么硬朗，她说是打鬼子练的。对这个"死不悔改"的黑女人，那些造反派一点办法也没有。

又过了好些年，她依然身板硬朗，行走如飞。她散落在各地的儿子陆续回来了，她领着他们在山上立了块碑。那天，她轻轻地说：你们不能忘了，这里的每块土地上都有血，你爹的，你叔叔和姨娘的……

2016年，为了进一步挖掘她的故事，我找到了她的长孙，60岁的他已经有些思维不清了，他的儿子给我看了一张于家的家谱，我看到发黄的纸上只有两个字：石氏。他告诉我说，这是他的太奶奶。简单得和那个年代的女人一样，或许，她不需要那么多的功名，那么多的报道。为了脚下这块热土，她做了她应该做的事。她黑黑的脸还有那副铮铮铁骨足以证明，她和千千万万个英雄一样，为了捍卫这块土地完整，他们受再大的委屈和牺牲，都无悔无憾。

怀念或者仰望

冯金彦

一

此刻，除了阳光与月光，除了他的名字，日子和从前不一样了，但是，他依旧没有被人们忘记。

谁能忘记他呢?

一个只读两年书的穷孩子，11岁失学放猪，14岁随父务农的穷孩子，尽管成了桓仁县委书记，却是只拿工分的县委书记，全国唯一的只拿工分的县委书记。

他依旧住集体宿舍，睡小炕，抽关东烟，吃大食堂，挤公交车下乡。

他依旧没有豪言壮语，无论什么时候，他只是一个普通的农民的儿子，他也努力做一个普通的农民，即便成为县委书记之后，还是坚持"三不变"原则，不改变农村户口，家不进城，不挣工资。

说到的，他做到了。

没有说到的，他也做到了……

春节，家人等着他拿回一年的分红钱过年。此时，他却拿着钱开始访贫问苦，20多里路走下来，1000多元钱都送给了贫困户，自己十来口人的家庭只剩下 50 元钱。等着买年货的妻子失声痛哭，最后还是女儿王德贞把冬天捡牛粪卖的 150 元钱拿出来才过了一个年。

他从来如此。

一生洁白，心里容不得一粒沙子。灵魂也是，甚至承受不了一根被风吹落的茅草的重量。

把他的名字做成一个门环，钉在大门之上，我就能记住家在什么地方。

灵魂在什么地方。

我的文字应该在什么地方。

二

桓仁设县于 1877 年。

143 年，有许多名字在这里进进出出，这些发着不同口音的名字，穿着不同服饰的名字，尽管千差万别，每一个人都有自己的故事，每一个人都提着自己的故事在这里进进出出，每一个人都沿着阳光的方向努力生长着。

其中，他是一个普通的名字，却是一个生动的故事。

水库刚修好，天下起了大雨，他半夜起来查看。走到偏坡处，前边仿佛有两盏灯，近了是两只狼，王连生边搏斗边高声呼救，人们听到呼喊声提着灯笼出门相助，饿狼才退走。水库蓄水已满，正有汩汩流水从坝顶溢出，他及时赶到，一场冲毁村庄和田地的危险化险为夷。

任县委书记的日子里，他一年只请两次客。一次是八一建军节；一次是春节，代表县委、县政府请劳模、功臣及烈士家属吃饭。

他是桓仁第一位全国党代会代表。

他七次参加国庆观礼团。

他生于 1928 年，病逝于 1986 年，他离去了 34 年之后，无论岁月如何，我们还是一下子就能把他的名字从众多的名字中选出来，把他的故事从发黄的纸页上找出来。他仅仅 58 岁的生命像星星一样悬挂在天空之上，让我们怀念或者仰望。

> 没有谁规定一个生命究竟要活多长
> 生命就是一个过程像一支蜡烛从燃烧到熄灭
>
> 关键是他仅仅 58 岁就把那么多的聪明与才智
> 也一起带走了
> 无论他以一个人一只鸟甚至一朵花的样子
> 重新出现在这个世界出现在我们面前
> 但是没有了思想和才华的传递
> 仅仅是生命的一次交换
> 无论怎么样都叫人心疼

在他的家乡下甸子，星星还是那个星星，月亮还是那个月亮。从历史的深处吹过来的风，依旧从山坡走过。在他的墓前，我们无法感知，哪阵风是从唐朝吹过来的，哪阵风是从宋朝吹过来的。我们只是知道，哪阵风吹在身上最疼。我们只是知道，34 年了，乡亲们依旧自发地给他上坟，他的墓前总是摆满了鲜花。

在人间，这个把百姓放在自己心里的人，百姓把他举得很高很高。

三

他离去的那天，灵车从医院驶出，晴朗的天突然浓云密布，下起了瓢泼大雨。从沙尖子镇到墓地数公里长的山沟里，挤满了前来迎接他的百姓，一位半身瘫痪的老人甚至让儿子用车推着他来接王连生回家。

残阳如血。

在王连生的墓地，阳光擦掉落在砖石上的灰尘，也擦掉落在名字上的灰尘，月光也是。如果一个高贵的名字、一种伟大的精神蒙尘了，那是一个时代的悲哀与历史的悲凉，一个人对英雄与伟大精神的戏弄是沉沦，一个时代对伟大理想与使命的涂抹是堕落。好在那样的时代已经走远了，历史欠下的所有债务，阳光都替它加倍偿还了。

灵魂是不死的他的精神也是不朽的
像一件件精美的瓷器
无论落上了多少灰尘
轻轻地擦拭之后光亮依旧

四

在阳光与月光之间，在日子与日子之间，王连生的名字仿佛是一枚螺钉，小心地把这些不相干的日子连在了一起，把不相干的名字连在了一起，把不相干的故事连在了一起。

把历史和我们缝补在一起。

青山处处埋忠骨。

飘零了几十年回到故乡桓仁之后，我才读懂了一句话的真正意思，所谓父老乡亲，是说父亲老了之后，才知道，故乡的可亲。

我们老了之后，才知道王连生的可亲。

年轻的时候，我们不懂爱情，其实，年轻的时候，我们懂什么。我们不知道许多平凡的事情，才是我们生命中之真之贵，一如阳光一如空气一如爱一如善良。

　　此刻在墓地，我只是喊了一声王连生的名字，一条河就从我的梦中流过。

　　阳光如水。

　　月光如水。

我和父亲比人生

师小童

去年秋天，一个阳光明媚的午后，我在父亲小时候放牛的那座小山上漫步了好一会儿。累了，顺着山坡躺下。山风轻抚，山色五彩斑斓，瓦蓝瓦蓝的天空，白云悠悠。望着眼前的美景，遐想了好一会儿。后来，恍惚中走来了父亲。接着，很多画面从记忆的山谷纷纷飘来。那些记忆和画面，构成了我所知道的父亲坎坷的一生。之后，回望自己的半生旅途。再后来，我闭上了眼，躺在那里，和父亲展开了对比。对比的过程让我觉得既甜蜜又有几分酸楚。那天晚上，我把躺在山坡和父亲对比的凌乱记忆整理在日记上。内容如下：

父亲 11 岁时，给村里的富人家放牛；我 11 岁，在学校里读书。父亲除自己的名字只认识五个汉字：一、二、三、八、十；我不单认识无数汉字，还认识大量的英文。

我早年的印象中，父亲终年穿着破旧衣衫；我 22 岁之前也是那样。1982 年以后，我和父亲就都衣装整齐了。记得上九年级时，我还穿着死人曾经用过的衣服、鞋帽去上学（那些年，父亲总是帮着村里去世的人穿装老衣服。这样，他就可以得到死者的遗物了）。工作以后 30 多年来，我所稀罕的风衣、皮大衣、呢子大衣都穿过了。

改革开放之前那些年，父亲天天粗茶淡饭。只有过年过节才吃顿饺子。家里来了客人，最多也就炒一盘鸡蛋。30多年来，我几乎顿顿鲜肉活鱼精米细面，偶尔食一餐粗粮当作改善。亲友来了，不愿意在家里做饭，去饭店点上一桌子酒菜，有时还请他们去吃从外国引来的绝对民主风格的自助餐。

父亲住了一辈子土草房。早年的冬夜里，窗台的水碗都会结一层薄薄的冰。几乎每年春天，大风中房顶的草，就像秃人头顶的假发一样被风揭掉。我一结婚就住砖瓦房。不再担心大风会将房顶的瓦吹掉。后来住上了公寓楼。再后来，自建了一座小别墅。永远告别了风掀房顶草、冰冷屋内人的日子。

父亲一生没骑过车。30公里以内，出去办事完全步行。我一参加工作就骑自行车，后来骑摩托车。现在出门溜达坐公交，办事打车去。女儿多次让我学习汽车驾驶。考一个驾照，然后把她的车给我。只因我生性心仪素简，不愿为没多大用途的东西劳神。

我的记忆中，那些年父亲的日常娱乐就是头朝里躺在炕上，闭着眼，唱他年轻时看过的皮影戏里的唱段。我小的时候，村子里平均两个月放映一场电影。父亲和我一起去看。我因和同学玩耍打闹了一天累得不行了，几乎每次电影开演后不久，就迷迷糊糊睡着了。演完散场了，父亲把我叫醒，一起回家。到家后躺在被窝里，沮丧。好一会儿才能重新入睡。1985年我家买了一台黑白小电视。乐坏了。可以躺在家里看电影、看新闻、看长篇小说式的电视剧了。如今更是不得了：挂在墙上屏幕宽大的电视机与网络连接后，可以任意点出想看的节目。我喜欢看《地雷战》《地道战》《三进山城》《小兵张嘎》等抗战影片，有时一个晚上连看三四部。半躺在大沙发上，一边喝着啤酒一边看，那可真叫一个美。

我小的时候，家里穷得很。记得我上小学时的一天中午，回家向母亲要钱买一个演算本。家里一分钱都没有。母亲顶着烈日，拿着家里仅有的一个鸡蛋，挨家挨户走了整整一条街，才用那个鸡蛋换来一角钱。我的女儿上大学、读研究生，我都没有向他人借过一分钱。她结婚时，还陪送她一辆进口轿车。

父亲一生没离开过沈阳浑南。我不会像他那样，老是囿于沈阳。偶尔我会出去走走，国内转转、国外游游，再返回生我养我的家乡浑南。

人们通常与相邻的人进行对比或攀比，然后生发出某些感慨。而我，除了父亲，从不与任何人比。对我来说，与他人比，毫无意义。"比"字的甲骨文和金文是两个人在一起侧身躺着的象形。两个人体或物体放在一起，自然就产生了比较。"比"字的左半边是父亲，右半边是我。

父亲 91 岁那年，寿终正寝。我一定要超过他，力争在 101 岁时，还能在清晨宁静的小院里，一边侍弄点满露珠的花卉瓜菜，一边有滋有味地哼唱早年的情歌。

辽河岸边是我家

曲子清

从住处往南 200 米是辽河，我每天都要沿着辽河岸散步，呼吸辽河独有的咸腥味道，倾听河海交融的响亮回声。

我生在辽河岸边，自小就是枕着辽河的涛声苏醒与睡眠的，辽河于我来说，就如流淌在血管的血液，脉动着生生不息的生命力。听老人讲，我家祖上闯关东谋生路，追逐着河海鱼虾来到下辽河平原湿地。当时的辽河暴虐异常，它一发起脾气，大水漫灌，百姓流离失所。我的家跟着辽河这条巨龙的渐次摆尾，跳蚤般移来移去，河进人退，河退人进，虽苦不堪言，却不离不弃。

我出生于 20 世纪 60 年代末，彼时，下辽河平原湿地人民在党的领导下，兴修水利，建设家园，用勤劳、智慧和力量，牢牢缚住辽河这条狂龙，使之灌溉田园，造福百姓。泛着碱花的下辽河平原湿地郁郁葱葱，百业兴旺，我也在平安与顺遂中安静地成长。

我走上工作岗位时，下辽河平原湿地崛起一座崭新的石油化工城，我几乎与这座小城一起成长。那时的盘锦还没有高楼，只是满地泥泞和一片空旷。刚刚走上工作岗位的我租住在辽河套堤内一户人家的门房里。那条件可艰苦了，冬天冷得洗脸盆都结了冰；夏天热得后背起了痱子；上厕所要去胡同口的公厕；下一点雨，路就走不了了，要穿靴子蹚水；等等。可那时年轻啊，总觉得未来充满希望，即使苦累并存，也乐在其中。

我的周围都在破土动工，既欣欣向荣也乌烟瘴气，既现代时尚也老土原生态，既风格堆砌也兼收并蓄，一切都来不及消化吸收，城市只是迅速地长高、长大、变美。看着这一栋栋拔地而起的高楼，我相信自己总会住在其中的一栋楼里面。看一看楼盘，数一数收入，气馁与希望并存。等我的房东搬进了楼房，我买下他那座四处漏风的平房，算是在这座小城有了个落脚点。因住在郊区，交通不便，我要比别人早起，赶公交。每天天不亮，我就像觅食的鸟儿一样早早起来，路上的行人不多，几家卖早点摊位搅动着豆腐脑和油条、包子的清香。忽然，一群急急忙忙赶早市的商贩在我面前如风掠过，像迅疾觅食的家雀，叽叽喳喳地充满活力，还有热火朝天分报纸的报贩以及扫地的清洁工，都在紧张地忙碌。就在那一刻，我真实地感受到城市内在生命的活力，内心被一股力量所激荡，觉得自己和这个城市共呼吸，同前进。

我关注着城市的细微变化和发展，不落下城市的每个第一次。去新落成的影院看首场电影，去新剪彩的公园初游，去新建成的马路上轧轧；去新开张的饭馆吃招牌菜，等等，我记住了无数的盘锦第一次，也在无数城市第一次中见证着城市与个人的同步成长。后来，政府棚户区改造，我终于搬离棚户区住进楼房。我像第一次安家那样，一遍遍地跑市场，采买合适的装饰。在货比三家中，我发现城市早已不复当初土洋结合的样貌，变得时尚大气干净便捷。这些变化有我的劳动在里边，自己虽然没有做成什么大事，但我所做的一切都有意义，我并没有浪费自己的生命。当我纤细的高跟鞋踏过马路时，当我穿着时装表现自我时，当我展现才华忘我工作时，整个城市都是我的舞台，每个脚步，高楼和天空浮动的云，人和人的擦肩而过，都是光影重叠的，整个城市是动感的，充满活力的。

转眼间，我和城市一道进入相对平稳的中年期。彼时，我和我的伙伴也从各自的岗位龙套发展为领衔主演。初次担纲的我们生怕自己努力不够，辜负这个时代；生怕自己能力不够，耽误事业发展。我们细致描画、耐心呵护；我们兢兢业业、如履薄冰；我们激情满怀、永不言败；攻坚克难、敢为人先。我们比任何人都热爱这个城市，因为这个城市与我们成长息息相关；我们比任何人都努力，因为这个城市与我们血脉相连。一有时间，我们还会相携走遍这个城市的角角落落。我们赞美，我们批评；我们欣喜，我们失落；我们欢畅，我们彷徨；我们热爱，我们伤痛、失望。我们用锦绣之城、一盘锦绣、魅力五色锦这样溢美之词表达热爱，也用粗俗、浅薄、张狂、暴发户这样贬损之词表达痛切与关注，但我个人还是比较喜欢用"五色锦"这个词概括城市的地域特色。绿色的芦苇一望无际，秋季芦花飘飘，特有的清香洒满城市；红色的碱蓬草如城市嫣红的胎记，令这个城市得天独厚，卓尔不凡；黄色的稻米举世闻名，河海交融孕育的盘锦大米饱满莹白，软糯清香，享誉海内外；蓝色的海洋为渔雁先民提供初始养分，也为盘锦再次扬帆起航提供便利；黑色的石油翻滚着黑金巨浪，石油之城是这个城市永不褪色的标签。可以这样讲，智慧的碰撞加上生动的实践，产生和谐的生态盘锦；现代文明与原生文明共生，勾画出一幅俊美的画卷。我欣喜于城市的变化，也在变化中安享城市发展的红利。渐渐地，我发现自己跟不上它发展的脚步了。它身姿矫健，以黑马之姿驰骋向前；我开始步履蹒跚被甩在后面。早先，我俩同步成长，并肩前行；如今，我只能望着它的背影慨叹。蓦地，想起千年前横槊赋诗的曹操来，虽壮心不已，却怎奈韶华不再。

　　岁月如流，站在茂草葳蕤的辽河岸边，两岸灯影璀璨与万家灯火交相辉映，绽放夺目的光华！

珍贵的回报
——山村扶贫纪实

刘文艳

从上小学的时候就有捐赠的记忆。捐衣服、捐书本、捐文具，给那些边远山区的儿童，脑海中也曾经叠化出那些山区孩子渴求的目光和兴奋的笑脸。参加工作后，也有无数次的捐款捐物，近些年还多了党员干部每年一次的固定扶贫捐款。在共产党人心目中，老百姓有至高无上的地位，扶贫无疑是我们的天职。但我们也想知道自己的捐款捐物发挥了怎样的作用，也就是款用何处、物落谁家。总觉得把自己的款物直接送到困难家庭，捐到最需要的人手中，心里才最踏实。

终于有了这样的机会，而且是组织安排的。辽宁省委开展"党员干部走进千家万户"活动，为每位领导干部确定了一个贫困家庭作为帮扶对象，一对一，面对面，不干扰基层干部正常工作。我所联系的贫困家庭，是朝阳凌源市大王杖子乡小刘杖子村南沟村民组赵恩海家。

接受了这个任务，我有一种莫名的兴奋。在组织确定了联系对象的第二天，我一结束工作，就马上和广电局的蔡文君处长一起连夜赶往赵恩海家。听乡民政部门的同志介绍，他一家三口人，赵恩海有腿疾，媳妇智障，还有一个未成年的女儿，家里挺困难。

第二天一早，我们终于到达南沟村民组，在村子最西头的半山坡上找到了赵家。尽管来之前对这个家庭的贫困有了一定的思想准备，但当走到这个家的门前时，我们还是有些惊呆了。

一个不规整的小院，用泥巴和石头堆起半人高的院墙。两个木桩拴着一扇用铁丝和木板条捆绑成的门，门用一条链子锁着。院子里有三间破损的土房，房子有窗户，但窗子上没有玻璃，几块撕裂的塑料布随风摇曳着，两扇屋门则连塑料布也没有，任秋风吹打。

按照农村习惯，我向屋里喊了一声："家里有人吗？"一个蓬头垢面的女人将头从屋门里伸了出来，没有说话，呆滞的面部没有表情。估计她就是赵恩海智障的妻子。不一会儿，在地里干活的赵恩海和他的姑娘赵晓晶闻讯回来了。赵恩海穿一身似黑又灰的棉衣棉裤，走路双腿有点跛，女儿晓晶穿上红下蓝衣裤跟在爸爸身后，姣好的面庞流露淡淡的愁苦。赵恩海打开门锁，带我们进院子。

走进赵恩海一家三口住的屋，仍然是我们没有想象到的生活状况：屋里的土炕，坑坑洼洼，一块花布遮住半边，另外半边就露出了泥土，炕上周边的墙也斑驳不堪。土炕上堆了几条褪了色的花被子，已经补了许多补丁。一家之主赵恩海一脸惆怅，智障的妻子邢彩双目光呆滞，未成年的女儿默然无语。

我介绍了这次"党员干部走进千家万户"的活动安排，并向他们了解了家里有什么困难。赵恩海带着些许羞涩介绍了自己的情况：他有严重的风湿病，媳妇三岁时得了癫痫，智力只有三岁孩子水平，女儿晓晶今年才 15 岁，也辍学了，留在家里照顾母亲，兼顾地里的活。

他说："说起困难，谁家没困难，可政府没少帮我，民政部门给我送过一台电视，我还有政府的低保，也能对付过日子。我也没啥毛病，就是喝点酒。这回你们又这么远专门来看我，真不知道说什么好了！"我说："我们这次来主要是先认认门，先了解了解情况，给你带来了一些米、面、油和水果。以后我会常来，我们共同努力把日子过得更好些。"

我转身又看到了他家那坑坑洼洼的土炕。他解释说:"这炕、这墙都是媳妇抠的,没事她就抠墙。"我说:"我给你留下500元钱,你想办法抹一抹,这睡觉多不舒服啊!下次我再给你带块厚一些的地板革铺上,还有些生活用品也给你带来。"赵恩海感激地说:"哎呀,你们这么关心,我一定好好整一整,下决心把酒戒了,好好过日子。"我接过话头:"是呀,把酒戒了,把家好好收拾收拾,好好种地,有时间了再打一打工,孩子也大了,日子会好的。"他说:"对,你就放心吧,你如果再来,我肯定让这个家变个样。"

我带了相机,我问赵恩海,你家里没挂照片,你有照片吗?他说,有,在结婚证上,结婚后再没照相,已经17年了。我说我们照一张全家福吧。他高兴地说:"太好了,太好了!"女儿晓晶把她妈妈扶了过来,告诉她照相了往前看。我看她头发太乱了,就说给她梳一梳头吧,女儿晓晶拿了梳子给她梳头,梳不开,我拿起了梳子给她梳也没有梳开。晓晶说给她别个发卡吧,别上好多了。我给他们一家照了全家福。然后给他们看了显示在相机上的图像,一家人很高兴。我说,我下次来时把照片带来。

走时,他们一家把我送了又送,送了很远。

第二次到赵恩海家已是深秋,赵恩海没在家。我们找到村民组长李淑英,李淑英说赵恩海带着女儿到凌源市里看病去了,把家钥匙交给她让她照看。她和我们一起来到赵恩海家,家里只有智障的妻子邢彩双。这次我给赵恩海家带来了上次照的全家福照片和一些生活用品。李淑英先帮我们把带来的新地板革铺在炕上,又帮我们把带来的五条新棉被、新被罩、新毛毯都换好。我们给屋里窗户上安装了金黄色的新窗帘,又把外屋门和窗户钉上了塑料布,整个家焕然一新。

李淑英是个十分热心的人,她又帮我们把赵恩海家里里外外收拾得干干净净,她说:"赵恩海和晓晶回来,说不定怎么高兴呢,这家一下子变样了!"邢彩双虽然智力水平不高,但对这个家的变化还是有明显的感觉，她的脸上情不自禁地露出了欣喜。我又给邢彩双穿上了这次特意给她买来的新绣花棉衣，她更加高兴起来，看着自己身上的花棉衣，再看看自己黝黑的手，自己张罗着洗了手，眼里也溢出了激动的泪花。我又用湿毛巾帮她擦了脸，梳理了头发，顿时她灰暗的脸变得白皙了，蓬乱的头发也舒顺了，看上去年轻了许多，眼睛也有了神采。

走出了这个家门，我有了些许安慰，但仍有许多牵挂，特别是赵恩海的风湿病如果能治好，将是这一家改变贫困状态的根本和希望。

回来之后，单位机关党委积极帮我联系省卫生厅派出的医疗小分队，派了一名大夫去给赵恩海看病。赵恩海按医嘱服药，风湿病有了很大的好转。这之后，我所在的单位又派出了工程小分队，赶赴凌源为他家整修了房子。

第三次来到赵恩海家是在春节前几天，我特意上街赶了集，买了许多年货。这次来与上两次来时沉重的心情不同了，更多的是欣慰。

那天我们是起早出发，到赵恩海家已经快中午了，阳光暖暖地照耀着。一进家门，我就发现这个家又有了新变化。原来黑乎乎的墙已经用旧杂志的纸糊过了，整个屋子因此而显得洁净和亮堂。墙上还贴了两幅赵恩海自己画的画，一张画的是青翠欲滴、蓬勃向上的绿竹，一张画的是国色天香、竞相开放的牡丹，画上写了感激党和政府的话，这表明了主人的感恩心情和对未来生活的向往。

我们给赵恩海一家带去的年货有猪肉、面包，还有对联、年画、绢花、大红灯笼等，这个家又增添了许多生气。

我给赵晓晶买了一件红色羽绒棉衣，一条蓝色牛仔裤，一双白色旅游鞋，晓晶穿上很漂亮，她高兴地说："谢谢刘姨！"我给赵恩海买了一件新毛衣、一件新棉衣，赵恩海穿上很精神，脸上愁苦的表情也舒展开来，他说，多少年没穿新衣裳了。邢彩双也穿上了上次我送给她的新棉衣，又套上了同去的蔡文君处长送她的毛衣外套，一家人面貌一新，喜气洋洋。

赵恩海兴冲冲地给我们讲他的下一步打算："我看好了山下一处三间房子，房子比较新，有个院子，可以养点鸡鸭啥的，吃水也方便，要2000元，我想争取明年攒够钱买下来。过去做梦也不敢想，现在我有信心，明年种好地，再打点工，也不喝酒了，这个梦想一定能实现！"

我听了非常高兴，赵恩海燃起了生活的希望之火，这比什么都重要。我说："这次我们单位省广电局给你补助1000元，我带来了，我再给你拿1000元，现在就把房子买下来吧！"他说："怎么还能再要你的钱呢？已经帮了不少了，我自己张罗没问题！"我说："你对生活充满信心，我就特别愿意帮你！"

当我把2000元钱递到他手上时，赵恩海这个乡下汉子，眼里闪着泪光。

这次走访后一家人再送我出来，他们的脸上带着笑容。赵恩海的腿似乎不那么跛了，走起路来很精神，对生活充满了信心；智障的妻子也似乎有了一种新的感觉，她好像知道自己的生活发生了变化；赵晓晶这个还未成年的孩子对未来的生活有了新的向往，脸上挂了甜美的微笑。我心中感受到了从未有过的欣慰。

应该说，我为赵恩海所做的，既是一个党员的分内事，也是我力所能及的平凡事。可是赵恩海一家给了我深厚的回报：赵恩海感激的泪水、他的妻子邢彩双有了灵气的眼神、他的女儿赵晓晶甜美的微笑、一家人对生活燃起的希望之火，都深深地印在了我的脑海中。这给了我最大的欣慰，使我感到助人之后的快乐，感受到真诚感激的幸福。有什么比欣慰、快乐、幸福更厚重的礼物呢？有什么比这些更厚重的回报呢？

我的心里充满了对这一家人深深的感激，直至今天，依然温暖。

离我最近那颗星

刘兆林

一

海之南，万宁的冬夜，比东北初夏的白天还暖和。刚洗过温水澡似的月亮，喜眉笑眼看着公园广场上滑旱冰的孩子们嬉戏欢闹。独自散步的我，则惦记着远在北方上小学的独生孙子，作业写完了吗？滴水成冰的夜晚玩啥呢？

手中计步器放出一支歌曲，音韵悠悠，不胜委婉："……明月几时有……把酒问青天……不知天上宫阙……今昔是何年……我欲乘风归去……又恐琼楼玉宇……高处不胜寒……"

恰此时，另一健步者的手机传出广播电台的新闻联播声："……2021年，是中国共产党100周年诞辰……"

哦呦，我们党，上下求索100年喽。年过七旬，党龄已近50年的我，不由得把40多岁的独生儿子，与才十几岁的独生孙子扯到一起，更加惦念，一时百感交集：百年明日能几何呀啊？听我唱支昨日歌儿吧！

二

百年昨日，9100万中国共产党党员的花名册，已繁星烁烁，我该先向儿孙唱哪颗？

北斗星在眨眼，似提醒我：你个北国飞来的候鸟，唱唱长眠你们东北那个老乡吧。他离你很远，你却挨他很近；他不知世上有你，你却把他放于心窝几十年；他辞世时，你还没出生；你默默出生那块黑土地，和他用鲜血染红那块黑土地，同是满山遍野盛产大豆高粱的辽阔黑龙江；而他的出生地，正是你工作生活了50年，当下仍然所在的辽宁省。他父亲本是辽宁朝阳乡间教书的农家子弟，盼他有出息，送他离开辽宁乡下，到你老家黑龙江，读省城哈尔滨的许公工业学校，好变成城里不握锄杆子的人。他却当年就在学校参加了共产党，成为东北地区早期的党员之一。

三

是的，他确实算中国东北地区早期的共产党员。

他入党时，是1925年夏天，17岁。中国共产党才4岁呀！

这个才17岁，并没一点私产可与他人同共的共产党员，公益心特别强，入工校学习不久，就被推选为学生会会长。但，又因公益心太强，常带头在学生中间搞研讨会或辩论活动等，被校方开除了学籍。他因此感悟到，要改造中国，光扔下锄杆子、光念书学工、光参加共产党不行，还得学军事，手中握枪才有希望。于是向党组织申请，去广州黄埔军校学习。当年，他便如愿以偿，进入黄埔军校，很快成为共产党组织的青年联合会积极分子。因他既喜武又爱党，所以刻苦学军事外，又常与军校里的亲国民党学生展开辩论，遂以直言敢斗争而在军校闻名。因亲任校长的蒋介石压制共产党，所以军校把他当不安分子，迫使其退学。不得已，他又返回东北，成为共产党领导下的地区青年联合会会长，分别在哈尔滨和长春地区负责青年学生运动，被军阀当局逮捕。获释后再度被捕，多次遭受拷打，却只字不供不悔。1931年日寇发动九一八事变，军事占领东北，政权交替之际，他才得以趁乱出狱，赶赴哈尔滨，发动工人和学生支援义勇军抗日作战，任全满青年反日总会总书记，其间曾与另一青年中共党员协同炸毁日寇军用火车一列，后又受党组织派遣，到我故乡巴彦县，配合共产党人李兆麟开展改造土匪和民间杂色武装抗日工作，并打出中国工农红军第三十六军江北独立师旗号，成为共产党在北满建立武装的开拓者。1933年，因打出中国工农红军的旗帜，又在根据地不太巩固情况下，过早开展土地革命，他带领的独立师，遭到日伪政权和地主武装疯狂围击，加之内部成员复杂，党的力量不够雄厚而被击溃。损失很大，影响不小，他自己也异常痛心，但重大事情也是向执行王明、康生"左"倾路线的北满临时省委报告过的，所以他向临时省委据理力争，希望给予改正错误的机会，而别开除他最为看重的党籍。

四

17岁入党，8年党龄，年仅25岁的共产党员，却面临被自己誓死追随的党开除？他痛心，但也非常不甘，便据理力争：确实犯有过错，甚至不小，但才20多岁，不可能那么成熟和老练。急于求成，勇有余而谋不足的缺点和错误，是可以改正的！应该给他改过和成熟的机会，以观他效才是！可他这个本身就是临时省委成员的激烈诉求者，在比他年龄也没大许多的临时省委常委那里，申诉不仅没能成功，反而使"开除"二字前面又加上"永远"二字！一个遥远东北最北方的临时党组织，真的就把"永远"二字加给了他，也是可以理解的，他们当年都年轻啊！

啊！啊啊！25 岁的他，知道"永远"有多远吗？他的心潮会像松花江呢，还是会像黑龙江？抑或像他在黄埔军校时游过的珠江那样，汹涌难平？

不得而知。

但可以想象得出，绝不可能是轻松快乐。

他已被反动当局开除了两次学籍，又被自己誓死追随的党组织开除了党籍，真正有信仰的男儿，不是欲哭无泪，也会欲罢不能吧？他那犟烈性格，使他真的动了气，而且气不打一处来。他坚信，向满洲临时省委据理申诉，绝不是反党！而"永远"二字，反倒更激起他永不叛党，更坚决抗日救国的决心，隐姓埋名也要誓死干出个样来，重新回到党的怀抱。

他满腔愤慨，另加三分自愧，隐瞒身份，独自投奔另一支抗日义勇军部队，当了一名马夫。由于有勇，又有军事常识和智谋，很快得到重用，成为这支民间独立部队的参谋长。后来，他又独立拉起一支游击队。尤为可贵的是，已不是共产党员的他，主动率队接受中共珠河县委领导，创建了珠河抗日游击队。这支由他带领而受共产党领导的队伍，发展到几千人，创建了 10 万人口的抗日根据地。到 1935 年年初，队伍已发展为人民革命军（又改名东北抗日联军）第三军，他亲任军长，率部西征，取得不小战绩。当年，根据他的突出表现和恳切请求，满洲临时省委终于同意了他恢复党籍的诉求。但此前，还曾有过一个铺垫的决定，即把当初的"永远开除出党"改为"开除出党"，以观后效。真正恢复党籍这次，是多年之后的事了。足见他忠于党，是纯洁的信仰和坚定的信念使然。入党不为私，开除出党仍矢志不渝，是真正共产党人最高贵的品格。

五

党组织对他观到的"后效",是非常可观的。

他曾与抗日英雄杨靖宇并肩战斗过,二人分别担任的是东北抗日联军正、副总指挥。两位共产党员抗日将领,英名齐具,最后都是被敌人罪恶的子弹所射杀。

日寇解剖共产党人杨靖宇将军尸体时,发现胃中充塞的,竟是一团难以消化的野草;而被日伪特务杀害的我要为他歌唱这位将军,他正身背"开除党籍"的处分决定,而此决定之前竟是"永远开除党籍"。"永远"二字,是受"左"倾路线推行者王明和康生指示影响决定的。而他被开除的党籍,其实是被敌人杀害后多年才彻底恢复的。如此遭遇而不悔初心,这叫信仰伟大!

六

1940 年春,他被共产国际任命为中国东北抗日联军总司令。

1941 年秋,他从苏联返回东北,迅速召集百多名抗联将士,继续作战。

1942 年 1 月,东北兴安岭地区,冰天可以冻掉耳朵,雪地可以埋葬活人,他就在如此恶劣条件下,对日伪军展开艰苦卓绝的游击战。日寇和伪军都非常怕他,曾用"一两肉,一两银。一钱骨,一钱金"为悬赏口号,四处派遣特务,千方百计捕杀他。

1 月 12 日,是兴安岭最严寒季节能冻掉人下巴的一天,他特选此日亲率一支小分队,袭击梧桐河一处伪警察派出所,以便扩大抗日根据地。不料却被乔装成收山货的日伪特务暗中开枪,击中腹部,昏迷中被俘。他被击中了要害,伤势分外严重。敌人怕他咽气,摇醒后突击审问，他切齿反骂："你们不也是中国人吗？卖了国还有什么脸审我？"他本已气息奄奄，骂了不大会儿便气绝牺牲。年仅 34 岁的反满抗日民族英雄，他不屈的头颅，被无耻而万恶的刽子手挥刀砍下，星夜送往伪满洲国"新京"长春，去邀功换金了，而只可换银的肢体被沉入松花江。

一江刺骨的寒水呀，你将无头英雄的尸体冲往了哪里？此前，英雄那常常顾不及洗的脸总是黑黑的，心疼他却不谙世事的房东孩子曾问，叔叔你为啥总不洗脸哪？他苦笑说，赶不走日本鬼子，哪还有脸可洗？他的脸却被没有骨头的无耻汉奸连头一起砍掉，送往伪满洲国"新京"，去请"一钱骨，一钱金"的罪恶之赏了。这与民族魂鲁迅先生的名著《药》中所写革命志士遭砍头时的看客不同，看客只想趁热乎接点儿烈士的鲜血，为自己的病儿子当药引治病，是愚昧和麻木所至，先生是哀其不幸，怒其不争。而砍下志士头颅，向仇敌讨"一钱骨，一钱金"者，该万古留骂！

七

数十年后，汉奸帮日寇砍下这颗不屈的头颅，被一位解放军从"新京"监狱档案中发现，标名正是大名鼎鼎的——赵尚志。

东北解放了。黑龙江省有了尚志县！

新中国成立了。哈尔滨市有了尚志大街！

改革开放新时期到了。辽宁省朝阳县有了尚志乡！有了尚志村！有了尚志陵园！

1982 年 6 月，中共黑龙江省委根据中共中央组织部提议，给抗日英雄赵尚志，完全、彻底、不留半点不实之词、永永远远恢复了党籍！

2009 年，党和国家评选出 100 名"为新中国建立做出突出贡献的英雄模范人物"，赵尚志的英名光耀其间！

我这个年逾七旬的共产党员心中，也多了一颗永难陨落的尚志星！

这颗星，生前有人为其提亲，他不曾看过。提亲者说是位很好的女人，家人也很好。他却说，等把日本鬼子赶出中国再说吧。他牺牲时，年方 34 岁，已永无成婚之日。

愿为了自己敬仰的党和中华民族的脸而永献头颅的未婚者，永远 34 岁的共产党员英雄，赵尚志，永生。

愿我 11 岁在读小学的孙子刘太行，记住尚志的名字，好好读书哇！

对杨靖宇的愧疚与补偿

刘兴雨

在本溪县有个汤沟，那里的温泉一直被人们赞誉，但我记住那里不是由于它上好的水质，而是由于一块大石头，人们把这块石头称为"将军石"，或者"靖宇石"。是因为杨靖宇带领他的部队干部在这里开会，研究西征，后来被确定为西征会议遗址。

20 世纪 30 年代中期，东北抗联与中央联系中断。杨靖宇的抗联一军成了没娘的孩儿。他从报上得知红军的消息，为了与关内的红军联系，便在这里召开了"西征会议"。

那个时候，杨靖宇也许不会想到，开会的部属中后来有人出卖了他。

出卖他的人，是他麾下的主力一师师长程斌，出卖他的地点就是在本溪。程斌原来也是坚定抗日的，后来有两个叛徒投降后给日本人出主意，说程斌是个孝子，他父亲去世后母亲把他们哥儿俩含辛茹苦地养大，只要抓住他母亲，他就会投降。敌人就抓住程斌母亲和哥哥，宣称程斌如不投降就杀掉他母亲，并让哥哥前来劝降。他果然如敌人所愿，裹挟 115 人下山投降。日本人还特意为此拍了一段纪录片，记录他在溪湖小学的投降仪式。

这一出卖不要紧，一下子 70 多个密营被破坏。储存粮草和弹药的

117

地方没有了，而且程斌熟悉杨靖宇的习惯与战术，使杨靖宇逐渐陷入绝境。

东北抗联 11 个军，全盛时期五万多人，杨靖宇领导的第一军包括山林队义勇军和哗变的伪军总共 1.5 万人，杨靖宇直接领导的队伍也就 3000 多人，后来为了活动方便不断化整为零，他领导的 200 多人的队伍到达濛江，敌人调动 26 个"讨伐队"共有两万多人专门"围剿"他。他们和敌人周旋了 93 天，打了 36 仗，最多一天打过 5 仗。

日伪军把杨靖宇当成"'满洲国'社会治安之癌"，把长白山抗日游击区当作"癌肿地带"，并悬赏一万元要他的首级。敌人以篦子梳头似的战术紧逼抗联。

到 1940 年 2 月 5 日这一天，杨靖宇身边只剩下 6 名战士，其中 4 名负伤。杨靖宇为了让他们活下去，命令他们冲出去。战士们要和他死在一起，他说："咱们多活下去一个，就多储存一份力量，你们要记住，到什么时候也不能叛变。"他掩护战士们冲出去。他一个人傍晚向半山腰爬，600 多人的"讨伐队"顺着他的脚印追上来。敌人军官说："杨靖宇虽然饥肠辘辘，却跑得飞快。两只手摆动在头顶上，大步跑去的样子，活像一只鸵鸟在飞奔。"

其间，"讨伐队"数次从缓攻击，劝其投降，但他毫无投降表现，两手分别拿着毛瑟一号手枪和考尔特二号手枪，进行顽强的抵抗。

杨靖宇靠在一棵松树上射击时，被随着程斌叛变的机枪手张奚若击中胸膛，大地留下一片雪白血红。

他是东北抗联总司令，牺牲时年仅 35 岁。

尽管后来有特卫排排长叛变，还有当地村民的出卖，但导致杨靖宇遇难的首恶是这个程斌。

程斌虽然不是本溪人，但他向日军投降是在本溪，本溪也似乎因此而蒙羞。尽管罪恶不是本溪人所为，但罪恶发生在这里，也是本溪的耻辱。

本溪人因此对英雄有一分愧疚，虽然英雄不以为意。

幸好英雄去世前后几位有心的本溪人以他们的圣洁之心，不断擦拭蒙在本溪名字上的灰尘。

第一个人是20世纪30年代初参加革命的传奇老人方未艾。有意思的是，他一个东北陆军讲武堂毕业的武人，竟然在哈尔滨报纸的副刊当了编辑做了文人。最早发表了萧红和萧军的作品，并同萧军保持了60年的友谊。作为地下党，他与抗联的三位英雄杨靖宇、赵尚志、赵一曼开始了交往。由于他俄语好，给彭德怀当过翻译，当过甘肃省文联副主席，又到山东大学当外语系主任。他住过国民党的监狱，住过苏联的监狱，又由于胡风案住进了自己人的监狱。

后来，北京来人到他居住的桓仁县城给他平反，让他把自己的经历和要求写出来，说可以回大学带研究生。他说："老杨他们都在山里，我哪也不去了。"那时他60多岁了。他说的老杨，就是声震中华的杨靖宇。他与杨靖宇相识是1933年初冬，由金伯阳介绍认识的。杨靖宇当时名叫张贯一。金伯阳说他和张贯一要到吉林，让去过吉林的方未艾介绍两个人好联系，方随口说了两个人，并问他们记住没有。张贯一说："革命，连两个人名都记不住那还行？"

他们下小酒馆，由方未艾做东。方未艾对张贯一说，什么一贯两贯的，来几盅酒吧。后来，方未艾看天冷，就让张贯一穿了他的马靴去了吉林。去了以后，杨靖宇就拉起了抗日队伍。

我曾和姜宝才一起到桓仁探望方老，老人说："我住在这里，杨靖宇睡在那里（与桓仁相近的通化），山与山是相通的。"经历了风雨沧桑，在老人那里，一切都变得云淡风轻。

方老送杨靖宇马靴的往事是本溪的军旅作家姜宝才采访方未艾老人后记下的。姜宝才笔名老姜，他最为人称道的是在长春找到了赵尚志将军的头颅，并为赵尚志与赵一曼请莫言题写并竖立了高大的诗碑。

他还专门追寻杨靖宇的足迹实地采访，有了许多新的发现。比如当年巴黎《救国时报》曾发文说："杨靖宇是在中国东三省第一个实行游击战术的人，他是一个有希望、有信仰、有把握收复失地的民族英雄。"

他还发现，在动荡年代，有的"革命小将"无知，把杨靖宇当成绿林草寇冲进陵园"破四旧"，一个小将刚爬上屋顶就掉下来，摔断了胳膊，其他人逃之夭夭，陵园免遭劫难。上年纪的人嘲笑，日本鬼子都怕他，还怕你们这些毛孩子？

姜宝才澄清一件事，过去都说杨靖宇生前吃草根树皮和棉絮，所谓的棉絮其实是一种叫"老鸹瓢"的东西。他还寻到了60年前给杨靖宇剖腹的目击者。那个当年15岁的学生当场听到警察领着人喊"打倒杨匪"，然后看到一个姓金的医生剖腹割胃，胃里有草、有树皮，就是没有粮食，一个日本军官竖起大拇指说："中国人志气地有。"

这些，他都写在一篇叫《头颅作花》的长文中，后来这篇作品获得《解放军文艺》一等奖。他把这篇文章收入他的散文集《英雄记忆》一书，请我为之作序，序的题目叫《追寻英雄的魂魄》，这部书获得了全军文艺创作的大奖。

为抗联呕心沥血的另一个军旅作家是名声更大的张正隆。他写的书名叫《雪冷血热》。这部书出版时腰封上印着这样的话："惊天之作《雪白血红》姊妹篇破土问世，作者张正隆20年心血磨砺，重现东北14年残酷抗日真相。"虽说是宣传词，但也是实情，与2006年他给我写的文字正好印证：

> 抗联8篇，去年3月动笔，写了十余万字写不下去了，资料太多，除采访笔记、复印资料外，书有几百本，十余年间陆续都看过的，可动笔写来，许多人物、故事、情节、细节记不住了，翻找又难，没办法，又从头翻看一遍，且做笔记，至今一年有余。写纪实东西就是这样闹心。您知道，这

种东西是必须准确的。估计 150 万字左右吧。这也是删节本了，全本给孩子留着。

真是个好东西，也真是个可怕的东西。可能两本或上中下三册。明年可能出一本。届时请您作序的。暂定名《热雪》。

他早就说过写抗联的书，并早早起好了书名《雪冷血热》。这个名字真是再恰切不过，怎么又要叫《热雪》了？一问他才知道，当初在军区创作室报写作计划时，他就说要写抗联，名叫《雪冷血热》，可他们创作室的一个人一听这名挺好，就招呼也没打用在自己一个短篇上了。张正隆被逼无奈才想了一个新名。我觉得这书名的原创是他，尽管被人所用，但那只是个短篇，无足轻重，不影响他的这部巨著。为了说服他继续用这个难得的书名，我又上网查找，这一查，发现苏联的一部长篇就叫《热雪》。总不能和人家的长篇重名啊，这下说服他了。又改回了《雪冷血热》。但我写的序却由脑袋变成尾巴，放在了书的后面。

序言放在了书后是编辑的责任，张正隆却好像自己做了什么对不起人的事，一再说，以后哪个出版社再版一定让放在前面。《光明日报》后来发表了我的这篇东西。他也许能得点安慰。

2011 年《雪冷血热》终于问世，他在赠书的扉页上写道：

兴雨：

无论如何，这本书我是下了功夫的，而你是对这本书帮助最大的人，也是第一个接到我寄去的书的人。

这是一部雄壮的英雄史诗，杨靖宇是里面华彩的乐章。写到杨靖宇牺牲时，他一定落下了眼泪，因为我读的时候都禁不住潸然泪下。

一双马靴，一篇获奖散文，一部皇皇巨著，不足以完全表达山城人对英雄杨靖宇的崇敬与热爱，但是作为一种补偿似乎可以向英雄交代了。

英雄不会计较，但英雄会注视。

只有英雄不仅作为符号，而且成为民族的精神基因时，英雄才会永生。

上升起"绿月亮"

刘国强

大自然的月亮在天上，这枚月亮在地上。

大自然的月亮洒落清辉，这枚月亮放射绿彩。

地上的月亮能赶走尘霾，能洁净空气，能制造氧气，能改善局部环境，能请来装雨的云，能唤回久别的野生动物，能指挥绝迹的鸟儿从四面八方兴奋地奔过来，在这里筑巢安家、生儿育女。

一双青筋暴跳、老茧像一排小山丘似的大手，高高托举这枚月亮。

手的主人叫屈长友，今年82岁。

这枚绿月亮好似大大的印章，印在辽宁省康平县沙金台乡敖力村。

1983年，一双双手在"承包合同"上刮起红手押旋风，一个晚上就把敖力村的好地抢光了！只有500亩寸草不生的"转山子"沙丘没人要。从这里伸出狂风的大手一下一下撕毁农田，埋村路，埋房屋，逼迫乡亲们后退，再后退……

几十米高的大沙丘已推进到离村民住宅20米，它们从内蒙古越过辽宁边界线以年均30米的速度南下，直指沈阳城。

一只粗壮的右手食指蘸上红印泥，狠狠在"转山子"承包书上一摁，数十双眼睛一齐惊诧：屈长友疯啦？

屈长友把家里40多只羊、12头牛、两匹骡子和两匹马变现，换成树苗。

1984 年，五双手一齐在沙地上奋战。屈长友和妻子胡淑凡手上的老茧磨破了一次又一次，镐把锹把染红了一回又一回。三双扶树苗、浇水和捧土的小手，则是三位屈家少年，女儿屈秀清、大儿子屈广德和小儿子屈广文。

"屈家军"恨不能点月当灯、挽日不落，刨树坑速度还是被石头拖后腿，太慢了！屈长友把家里唯一的毛驴卖了换成"好伙食"，请乡亲们帮忙。五六十双手一起在沙山上忙碌，挖树坑速度进入"快车道"。老天又出新难题：没有土，没有水。男人的手握紧推车把拉车，女人的手握紧锹把装车，从远处运来好土。一些手则攥紧水桶和扁担，从河里挑水。

屈家人甘愿用尖镐消灭石头，用锄头消灭野草，用水桶消灭干旱，用辛苦消灭青春……

小树在沙地上成活，像一颗颗闪亮的星星。屈家人乐呀，这些星星长大了，就是大片大片的星光！

姑娘和两个儿子的小手伸出让屈长友看，姑娘小手上的泡破了残留着血迹，大儿子的小手心结了厚茧，小儿子的伤手用胶布缠着。

屈长友心里难受，却故意"硬心肠"、大手一挥：孩子们你们看，这"转山子"夹在两道利民河中间呈月亮形。现在的沙地是黄月亮，树全栽上，就是一个大大的"绿月亮"！

不承想，半天工夫，2000 多颗星星全部陨落！羊嘴像刀一样收割了它们！屈家人蒙了呀，欲哭无泪！

屈长友指着一个山包说，我们以后就住这里，一边栽树一边看着！

贴山包抠个坑洞，三面用树条子拦上的地窖子，便是新家。夏天闷热，蚊子像沙子大把大把扬过来，小手在身上挠，大手在身上拍，脸肿，腿感染冒脓。脚趾和耳朵不时被老鼠咬伤。

胡淑凡拿木棍的手哆嗦着，上边挑着一条蛇。

时至今日，虽然地窨子已换成砖瓦房，恐怖情景照旧：老鼠进屋，蛇在玻璃窗上"拧麻花"……

五双手在水里"捞树"，死了的重新栽上。一次大雨过后，低处的五六千棵树苗泡死了，重新栽上！

五双手在沙子里抠树，一次沙尘暴埋上了上万棵树苗！一家人扒了半个月。看着"绿星星"重新在沙地上闪亮，屈家人笑了。可笑容还没散去，一夜之间，一场沙尘暴又埋了上万棵树苗！

五双手再次扒树苗，折断的树要重新栽上！风沙随便打个滚翻，屈家人就要干个十天半月！

这样的悲剧无数次上演，屈家人一次次用五双手扭转乾坤！五双手救了树苗，树苗救了沙地，沙地有了树的武装就救援金台乡，救援康平县城，救援远方的沈阳！

五双手奋战多年，五百亩荒沙山都栽上了树！

喜鹊来了，画眉来了，蜡鸟等数十种鸟儿来啦，在此安家落户，生儿育女。它们放声歌唱，把这里当成大音乐厅。棕色的狍子来了，白色的野山羊来了，红色的火狐狸来了，几十种野生动物来此欢聚、定居。

新的问题又跳出来：谁来看树？怎么对付那些偷树的、放牲口的、打柴火的、抽烟的？每天巡逻护树是"必修课"。

屈长友心疼树，屈秀清心疼爸爸。

屈秀清对追求她的小伙儿张剑龙说：跟我成亲要"倒插门"，帮我爸看树。

此后，张剑龙成为每日巡逻护树的主力。

屈秀清和张剑龙的家也安在树林里，距屈长友家 300 米。屈长友负责守卫西北片，张剑龙负责守卫东南片。

每天护林走三四里路，36 年，他们已经绕地球两圈多！

为了这片树，屈家人过着"原始生活"。没有电，看不到电视，听不到新闻。10多年前，屈长友家接了电，女儿女婿家至今仍点蜡照明。

2012年秋天，"啊呀"一声惨叫，铡草机一口吞掉屈广德的左手！

少了左手的屈广德仍然每天巡逻"南北片"林子。

2019年8月26日，张剑龙突然和家人天各一方！

早上，张剑龙给岳父打来电话说他先去拉苞米秸，回来就去巡林。

一只呼救的手从苞米秆里伸出来：小四轮拖拉机侧翻把张剑龙砸晕，再也没能醒来！

活蹦乱跳的汉子突然遇难，亲人个个目瞪口呆。屈秀清的天塌了，她紧紧扯着丈夫的手不松开，当场哭背气……

屈长友扯紧女婿的手号啕：孩子，我对不起你呀！

女儿知道父亲的心思，醒来一把拉紧父亲的手：放心吧，西北片的林子，我来看！

大儿子屈广德、二儿子屈广文表态，他们负责看守西北片树林。

张剑龙的儿子张古军上前一步：姥爷，还有我呢！

孙子屈明理说：爷爷，我也算一个！

热泪双流的屈长友半尺长的白胡子剧烈抖动，他爱抚地摸摸外孙、孙子的头，慢慢地点头、摇头、再点头、再摇头……

屈秀清挑起丈夫巡林的重担。她知道，林子也是他们爱情的一部分。丈夫生前那样信守承诺，即使在天堂也一定牵挂这片林子，她必须替丈夫完成未尽工作，别给两个弟弟"添累"。

2020年冬天，我来到屈秀清家，艰苦现状远远超出我的想象！

这座诞生"倒插门"美谈的地方，至今仍然缺水少电交通闭塞！

屈长友家接电时，屈秀清提出"借个光"，差点被"需掏6万块钱"的费用吓个跟头，全家一年才收入两三千块钱哪！

没有电，孩子像少了"半个世界"。没有动画片，同学们说的新鲜事，小张古军都不知道。

126

上学要走 10 多公里路，孩子早上黑蒙蒙出发，晚上黑蒙蒙回来，偶尔有事回来晚，全家人便心急火燎打着手电筒去找。晚上点蜡写作业，熏黑了鼻孔，熏花了脸。即便这样，买蜡也是一道难题：商店很少有卖蜡的。人家说：这年头谁还点蜡呀？孩子上学太难了，遇大雪没膝，逢雷雨滂沱，稍晚一点就迟到，"丢面子"更丢自尊，孩子初二便辍学。

没有电，吃水贵如油。在林子低凹处打眼井，一米以下便是坚硬的岩石，叮叮当当抠凿了三年才挖到 11 米深。此地打井要深及百米才能"连通"地下水。现在打井全用电镐，可这里没有电！井浅水不够吃，张剑军便到岳父家去拉水。现在，这担子落在屈秀清的肩膀上。

出行太难。出去回来一次，要花 30 多元。小话说了一车皮出租车司机都不爱来，土路"托底盘"，太费车！屈秀清很少吃到肉，逢年过节孩子们偶尔回来顺路带几斤肉。屈秀清每两个月出去一趟，买回米面油盐和调料。

2019 年 12 月 31 日，年过八旬的屈长友摔倒骨折。

大年三十这天，屈长友一直闷闷不乐。屈秀清猜出父亲的心思，她和大弟把父亲抬扶到爬犁上，用棉被包好伤腿，走向林子……

夕阳西下，余晖的巧手描出生动剪影：一只手的屈广德搭绳在肩躬身向前拉，屈秀清的手扶着爬犁在后边推，屈长友乐得像个孩子一样东指指西指指，一串子笑声和鸟儿的伴唱欢快交融……

这片树林越来越"招风"。矿老板拎着巨额现金登门洽谈，屈长友不为所动；养殖大户抛出"股份红利"诱惑，屈长友果断拒绝。村主任董海峰说："不用说卖地建养殖场换钱，这里尽是硅晶沙，可以开大工厂做玻璃发大财呀！"

拥有辽宁省优秀共产党员、感动沈阳人物、沈阳市十大最美家庭、辽宁省十大最美家庭、全国五好文明家庭荣誉的屈长友坚守初心："为了保护环境，我甘愿捧着金碗要饭吃。"

岭上开遍映山红

闫耀明

一

那是一片炫目的红，在山坡上簇拥，在大青山的肩头蜿蜒。春日的阳光新鲜鲜的，照在那红上，折射的光线也被那红浸透了，泼得满山满坡都是，让大青山脚下的田地变红了，让公路和河水变红了，让屋舍变红了，让山里人的脸庞也变红了。

与我一样惊讶于这大片大片映山红的，还有一群从很远的地方来写生的绘画者，他们年轻的脸上闪着红色的惊喜，发出啧啧称赞声。虽然我不是画家，但面对眼前起起伏伏的山脊上弥漫着的红色，我仍然怦然心动：这春日的红，是不是有什么意蕴呢？

我走进建昌县贺杖子乡小三清山村，寻找答案。

接待我的，是驻村第一书记陈准。他告诉我，贺杖子乡坐落在辽西最高峰大青山脚下，是建昌西岭上地区通往南岭下地区的必经之地，同时也是辽西抗日武装斗争进行得比较频繁和集中的地区。1942 年 4 月，晋察冀军区第十三军分区开始挺进凌青绥地区（朝阳凌源县、喀左县，河北省青龙县，葫芦岛市建昌县、绥中县），开展抗日斗争。为阻隔我中共华北抗日武装力量向东北地区发展，日寇在凌青绥地区推行"集家并村，集团部落"政策，制造了惨绝人寰的"凌青绥无人区"。在残酷的形势下，七区队派出大量小股武工队，同日伪敌人展开针锋相对的斗争。他们在夜间拆毁日寇白天建起的围墙，同时进行抗日宣传，严惩汉奸伪军，集中优势兵力打击小股日伪敌人，狠狠地打击了日寇的凶恶气焰。在异常恶劣的生存条件下，在中国共产党的正确领导下，抗日武工队带领人民群众进行了艰苦卓绝的斗争，战胜了重重困难，迎来了辽西地区抗日武装斗争的胜利。在这期间，也涌现出了很多英雄人物和大量可歌可泣的抗日斗争故事。

"革命老区，红色记忆"是中华民族一笔宝贵的精神财富，这一红色基因，一直传承到今天，是各级党组织带领老区人民艰苦奋斗、脱贫致富奔小康的精神支柱和不竭动力。

陈准给我讲述历史故事时，脸是红的。他是葫芦岛市图书馆的一名干部，2018年3月来到贺杖子乡小三清山村担任第一书记。三年来他走遍了小三清山村的山山水水，每一块山脚下的田地，都留下了他的足迹，每一户农家小院，都留下了他交谈的声音。在小三清山村党员群众的大力支持下，按照党中央和省委、市委关于脱贫攻坚和乡村振兴的部署要求，从严从实地履行了第一书记的职责。他发挥自身优势，不断探索乡村党建工作新思路，充分挖掘利用小三清山村"辽西武工队"旧址、"热东杨子荣"蔡凌洋故居等红色资源，建设红色文化展馆，开创党建工作新局面。以村史馆为基础建设的红色文化展馆被市委宣传部认定为爱国主义教育示范基地，建昌县委党校也将这里确定为现场实践教学基地。

几十年过去了，那战火纷飞的年代已经久远，但是山岭上那红艳艳的映山红依然新鲜，诠释着这片热土上不息的红色血脉。

二

　　小三清山村，原名大庙沟村，是贺杖子乡最大的行政村，人口
1542人，其中建档立卡户285人，全村有超过400名青壮劳力进城务
工，所剩年轻人寥寥无几。尽快带领群众脱贫致富，一直以来都是各
级党委、政府的重要任务。

　　走进村小学校园，我的眼前仿佛出现了多年前的一个感人场面。
1998年9月，时任中共辽宁省委书记闻世震同志来到大庙沟村考察，
在这个不大的操场上召开现场会，参加会议的还有市、县、乡、村的
领导干部，"五级书记话扶贫"的佳话就此传开，也拉开了集全省之力
帮扶建昌的扶贫工作序幕。第二年，闻世震同志再次来到小三清山村，
检查扶贫措施的落实情况。直到今天，当年帮扶时发展的绒山羊养殖
项目，仍然是村民的重要收入来源。

　　大青山是辽西最高峰，山雄景美，加上红色文化的传承，使得这
个位于大山深处的小山村具备了发展乡村旅游的基本条件。陈准根据
贺杖子乡党委、乡政府确定的"党建先行、文化搭台"的旅游发展战
略，"靠山吃山"，整合了小三清山村的红色旅游资源，开发了豹子洼
红崖洞和磨扇沟红崖谷等抗日武工队旧址，形成了"重走抗日游击路"
与开展党日活动相结合的特色教育基地。

　　他们还成立了旅游服务公司，建起了游客接待中心，开始接待来
自全国各地的游客，在小三清山村登山、游览、观光、品尝农家菜、
接受红色教育。2020年下半年，接待中心接待机关、团体、企事业单
位30多家，人员近千名。2020年8月，小三清山村入选全省重点旅游
村，被国内多家媒体报道。尽管受到疫情的影响，游客大幅减少，但
全年餐饮营业额仍达4万多元。

　　走在小三清山村的街道上，穿过村里的沟沟岔岔，不时和村里人

驻足交谈，我深切地感受到，这里和那些现代化的乡村无法相比，这里没有繁华和喧闹，却有着城里人期盼的安静、恬淡。这里山光水色很美，这里的人也很纯朴，面对从大山外面来的陌生人，一点也没有局促不安。他们主动和我打招呼，高声发出笑声。见到陈准，他们亲切地叫着陈书记，手拉着手和陈准交谈，反映家里、村里的情况。

我见到一位满面沧桑的村民，他给我讲述了他家的故事。他家四口人，老婆和两个孩子都患有严重精神疾病，所有的生活重担压在他一个人身上。他一直很要强，干起活来也很拼命，一个人贷款养了几十只羊，然而日子依然过得紧巴巴的。"是陈书记帮我解决了困难！"他美滋滋地对我说。

党的形象在村民的心里扎了根，党员的示范作用也在这里得到了充分的体现。这里的党建工作基础是很雄厚的，老党员多一些，参加活动都很积极，青壮年党员都很尽职尽责，入党积极分子热情很高。这些，都为发挥党员作用打下了坚实的基础。支部不仅把"三会一课""两学一做"和主题教育等工作做得有声有色，还和"搞好垃圾分类、治理村容村貌"活动结合起来，发挥了党员的骨干作用、表率作用。在治理环境的过程中，党员还向广大村民宣传搞好旅游工作的重要意义，讲解接待游客的文明礼仪，使得小三清山村的村容村貌和村民精神面貌焕然一新。

三

谈到小三清山村今后的发展，陈准很兴奋，他扳着手指给我介绍发展项目。比如建立绘画写生基地、驴友登山基地；进一步完善接待中心建设，提高接待能力和水平；高质量完成大青山整体旅游开发景区设计，做好整体规划，以免局部建设破坏整体景观……

总之，小三清山村要把红色旅游这篇文章做大做好，发挥大青山天然氧吧、绿色生态的优势，把小三清山村打造成一个集旅游、休闲、长寿、养生、宜居为一体的品牌胜地。

这时我注意到，那群来小三清山村写生的绘画者，是从沈阳来的，他们是鲁迅美术学院人文学院的学生，在学院领导的带领下，到小三清山村来考察、写生，准备把这里设为他们的研训基地。

大学生们很兴奋地说笑着，从专业的角度审视着这里的山山水水，体会着革命老区厚重的文化积淀，领略着山光水影中氤氲着的红色气息。

我也很兴奋，我从大学生们年轻的脸上看到了红色基因的延续。这很重要，不仅事关位于大山深处的小三清山村的发展，更事关我们党生生不息的精神传承。

我在心里有了一个主意，回去要研究一下，可以把这里设为葫芦岛市作家协会创作基地。等到鲁迅美术学院的师生再次来到这里挂牌时，我们作家也来挂牌，让这个淳朴厚实的小山村成为我们的精神家园。

岭上的映山红红艳艳的，那炫目的红，让这里的一切都变成了红色。

望着那片红，看着兴奋的大学生，看着忙碌的村民，我告诉陈准，我找到了答案。

日月光华

关捷

芸芸众生中，我看到有人闪烁日月光华。

"八女投江"，那八位女英雄的连长，默默在沈阳生活了36年。当发现名字被误刻在烈士纪念碑上，她这才不得不说出真实身份。

她就是谢桂珍，1997年夏，我见过她一面。

20多年过去了，我时常会想起她。这位1935年入党的老党员，新中国成立后，为什么安于过着普通人的生活？为什么对自己的光荣历史只字不提呢？我想起她，就难免要想这些问题。

那年8月的一天上午，我走进于洪区丁香街一幢旧式红砖楼，拜访了她老人家。

40平方米的老屋子，狭小而昏暗，几乎没有什么像样的家具和电器，感觉不到什么明显的现代气息，在当时的沈阳城，她家的生活应该算是清贫。

老人家已经近80岁高龄，是一个满面皱纹的普通老奶奶。她走在胡同里，手拎一捆青菜，没有谁会想到在她曾经的岁月里会有那么多风雨雷电。

老人家头脑清楚，语言表达也很流畅。寒暄几句之后，我们自然要谈起"八女投江"。她说："前几天我看了电视剧《八女投江》，这些闺女演得不像，就是没有个兵样。那天哪……嘿，我先带两个战士先过江，趴在芦苇荡里，我眼睁睁地看着冷云她们一步一步向江里走，直到被江水淹没……"说到这里，她的眼圈红了。

谢桂珍出生于1919年。父亲是中共地下党员，是抗联五军军部的副官。母亲是抗联的地下交通员，主要工作是为部队筹措给养。后来，在一次战斗中，父母双双牺牲。1934年，15岁的谢桂珍参加抗联。1935年，她走进抗联第五军的军营，先后担任班长、连长等职务。这一年，她光荣入党，她的入党介绍人是五军军长、抗日名将周保中。

到了1938年，牡丹江地区的抗联部队更加艰难，他们只好以分散游击的方式与敌人周旋。

在西征的队伍中，有一个妇女连，是由四军和五军的女兵组成，全连共有30人，谢桂珍任连长，冷云任指导员。

10月中旬的一天，妇女连辗转到了牡丹江下游的江岸。白天，她们隐蔽在山里。天擦黑的时候，她们从山上下来，准备渡江。悄悄走到江边，前面的战士开始试着下水。突然，迎面响起了枪声，走在最前面的那几名战士倒下了。

妇女连与敌人交上火了，打得很激烈。这场遭遇战，部队损失惨重，全连只剩下11人。

谢桂珍带领大家撤回了山上，找了一个隐蔽的地方宿营。第二天拂晓，敌人已经包抄过来。一个伪军来劝降了。

"你们投降吧，没有别的出路了！"

"咱们是中国人，不知道啥叫投降！"女兵们冷冷地答道，那小子又等了一会儿，见女兵们已把枪口对准了他，赶紧缩着脖子退了回去。

这时，谢桂珍问冷云："指导员，咱怎么办？"冷云说："过江，你先带两个战士过江，给大家探条路！"这样，谢桂珍就带上战士宋连文、高淑云先下了水。

江水奔腾咆哮，一个漩涡连着一个漩涡，脚稍微抬高一点，身体就要被冲倒。她们好不容易才游到对岸，刚一落脚，就听到后面传来"抓活的！抓活的"的喊叫声。

谢桂珍回头一看，日伪军已经逼近8个女战士。隔着江水，她向战友们高喊："姐妹们，别忘了咱们是中国人，绝不能投降，绝不能卖国！"

敌人疯狂向谢桂珍开枪，一颗子弹打中她的腿部，她倒在地上，仍在不停地高喊："姐妹们，别忘了，咱们是中国人……"

对岸，冷云她们向敌人射击了。

谢桂珍趴在苇丛里，她看到战友们打得十分顽强，子弹打光了，她们砸断了枪，手挽着手，高喊"打倒日本帝国主义"的口号，向江心走去。突然，敌人的一颗炮弹落在江心，掀起来的巨浪吞没了8位女英雄……她们当中年龄最大的是冷云，23岁，最小的是王惠民，只有13岁。

战友，就这样牺牲在自己的眼前，谢桂珍她们放声大哭，一遍一遍地呼喊着战友的名字。

许久之后，谢桂珍对两个战士下达了命令："别哭了，把我先藏起来，你们快撤！""连长，那，咱们去哪儿？"谢桂珍说："只要你们不当叛徒，不出卖咱们的国，到哪儿，都会有人收留你们！"两个战士想了想，把她藏在一个葡萄架下面，在她身上盖了荒草，然后去找大部队了。

第二天，谢桂珍被抗联九军的战友们找到，大家把她送到医院。伤好之后，她立即又参加了战斗。不久，在一次短兵相接的搏斗中，她被敌人抓去，打成了半残疾。鬼子投降以后，她才恢复自由。

这时，谢桂珍和同样与部队失去联系的抗联战士李振兴结婚，默默地过起平民百姓的生活。不久，举家迁到沈阳。新中国成立后，丈夫当了工人，她则在家里做家务。

1985年9月，谢桂珍听人说牡丹江市建起了八女投江纪念馆，她让老伴和儿子先去看看。

老伴和儿子带回来这样一个消息——她的名字被刻在了烈士纪念碑上。

这样，谢桂珍来到牡丹江市，找到纪念馆负责人。她说："你们弄错了，我还活着！"对方听了，连连道歉。谢桂珍发现，八女当中有两位的名字写错了，她又帮助纪念馆改了过来。

回到沈阳之后，谢桂珍萌生了一个想法，就是要在活着的时候证明自己的身份。从此，她到处打听当年的战友。老首长周保中已经去世多年，听说他夫人王一知还健在。

谢桂珍来到北京，王一知等抗联老战友热情接待了她，并向民政部门出示了相关证明。很快，她抗联战士的身份得到确认。

老人家讲述战友的时候，情绪激动。讲到自己的时候，情绪却十分平淡。

但有一个问题，我还是要问。

"大娘，那些年，您为什么不向人讲呢？您可以找周保中将军哪，何至于日子过得这么清贫？""有什么可讲的呢？冷云她们又跟谁去讲呢？都是还没长大的小姑娘啊！鬼子打跑了，新中国建成了，我该过太平日子了。我参加队伍那会儿，没有想得点什么，没有想要点什么。"

我愣愣地看了老人好久。

谢桂珍，是叱咤风云的抗联军人，是二战中 8 位著名女英雄的连长。她有辉煌的战绩，她有悲壮的传奇。然而，硝烟散去了，战争远去了，她为之奋斗的新中国诞生了，她却静悄悄地把自己还原成一个普通百姓，消失在茫茫人海之中。如果不是名字被误刻在烈士纪念碑上，她或许永远不会出现在人们的视野。她满足地在灯火阑珊处微笑着看我们的幸福生活，并且在自甘平常的日子里，默默地为我们祝福。看到我们幸福，她就幸福了。

新中国成立那么多年，只要她找到老首长开口讲句话，作为英雄与功臣，她的生活则完全会是另一番面貌。然而，她就是不去讲。实在要讲，她也只讲那一句："有什么可讲的呢？冷云她们又跟谁去讲呢？都是没长大的小姑娘啊！鬼子打跑了，新中国建成了，我该过太平日子了。我参加队伍那会儿，没有想得点什么，没有想要点什么。"

这才是纯粹的共产党人，这才是践行《共产党宣言》的共产党人，这才是《中国共产党章程》里描述的共产党人。

在谢桂珍老英雄身上，我看到了真正共产党人日月般的品质。她是"进京赶考"的共产党人中最优秀的考生，她的考分高居金榜之首，她是"不忘初心、牢记使命"的典型代表。

像谢桂珍这样的共产党人，其实还有很多。比如开国少将甘祖昌，解甲归田率全家务农，成为闻名天下的"农民将军"。比如我在海南岛采访的红色娘子军老战士，她们在大山里打了20年的游击，新中国成立后，纷纷脱下军装，过上普通百姓的生活。他们从没有向党和人民伸手索要什么，就像谢桂珍一样，数十年来，从来不讲自己的战功。他们当年参加革命的目的，正像谢桂珍说的那样，不是为了得点什么要点什么，而是为了纯洁的理想和崇高的信仰，这就是国家独立、民族解放、人民幸福。

1998年，谢桂珍老人去世。我听到这个消息，沉默了许久，我想起那条流血的大江，我想起江岸芦苇荡里泣血的呼喊，我想起她居住的狭小昏暗的屋子，我想起她在小屋子里说出的那番肺腑之言，并由此联想到共产党人的高风亮节……

我为我们党拥有这样高贵的人物而心生景仰，谢桂珍放在中国共产党百年辉煌史册里面自有其灼灼光华，那如同日月一般的光华……

四十三年谱诗篇

安勇

2018年年底，我去沈阳看望父母，父亲郑重其事地把他的回忆录交给了我。回忆录名为"普通人的一生"，完成于2008年3月，十几万字，用仿宋体工整地抄写在两个大笔记本上。为什么相隔十年才给我，我至今不得而知。在阅读父亲的回忆录之前，关于他的人生我并不十分了解，只大概知道他很小就跟随在鞍钢当工人的爷爷离开农村到鞍山。1964年秋天，在鞍山十九中读完初中后，又主动要求下乡务农。先是到海城，后回到我们新民老家，结婚生子，入党，当村支书，在农村待了一辈子。

对父亲曾经做出的很多决定，我一直有些疑惑不解。当年，父亲不惜和家人断绝关系去农村时，上山下乡运动还没有全面展开，直到四年后的1968年，大批知识青年才开始涌入农村。1964年，鞍山市下乡的初高中生只有22人，而父亲是唯一的初中生。父亲要求从海城转到新民乡下时，别人已经开始用各种方法争取回城。知识青年成千上万，真正像父亲这样扎根农村一辈子的少之又少。我曾经暗自认为，正是他的固执，让自己当了一辈子农民，也让我和哥哥刚一出生就成了没有故乡的人。我们不属于城市，也不属于农村，始终没有归属感。

阅读完父亲的回忆录后，我才了解了父亲的心路历程。

1953 年秋天，爷爷把一家人从农村带出来时，父亲还是个 7 岁的孩子。因为鞍钢暂时没有住处，奶奶带着父亲和二叔住进了在辽阳租的一处破旧土草房里。房子临近火车站，满怀好奇之心的父亲，每天都出去探险。就是在某次探险之旅中，父亲走进了离住处不远的一家医院。当时，医院里住着一些从抗美援朝战场上负伤回来的志愿军战士。他们给父亲讲在战场上打仗的故事，听说父亲马上就要上学读书，还送给他钢笔，叮嘱他好好学习。追本溯源，我觉得正是当年和志愿军战士接触，让父亲第一次懂得了国家和英雄的含义。他在回忆录中写道："在我幼小的心灵中，在我人生的精神王国里，一种崇高的意念在升华，那就是正义和不畏强暴。"此后，这种品质就成了他一生不变的精神底色，也为他十年后重回农村埋下了伏笔。

几年后，父亲成了鞍山曙光小学的学生，二年级时，他如愿加入了少先队，戴上了鲜艳的红领巾。他在国旗和毛主席画像前庄严宣誓："我一定要好好学习，做一名革命的接班人，为共产主义事业贡献力量。"那时，父亲并不知道共产主义的确切含义，但在他少年的心灵中已经认定了那是一个非常美好的未来。完全可以想象得到，从那时起，父亲一定就已经把加入中国共产党当成了一个崇高的目标。

鞍钢中板厂和父亲就读的学校相隔不远，学校经常组织少先队员去工厂参观慰问。工厂也派来一名姓尚的老党员到学校当校长。尚校长担任过工会主席，文化程度不高，小时给地主放牛放羊，衣食无着，以致满身是病。但他强忍病痛，每天早早来到学校，全心全意工作，关心着老师和学生。父亲在回忆录中写道："他是我平生中第一个最好的老师。有一天，他送给我一本书，红色的封面，一个英姿勃勃的少年手持红缨枪站在那里，秀丽的字体写着《从小跟着共产党》。"父亲一口气读完了这本书，被书里讲述的故事深深打动了。正是尚校长和这本书，把"听党的话，跟着共产党干革命"的思想深深植根在父亲少年的头脑里，并且成为他终生追求的目标。

1961 年夏天，父亲小学毕业，考入了鞍山第十九中学，成了一名初中生。不久，他加入共青团，担任了学生会干部。思想上更加进步，也更加严格要求自己。他把零花钱积攒起来，自己订了一份《中国青年报》，如饥似渴地阅读报上的文章。1964 年 2 月，《中国青年报》刊登了《董加耕》一文。董加耕是江苏盐城人，1961 年 5 月高中毕业时，放弃考大学的机会，回到家乡，与父老乡亲改天换地，贡献自己的青春。这篇文章对父亲产生了强烈的震撼，也最终改变了他的人生走向。他在回忆录中写道："一种诱惑，一种到工农群众中去的强大吸引力，一种听党的话，到最艰苦的地方去的革命意念完全笼罩了 17 岁的我。初中就要毕业了，毕业后干什么呢？"

　　父亲是品学兼优的学生，不论是继续读书还是进厂当工人，都会有光明的前途，而下乡务农则意味着走回头路。朋友、家人包括教他的老师都不赞同，远在甘肃酒泉的爷爷写信说，如果他下乡，就断绝父子关系。我觉得当年父亲站在人生的十字路口上，面对第一次重大抉择时，其实并没有过多犹豫，而是很快就做出了下乡的决定。他毅然决然地递交了申请书，一心想着要实现自己的理想。从双脚踏上农村土地的那一刻起，就立志要按党号召的那样，扎根农村一辈子，用自己的知识改变农村贫困落后的面貌。多年后，当父亲回忆自己的人生时，这样写道："1964 年我上山下乡，失去了很多东西……可是我的思想得到了一次前所未有的净化。让我把名利看得那么轻，乃至在以后的漫长人生中，我都不把名利放在心里。"

　　父亲原本打算到老家新民务农，但因为跨地区，政策不允许，他最初下乡的地方是海城县析木城公社龙凤峪大队。父亲和其他七名知青一起住进青年点，白天上工，修梯田，摘苹果，干各种农活，晚上办夜校，用自编的课本，在生产队的饲养棚里教农民识字学文化。一年后，父亲做出了他人生中的又一个重要决定，要回到自己的家乡新民。他在回忆录里写道："1965 年 4 月 12 日，我从《辽宁日报》上看到了我的老家为治碱排涝战天斗地的报道，再一次萌发了回家乡的想法。当时，鞍山市正积极为前几届下乡的知识青年办回城，我们六四届下乡的知识青年也有了回城的消息。当我到海城市知青办去办调转手续时，工作人员告诉我，我们这一批知青很快就能回鞍山，要我慎重考虑。我下决心扎根农村，毅然办了手续。"

1965年11月，父亲回到了他出生的地方。他在生产队当社员，到小学做老师，担任团支部书记。1968年1月，父亲和母亲组成了家庭，此后的几年里，哥哥和我先后出生。1972年4月15日，父亲终于加入了中国共产党。1974年12月，为了把工作搞上去，上级破格提拔父亲担任了白庙子大队党支部书记。父亲上任时，全公社一共106个小队，倒数后三位的三个小队都在白庙子大队。父亲和工作组的同志"依靠党员干部，发动广大群众……保证党的领导。大胆使用两杂种子，以优质农家肥、黑土和磷酸二铵为基础改良土壤……"逐渐治理好了盐碱地，终于改变了家乡的贫困面貌，实现了理想。

父亲担任了13年大队书记后，上级安排他到镇兽医站任书记兼站长，一直干到退休，才到沈阳居住。算起来，从17岁下乡，到60岁退休，他在农村整整待了43年。用父亲的话说，他是一个地地道道的农民。阅读他的回忆录时，我看到的则是数不清的付出和始终如一的坚持，不管条件如何艰苦，父亲都从未忘记自己心中的信念和理想。父亲没有干过什么惊天动地的大事，他的一生平凡又普通。当初离开城市决定下乡时，他曾经豪情万丈地为自己设想了两种未来，如果不能成为政治家，就当一名作家。一个普通的大队书记自然算不上政治家，但我觉得父亲已经成了一名作家，他用自己43年的人生，谱写了平凡却又辉煌的诗篇，诠释了理想和信仰的确切含义。

2006年退休后，父亲就开始撰写回忆录，我无法想象回顾半个多世纪的往事时，他究竟怀着怎样的心情，是兴奋、幸福、激动、满足，还是多少有些惋惜？但很显然，父亲从未对自己的人生感到过悔恨。

阅读父亲的回忆录，让我真正走进了他的人生，对他和他同代人以及他们生活的那个时代，有了一次真实的回望和了解。我看到了一个普通共产党员的成长历程，看到了信仰的力量，看到了理想主义、浪漫主义和英雄主义闪耀的迷人光芒。这是我的幸运。

父亲对自己的人生所做的总结是：小人物，大理想。从回忆录的开头到结尾，我都感受到浓烈的浪漫主义情怀和饱满的理想主义精神。我觉得，那是属于父亲那个时代的特征，父亲所记录的不仅是自己的人生轨迹，也是和他同时代的普通青年、普通党员的共同心路历程。他们付出过、奋斗过，为自己的激情和理想燃烧过，他们真实地活过。回顾自己的人生时，或许他们也会说出和父亲写在回忆录扉页上相同的话：

"我最信仰的是马克思列宁主义；我最热爱的人是毛泽东；我最敬佩的是为人类革命和自然科学做出卓越贡献的楷模们；我最满意的是自己普通人的一生！"

以铭记的方式

孙成文

得知国津老师被授予县优秀共产党员称号的消息，是在升入小学四年级的开学典礼上。校长的新学期讲话基本上全是围绕国老师如何舍己救人的事迹，并且希望全校师生都要以国老师为榜样，努力工作，努力学习。

在操场上倾听校长深情叙述国老师的事迹时，我眼前就不由自主地浮现一个半月前那惊心动魄的一幕，想到仍然在医院病床上忍受伤痛折磨的国老师，眼泪更是情不自禁地流了出来……

当时，我们小学教室还位于一个屯堡的中央，跟普通民房没有什么两样。就是那种土石结合草苦的房子，班级与班级之间的墙壁都是用土坯垒制而成的。基本是每两年都要用草苦一苦，否则就会漏雨。说白了，那个时候的教室，就是我们现在所说的危房。

那一年的雨季比往年来得都早，几乎是白天淫雨霏霏，晚间大雨滂沱，很少见到晴天。我们教室的屋脊漏雨了，校长就领着老师搭着梯子到房上用塑料布盖上，然后用绳子拴上两个木头杆子再压上去。尽管这样，我们三年二班跟三年一班教室之间隔着的土坯墙的上半部分还是被漏雨洇湿了。

期末考试那天的上午，风雨大作。只见两排教室中间的空地上的

143

那棵还算粗实的白杨树，在风雨中始终"弯腰驼背"；风雨交织，白杨的枝条不断飞舞，有如一根根皮鞭漫无目的地在雨中狂抽不止，那呜呜的声响与杂乱的雨声合奏着一曲并不协调的乐章……

估计是房子上面盖着的塑料布被这突如其来的狂风吹跑了，就在我们算术考试收卷的那一刻，有个眼尖的同学突然大喊了一声："老师，墙往下淌水了！"同学们定睛一看，果然，那仿佛注满水的土坯墙已经有多处水流成涓涓之势，不停地流淌……马上，有几个女生哭喊着："房子要倒了！房子要倒了！"教室里顿时乱作一团，有的同学往前蹿，准备从门逃出去；有的男同学索性打开了窗，也不顾狂风骤雨旋转般冲进窗子，飞身就跳了出去……

见状，班主任国津老师用他充满磁性的男中音喊了一声："不要乱，有序地往外撤！"那张国字形的脸没有一丝慌乱的表情，相反却显得异常镇定，就像每次上课前和我们问好的时候那样刚毅中透着温和。

国津老师是从部队复员回来到学校担任代课教师的，军营里培养了他临危不惧的素质，此刻充分体现出来。他让靠窗近的几个男同学跳出去，把那些胆小的女同学一个个接了出去；又指挥那些前几排靠近门的同学一个挨着一个有序往外迅速撤了出去。这期间，他只用一个字串成了两句坚定而有力的话语："快快快！快快快！"

就在我跟另一个男同学吴志刚经过讲台往外跑的时候，墙壁轰然倒塌。说时迟那时快，这一刹那间，国老师下意识地用坚实有力的双手，一下子把我们俩搂在一起，扑在讲台边的一张课桌上，桌子随即就倒了……完了完了，这下子砸死了！这是我那一瞬间闪过的念头。土坯垒筑的墙壁就压在国老师的身上，老师身下的我，惊恐万状，脑袋的一侧紧贴着桌洞的一个棱角上，硌得非常疼。我使劲儿蹬蹬腿，却怎么也动不了。渐渐地，我感觉呼吸也不那么顺畅了，憋得慌，因为国老师那结实的大身板正压在我俩弱小的身板上。其实，国老师开始是撑在我俩身上的，只是因为倒塌的墙壁太过沉重，国老师实在是撑不住了，最后就压在我俩的身上了。

透过狭小的缝隙，我隐约听见外面肆虐的风雨声和同学们的哭喊声，"快扒开救人！"校长的声音听得还是相对真切的……渐渐地，不那么胸闷了，呼吸也通畅了一些，人声嘈杂，我知道那是很多人在扒我们。

终于见光了，我在晕晕乎乎中听到了一声："快看看孙成文和吴志刚他俩咋样了。"声音虽然有些微弱，但是温和的程度依然让我可以分辨出那是国津老师的声音。待众人把我和吴志刚同学搀扶起来时，一眼就看见校长和几个老师正架着额头和胳膊都伤痕累累的国老师往外走，他的一只眼睛还在流着鲜血呢！我禁不住大喊一声："国老师！"紧接着就是一通哇哇大哭。那哭声，是劫后余生的惊悸所导致，更多的是国老师给了我第二次生命的感动。正像当时抢救我们的那些屯堡里的村民说的那样：好在是土坯墙，如果是砖石结构的墙，他们三个就都完蛋了。

当即，国津老师就被乡卫生院的急救车拉走了。经过检查，国老师的尾骨、肋骨多处骨折，更严重的是，他的右眼在扑倒我们时，被课桌上凸起的一个钉帽戳了一下……

当得知这一切的时候，我说不清自己心里是什么样滋味，难过、愧疚……假如，我和吴志刚同学再紧走几步；假如，国老师不是那么坚实地护着我们……但是，没有假如，一切就那么真实地发生了。作为一名三年级的小学生，我当时没想太多，只是知道国老师爱我们，因为抢救我们，才受了那样严重的伤。完全没有考虑过，他作为一名共产党员所表现出的舍己为人精神；至于高尚啊、献身哪、伟大呀等高度褒扬的词语，我就更没想到了。后来的电台和报纸在报道国老师的事迹时，的确加上了这些词语，并且大加赞扬。

对于当时媒体的报道，国老师用了一个最为朴素的比喻来表达自己的看法："当时哪能想那么多，就是觉得自己只是一只护着小鸡崽的老母鸡，本能而已。"

我大学毕业，分配到初中母校工作。国老师因为当年救我，一只眼睛失明了，无法在一线教学，就从中心小学调到中学的收发室工作。当看到我时，国老师脸上露出兴奋的神情，说小学那帮学生，数我最有出息，希望我好好工作，教出更多有出息的学生。当国老师提到"小学"这两个字时，我的眼前便马上浮现当年那惊心动魄的一幕，再看看老师戴着一副变色镜来遮掩那只受伤的眼睛，我的心里更是五味杂陈，想想自己的当年和今天，不由得眼睛就湿润了……

有一年春节，我去给国老师拜年，跟他推杯换盏间，就说起了当年那个暴雨天的经历。我给国老师敬酒，发自肺腑地说了一句："老师，谢谢你当年救了我，我才有今天！"接着，我连干了三杯，进而有泪落下。见状，国老师亲切地安慰我："可别这么说呀，如果现在你班里的学生出现了当年的那种情况，你能不管吗？那是教师护着学生的本能啊！"

国老师是 2007 年的初冬离开这个世界的。当时，我正在外地学习，得知这个消息，已经是一个多月以后的事了。据学校领导简单介绍，退休在家的国老师，去离家不远的水库边上割一些野生的水草回家引火做饭用，发现一个六七岁的男孩子在水库边上溜冰。当时水库没有全部冰封，这孩子也许玩得忘情，一不小心滑落进水里。国老师全然不顾自己年迈的身体，跳进水里救出了这个孩子，自己却没能挣扎出水面……这一次，我的泪水已完全充溢了悲痛，我的国老师，您，终于倒在了救孩子的这片"阵地"上，是彻底地献身了！

现在想想，我和那个孩子是幸运的，因为都是遇上同一个人——国津老师！

2008 年 5 月 12 日，汶川特大地震后，我看到了关于谭千秋老师弓着背，双手撑在课桌上，用自己的身体盖着四个学生的报道。他为了四个学生的生命，用义无反顾地献出自己的生命，诠释了爱与责任的师德灵魂。这，让我在被深深感动的同时，也情不自禁地想起我那可亲可敬的国津老师！

同样的一种姿势，谭千秋老师救了四个学生；国津老师当年也救了我和另外一个学生。作为亲历者或者说是受益者来说，正是因为老师们用宁可折断自己翅膀也要保护学生的献身方式，我们才有了更加坚实飞翔的翅膀……

尽管 40 多年过去了，那个夏季里风狂雨骤的一天，却以铭记的方式在思绪里清晰地活着，有如国津老师依然在心中活着。其实，在危急关头，逃生，才是人最真实的本能。国津老师却是把舍己救人作为共产党人的本能，去践行本色和初心。当之无愧的优秀者——国津老师！

过去的一切还在前头

孙惠芬

　　朋友打来电话，约写一篇"回顾处女作"的随笔，我当即答应。虽然那是时间银行里储蓄久远的存单，但这张存单的存款日期、存款来源以及存款形式，永远都不会忘记。可想不到的是，真正动笔，却遇到了困难，原因似乎很简单："回顾"的路口，朝向的是深远的过去，而我，不喜欢怀旧，当逝去的一切蓄意风起云涌，钩沉起曾经的伤痛，情感的通道，瞬间就竖起了墙壁。

　　为了践行诺言，用了近半个月时间，我推倒了障碍，让自己顺"回顾"的路口，向38年前走去——那是处女作发表的时间，1982年；向比38前又早了4年那个上午走去——那是处女作写作的时间，1978年。那是一个秋天的上午，18岁的我坐在一辆陪嫁的马车上，从一个叫山咀子的村庄出发，朝着一个叫青堆子的小镇驶去。我17岁辍学，在大田里干了近一年农活，最盼望的事情就是谁结婚找我陪嫁，那样的一天，可以不干活，可以穿上漂亮衣服，可以像在舞台上一样被人们围观。可因为刚刚下学，又性格内向，与年龄稍大一点有可能结婚的女子攀不上朋友，这一天一直没有到来。终于得到机会，是两年以后，堂姐结婚，沾了亲戚的光。那是怎样的上午，有过怎样的心绪，如今全然记不得了，不忘的是，午后回来，下午上班的哨声还没吹

148

响——山咀子离青堆子只有5公里路，太近了！这意味着，我需要脱下漂亮衣服（那不过是一套蓝色学生制服）下大田干活。我自然没去干活，我让逍遥的时光在写字台前拉长（那也不是什么写字台，一张带抽屉的桌子），我用一个下午，写了一篇题为《新嫁娘》的日记。

这篇日记尘封在笔记本中间的地方，它的前一篇是《希望》，后一篇是什么我忘了。我的日记都有题目，不但有题目，还要有插图，还要有版式设计——后来知道，这是我为自己创办的一份杂志，用以发表我的心绪；后来知道，日记里记录的不仅是我的心绪，更是我在某种心绪作用下创作的作品，因为在那里，往往写的是别人的心绪。《新嫁娘》就写了一个生长于乡村的女子，结婚这天坐在喜床上，看着小镇上的新夫和婆婆，决心做一个贤妻孝媳的情绪波动。

就这样，它和所有日记一样，被尘封在了厚厚的蓝皮横格笔记本里。那时候，并不知道它会有什么价值，只是为了倾诉，日记本，可以说是我心灵的垃圾桶。只不过，这个垃圾桶没有垃圾气味，可以翻阅；每每翻阅，还会感受到某种生机，那种逝去的一切复活的生机，那种心灵的历史得以鲜活的生机。而这生机里，时常闪烁一星火花，像在草丛里划着了火柴，你心底某些不可名状的东西被噼里啪啦点燃，它们虽然无比短暂，几乎是稍纵即逝，但它们让你压抑、痛苦、不堪疲惫的青春荒野，闪现一丝神秘的希望。

那不可名状的东西，自然是文学，是艺术，是被我记录在案的现实里蕴藏的审美意趣，它们构成了脸朝黄土背朝天生活的全部希望。它们是希望，我却并不自知，这正是它的神秘所在——我从未觉得自己会做一辈子农民，但我并不知道出路就在日记尘封的心灵历史里。

神秘的事情，发生在1979年，那一年10月，公社召开一个学习毛泽东思想"讲用会"，就是如今的劳模会，小队队长让我代表我的和睦大家庭去公社"讲用"。队长并不知道我有写日记的训练，出于什么原因把任务交给我，并不清楚。我写了10页稿纸，把对母亲如何处理

18口人大家庭复杂关系的观察条分缕析。"讲用"结束，一个男生冲到我面前，他说你讲得太好了，你有当作家的天赋。他说县文化馆最近有一个文学班，我把你报上去。

当作家的天赋，我当然有啦，我在小学升初中时就写过十几万字的长篇小说！可我没有说出来，只是激动得浑身打战。

后来知道，这个男生，是公社文化站站长，20多岁的样子。后来知道，参加学习班，必须带作品。我因为没有作品，只能带去日记。

尘封在日记里的心灵，就在这样的时刻得以打开，它们曾是我隐秘的心事，现在却要公布于光天化日；它们是我倾诉的废墟，却被冠以散文或小说的名义。它们吸引了文化馆的老师，让他们纷纷伸出帮教之手，帮我修改并投稿，第二年5月，日记里曾低眉顺眼的《新嫁娘》，便理直气壮地《静坐喜床》了！骨子里，这位新嫁娘仍然低眉顺眼，但她一旦登上了大连《海燕》杂志，换成了"静坐喜床"的题目，便拥有登堂入室的做派了。

实际上，同是这个月份，我的日记《希望》，也在河北《无名文学》杂志发表，但因为它没有《静坐喜床》那么隆重（《海燕》同期配发了评论），也就和杂志的名字一样，在后来的时光，永远地寂寂无闻了，许多时候，连我自己都不承认它才是我文学银行里的第一张存单——在日记里，它可是排在《新嫁娘》前边。

一位作家说过：逝去的一切，总被后来的人们视为如今一切的源泉。这也同样是我的心声。可是此刻，打量这张存单，我并不能读出它的全部密码。比如，那个18岁的我，渴望陪嫁，在终于可以陪嫁的时光，对嫁到小镇的女子有了近距离接触，从而更深地体会了新嫁娘的感受。可是，我当真愿意新嫁娘只因为从农村嫁到小镇，就甘愿一辈子做贤妻孝媳？要知道，当时的我，在封建礼教严重的大家庭里长大，通过奶奶、母亲、三个嫂子，看到了太多做女人的压抑和痛苦，我当时深陷大田里的压抑和痛苦，包含着这所有女人的痛苦！可以说，在我对未来的期许里，从来就没有做人妻媳的想法，我曾下决心绝不结婚！我的那篇散文《希望》，写的就是这种希望，我希望去远方，希望远走高飞，希望远离结婚、生子、关系复杂的家庭！我为什么要让那个嫁到小镇的女子下一个和写作的我完全相反的决心？是我在真实的新嫁娘那里观察到了这一点，还是家庭教育潜移默化了我的价值取向？

如果是前者，那么就说明，我在写日记时，就已经拥有了作家的洞察和圣者的慈悲，能够全然放下自我去拥抱他人，我不认为当时的我有这样的能力；如果是后者，就证明我是一个懦弱无能又虚伪的家伙，暗地里，每时每刻都在抗争女性命运，而一旦诉诸文字，哪怕只在日记里，都不敢吐露心声，可我，也不觉得自己会懦弱虚伪到如此境地。要知道，我的大家庭外边，是一片一望无际的野地，从童年到少年，当我忍受不住家庭礼教的羁绊，动辄就带着侄子侄女在野地里疯跑，曾无数次挨过母亲的打！虽然到了青春时代，野地变成牢笼，用劳累锁住了肢体，可正因为如此，那个能够在日记里逃离肢体的想象，才更应该信马由缰无拘无束……我是说，到底谁在静坐喜床？如果她既不是那个新嫁娘，又不是那个写作的我，那么，她究竟是谁？

实际上，10年之后，我真的和小镇男子结婚了——我不想结婚，但这个念头无法阻止恋爱，而只要恋爱，那扇传统的门就没办法不被打开。只是结婚那天，我坐的不是马车，而是130汽车，我也没有找陪嫁，坐在我旁边的，是自家侄女；而推开婆家的门，我也没有下那个做贤妻孝媳的决心，我是因为没考上北大作家班，才无望地答应结婚——无望，证明我还没有为结婚后面的事情做好任何准备……

实际上，当后来有了创作的自觉，可以用虚构和想象来建立一个世界，那世界里，走出了一系列这样的女人。她们不管如何在生活中挣扎、抗争，最后都归顺了女性的命运，而在这样的命运里，她们不是变得颓萎、懦弱、消沉，而是无声地强大，就像《歇马山庄》里的月月，《歇马山庄的两个女人》中的李平，《秉德女人》里的秉德女人……

一晃 40 年过去，翻开我的处女作，揣测这张存单的密码，猛然发现，它仿佛是在揭示我的宿命，因为曾决心坚决不结婚的我，不但做了贤妻，做了孝顺儿媳，还做了好母亲——虽然还谈不上良母。然而，正因为这一点，我似乎看到了存单密码更隐秘的部分，那就是，当那个写作者以审美而不仅是新嫁娘的视角看待生活，那个来自生活的巨大源流，如同从天而降的幕布，瞬间就上演了来自天地自然的生命消息，那消息关乎包容、忍耐、付出，关乎更广大世界的存在实相和逻辑；而写作的我，只要虔诚，凭直觉就能触摸到实相的一角，那便是，只有接受命运，包容、忍耐、付出，才能抵达内心的安详……

如果是这样，那是不是意味着，那个写作的我，青春年代渴望的远方，其实不是什么远方，仅仅是内心的安详，只不过那安详，藏在生命的直觉中，当时的我并不知道而已呢？

如果是，那么是不是意味着，我不知道，可广阔、无穷、复杂而深邃的生活知道，只要你站在她的源流，抱持一颗虔诚的心，她便会毫无保留地赐予你真相的启示呢？

一直以来，都觉得《静坐喜床》是一篇要多单薄有多单薄的小说，此刻，却解读出更多的维度，难免，我在过分解读，但既是过分，也是必然，因为每个年龄，都能看到过去年龄看不到的东西。此刻，当我看到过去的一切从未过去，它储蓄了现在、储蓄了未来，我想起里尔克那个著名的诗句，"过去的一切还在前头"。

过去的一切，是一笔储蓄，它不可变现，不可花取，可它一直都在宣示生活的本来面目，并且愈是将时间拉长，那面目便愈加清晰。

白山黑水红星

羽瞳

在沈阳求学三年，喜欢游历探索沈阳的历史风物和风土情貌。某一次，乘公交回校时途经皇寺广场，车窗外摩天楼厦比肩接踵，人流熙熙攘攘，一簇砖灰色蓦地从余光中一抹而过，下意识地回头追寻凝视，直到那古旧的色彩在视野中渐渐淡出。

据我略知，皇寺广场一带是寸土寸金的老沈阳中心市区，从地图上看大略呈等边三角形，而那古旧色彩虽被现代生活多姿多彩的斑斓炫目所包围，却未黯然失色，她正抹在三角形最向前的一个顶点上，这是什么所在？

几天以后，我在晨曦中乘第一班公交专程而来，在皇寺广场下了车，靠手机导航和不停的问路，东一头西一头的我终于站在了她的对面。

和平区皇寺路福安巷 3 号——中共满洲省委旧址。

我似有所悟，无论什么时候，寻找组织都会有一个不渝的向往和曲折的历程。

眼前这道并不宽阔的黑漆铁门，隐约虚掩着门后的深院幽径，却掩不住青年学生无限神秘感和敬畏感中的一丝丝疑惑。印象当中，中国共产党从成立到早期的革命历史，从一大召开、黄埔共建、北伐战

153

争、农民运动、"二七"风潮，无不与南方息息相关，那时由日本帝国主义掌控、奉系军阀统治成铁桶一样的沈阳城竟然也存在这样的高级党组织？以沈阳为外围的东北三省也曾风起云涌波澜壮阔吗？

8时整，朝阳中，故址开馆时间，大门豁然开朗。

中共满洲省委史籍记载：中国共产党早在成立之初就没有忽视东北战略位置的重要性，李大钊曾派遣过邓中夏等多批优秀党员赴东北开展工作。1923—1925年间，沈阳、哈尔滨、吉林、大连、营口、锦州等地的党小组党支部纷纷成立并发展壮大，领导工运农运，呈星火燎原之势。1927年10月，第一次国共合作破裂后的白色恐怖中，中国革命最危急的关头，中共中央为加强东北和全国的斗争力量，在武汉八七会议上正式决定成立中共满洲省委，任命党的早期著名活动家、后来为党的档案事业做出卓越贡献并光荣殉职的陈为人为首任省委书记。陈为人等首届省委班子成员秘密潜入沈阳，多方选址反复权衡后，在皇寺路福安巷3号租下了一座坐北朝南的小跨院，里面四间俄式青砖松木瓦房，1921年的建筑，距今也正好百年沧桑了。陈为人委托关系打通奉系军阀统治的关节，以英美烟草公司奉天代办的公开身份，开始了我党在东北历任地下省委书记的恢宏和壮烈生涯。

中共满洲省委，当仁不让地成为东北地区革命运动的指挥中心。

黑土地上曾辉耀过多少东方赤子，第三任中共满洲省委书记是刘少奇，第四任是林仲丹，第五任是陈潭秋。

刘少奇同志于我党党史中的地位与贡献自不必赘言了；林仲丹，共产国际执行委员，唯一能代表共产国际挫败过张国焘的中共党员，第二次国共合作时期八路军一二九师首任政委，1944年在延安不幸病逝时，毛泽东主席一生唯一为之抬棺的革命战友；陈潭秋，中共一大两个湖南代表，他是之一，1942年，他为了党的事业，和毛泽东同志的弟弟毛泽民一同在新疆光荣就义。中共六大于1928年在莫斯科召开之后，周恩来同志归国途中，就是特地在沈阳通过满洲省委向全国传达了六大的决议和精神的。

此外，从中共满洲省委还走出了如关向应、王鹤寿、罗章龙、郭隆真、冯仲云、阎宝航等大批党的领导人物和杰出代表、军事家、理论家、活动家。

中共满洲省委，地位可见一斑。

特别值得圈点一笔的是一个默默无闻的沈阳知识女性，生于1908年的张光奇。有谁知道，1926年入党的她，是党在沈阳乃至东北地区发展的第一个女党员。满洲省委成立时，公开身份为小学教员的张光奇被任命为秘书处负责人，四间青砖瓦房的东侧第二间，就曾是张光奇的办公室。1929年，对敌斗争日益残酷，由于张光奇为本地人，活动方便便于掩护，省委决定将她由机关调出，改任秘密交通员，与上级单纯联系。张光奇无条件服从组织安排，并毅然将自己的秘密交通站设在自己与年迈的父母同住的家里。九一八事变后，中共满洲省委和地下组织一度遭到严重破坏，张光奇与党的联系中断。此后她到处寻找组织，直到新中国成立也未能如愿。

1982年12月18日，在沈阳市第八中学任教半生、已经退休的张光奇同志经沈阳市委组织部批准，再次眼含热泪向党旗举起右拳，重归党的怀抱。

望着展板上那面容清秀、目光清澈而坚毅的黑白照片，我在深深体味信仰给人的力量。

九一八事变拉开了全国14年抗日救亡运动的大幕，白山黑水，处处飘扬起抗联和义勇军的猎猎征旗，而中共满洲省委，就是一颗暗夜中的红星，是她，在事变的第二天就向全国发表了《中共满洲省委为日本帝国主义武装占领满洲宣言》；是她，自始至终领导着赵尚志、杨靖宇、赵一曼、李兆麟等英雄儿女的队伍与日本侵略者进行艰苦卓绝的斗争。

一整天的参观浏览一晃就过去了，夕阳西下时，我把目光久久耽在旧墙上金光晚霞中的铭牌上：中共满洲省委旧址——辽宁省中共党史教育基地、全国重点文物保护单位。

感谢她，为我补上了人生阅历中重要而庄严的一课。

朝霞映红农家院

李玲

　　"房前屋后，种瓜种豆，种瓜得瓜，种豆得豆"，每当想起这条农谚，眼前就会出现一群蹦蹦跳跳的村童，他们拍着手唱着歌谣，那些悠然自得的瓜秧沿着院墙或者搭起的秧架向着阳光逶迤而上，开出孩子般可爱的娇嫩的黄色花，如此自由快乐的生命，正是萧红在《呼兰河传》中写的那样："倭瓜愿意爬上架就爬上架，愿意爬上房就爬上房。黄瓜愿意开一朵花，就开一朵花，愿意结一个瓜，就结一个瓜……"

　　20世纪70年代，我们家随父亲一起被下放到农村，那里没有正规的路，家家户户住的是土坯房，用高粱玉米秸秆围起来的院落，村里村外几乎都是水，与江南的小桥流水不同，到处都是沟沟坎坎坑坑洼洼。我们家住在一户孙姓的老乡家，记得他们家养了一条大黄狗、两头猪、几只下蛋的鸡，还有鸭子，平日里它们肆无忌惮自由自在。于是，我们白天享受的是鸡鸣狗叫的混杂交响乐，到了晚上就是那远远近近、高高低低的蛙鸣，铺天盖地而来。有时，我感觉整个夜晚、整个世界，全被蛙鸣占有，自己仿佛一次次被蛙鸣托举起来，抛向屋顶，抛向村子的上空……那样的日子过了不到3年，我们就回到了城里，我继续读书，之后毕业参加工作、成家立业。一晃40年过去了，那个小村已经渐渐模糊了，闲暇也和朋友去农村玩，都是走马观花吃顿农

157

家饭摘点瓜果梨桃而已，已经完全没有当年的感觉了。

金秋时节，我参加了市文联组织的"走向我们的小康生活"主题采风活动，看到的听到的绝不是用"今非昔比"能形容的。应该说，在盘锦，乡村寻常百姓家房前屋后那些传统的柴火垛、简陋厕所已经不见了，院子里除了保留种些时令蔬菜，像高粱玉米之类已经很少了，取而代之的是各种各样的果树和鲜花，所以说城里人到乡村游玩要采摘苹果、梨、葡萄什么的，只要随便找一个村子即可实现，那些在塑料大棚里任性的各种反季水果一定会让你随心所欲忘了四季，就连南方的火龙果也踏踏实实地在盘锦落户了——村村柏油路，大树进村，果树进院，自来水、天然气、壁挂炉入户，过去庄户人想都不敢想的"幸福生活"全部变成了现实。庄户人坐在家里只要在手机网页上轻轻一点，也能像城里人一样送货上门。还有，在村里漂亮的公交车站点上候车，也能找到"说走就走"的浪漫……

我们入住大洼区新立镇杨家村名曰"米仓"的主题民宿，这里离当年我们家下放的那个村子不过三五十里的路程。那米仓民宿建在乡野田园之中，远远望去，好像奇幻电影中霍比特人居住的霍比屯，淳朴而神秘。这里有六间特别的房间，分别以稻、黍、稷、麦、菽、麻六种作物命名，所以统称为"米仓民宿"，每个民宿的外面还配有一个小温泉浴池。

乡村，是每个人生命最初的发源地，那奔腾的河流就是浓浓的血液——从鸡鸣狗吠中学到最初的语言，牙牙学语时那刮过枝头的清风和天空划过的鸟语便是最好的老师，如同乡村的一茬庄稼，在父母的土地上生长，稻田的气息和房前屋后果树花香培养了最初的嗅觉，晚间沟渠的蛙鸣是记忆里最美的和声……

走进乡村，信步在田间小道，设身处地去感受一下那些稻谷成熟的壮美——那稻谷金黄金黄的，确切地说是更接近阳光的颜色，流连成一片片金色的海，稻花飘香，稻穗成浪，憨态可掬，胸腹宕荡。在缕缕暖风的带动下，那一串串沉甸甸的稻穗，早已压得身段吱吱作响，它们热情地招手，殷切地点头。此时此刻，泥土的气息，稻草的气息，融合着，散发着，在你的衣襟边，手指和面额旁，在你的一呼一吸间，五脏六腑里，都是那么亲近那么舒适。造物主就是这样，把人与泥土、与庄稼、与粮食紧紧联系在一起，无论你身在何处，身份高低，都离不了这种气息。因为，这种气息，在酿造我们赖以生存的饭香；这种气息，附着过我们的父辈我们的祖先，还有我们自己。其实，城市原本并不存在，自然也就不存在有城市人。说到底，农村是城市的根，是城市的供养者。

凝视着手中的稻谷，眼前仿佛又出现 3 月的春寒 7 月的火热——清晨，当半透明的曙光在鸡鸣中缓缓升起的时候，朴实的农家人便开始拿着农具走向田间地头，一年四季不知走过多少趟，经历了耕地、育苗、播种、薅秧、施肥等等，那水稻由青转黄，白黄，淡黄，橘黄，金黄……庄稼是神圣的，也是娇贵的。在漫长的萌动、放叶、拔节以及抽穗、扬花里，哪一步都离不开庄稼人的精心呵护。即使在成熟的前夜，田埂上还能倾听到庄稼呼吸的脚步声。收获的时刻终于如期而至。那里凝结着他们多少辛勤和汗水？凝结着他们多少饱满充实的喜悦和希望？就连那清凉的露珠，也让人心情舒爽。抬头一看，天更亮了，也更高远更蓝了。低头看一看，满畈的金黄稻谷，真叫人有说不出的高兴。劳作之后，家家户户聚在饭桌上，欢声笑语，其乐融融，男主人悠扬地咂上一口小烧酒，漫不经心地回味着这粗粮淡饭的日子，按捺不住心中的喜悦——嘿嘿！今年风调雨顺，又将有个好收成，除了口粮之外，应该还有剩余！于是，端起酒杯痛痛快快地干一杯。天渐渐暗下来，月光洒满田野，枯黄的树叶随着凉凉的秋风片片飘落，家家户户的屋檐下，挂满了一串一串的红辣椒、黄玉米，圈里的猪呼啦啦地打着鼾，笼子里的鸡做着香甜的美梦。只有秋虫唧唧，时而传来一两声犬吠——乡村甜甜地睡去……

当人们厌倦了城市钢筋水泥的丛林，和那些没完没了的噪声废尘、灯红酒绿、纸醉金迷，会很容易想到乡村天空无羁的飞鸟，想到日出而作、日入而息的乡邻隔着瓜棚豆架隔着幽幽小径的呼唤，便义无反顾地向往重归乡村的怀抱——在盘锦，实现全域旅游的目标已经深入人心，乡村里那些风格不一、别具特色的民宿一点不比城里的星级宾馆逊色，完全能满足你吃住玩的需求，同时能带你穿越时空体验难忘记忆的美好。

我们都是乡村枝头上的一片叶子，不论飘得多远总有根牵挂的枝头，乡村就是一只高举的巢。"羁鸟恋旧林，池鱼思故渊"，陶渊明最难舍的是他亲手种下的五棵柳树。"带月荷锄归"——带他回家的是一轮属于自己的明月……在盘锦，你还可以在乡村认养一亩水稻、承包一棵果树，每天通过手机看到它们生长的全过程。当然，闲暇约上亲朋好友来到这现代科技与传统农耕融为一体的田间地头，收获的不仅是浪漫的视觉与味蕾的碰撞。

回到了家乡，就像回到了温暖的港湾。见到了父母，自己就会又回到那个天真烂漫的童年，小小的院落里是我们出生的地方，也是梦开始的地方——在夜晚幽幽的凉风里，隔着窗户就能闻到房前屋后的花香。几声稀落的犬吠会惊醒黑暗的夜，那破晓的几声鸡鸣，显然是开春时才落地的小鸡，叫声里还透着稚嫩。蛙鸣阵阵，或是雨水小的缘故吧，蟋蟀节奏的叫声仍然绕于耳边……

清晨，我走出民宿，悠闲地漫步于村里的柏油路上，两边的排水沟是水泥的，路边的树木花草很规范。我不禁止步在一个院落门前，是那种传统的院子，中间过道上有一辆黑色轿车，一台蓝色农用车，两侧院子种的都是苹果树，已经结满了果子，红红的，是我喜欢吃的寒富士，一对年轻夫妇有说有笑在忙碌着。我上前与他们聊起来。

你们家的苹果真好，能采摘了吧?

能啊，今天上午就有朋友来。

是吗？多少钱一斤？

哈哈，院子里的苹果不出售，都是给来乡村玩的朋友们准备的。我们俩承包了1000亩稻田，还养蟹……

女主人随手给我摘了一个苹果。我急不可待地吃了一口，很甜。

走出院子，我不禁回头再看，朝霞如瀑布般倾泻下来，一片通红的光晕，将院子里的人吞噬，我想，还有他们未来的光景……

心弦拨动

李铭

2014年秋，辽西北镇市一个叫正二村的小村庄里，高粱红了，玉米收了，地里的花生也要收获了。一部《为了这片土地》的电影正在紧张拍摄中，作为编剧之一的我并没有因此而停止工作。

这部电影的女主人公是北镇正二村党支部书记王桂兰。此刻，王桂兰家的玉米都堆在村部前的空地上，来村里收购玉米的商贩来往穿梭。是八毛六，还是八毛七，收购玉米的商贩讨价还价。而王桂兰对自己的粮食心里有数。你压价，我这边也得稳住，这是一年的收成，必须斤斤计较。

这让我看到了一个不一样的"全国最美村官"的形象，她是带着人间烟火气的。电影拍摄了，编剧的工作似乎也该结束了。而我没有离开，跟着王桂兰深入她的生活。没有了采访的"严肃"和仪式感，王桂兰也放松了"警惕"，我们聊起了家长里短柴米油盐。在这次交谈中，说起王桂兰的老伴老韩来。老韩因病去世得早，以前的采访谈论他的时候不多。

非典那年，身患白血病的王桂兰坚持在村委会工作。白天她和村干部挨家捕杀家禽，防止疫情传播。王桂兰贫血，家里那些乌鸡是她的救命鸡。老伴舍不得都捕杀掉，于是偷偷在地窖里藏了一只……半夜，王桂兰睡梦中听到乌鸡的叫声，开始以为是出现幻觉，后来她发现了这个秘密，两口子因此发生了一次激烈的"争吵"。老伴认为，藏起来的乌鸡别人不知道，这只乌鸡要给王桂兰补血，因为王桂兰随时都有生命危险。

王桂兰却不这样看，她认为我是一名共产党员，我在群众面前号召人家去捕杀家禽，对待自己却是双标准。这不是一个共产党员的本色，宁可贫血病犯了，这只乌鸡也必须交出去……采访到这样鲜活的情节，对我来说是非常兴奋的事情。我激动地打开电脑，写下了"半夜鸡叫"这场戏，"飞页"给导演，导演拍摄了这场临时抓回来的戏。在回家的路上，我脑子里都在想着这场戏，由戏里想到了戏外，由电影走进现实。

王桂兰说："我把每一天都当作最后一天来过，因为我不知道明天早上，我是不是能够醒过来。"是什么叫她面对死亡有这样豁达和无畏的姿态？那只乌鸡是完全可以偷着保存下来的，她为什么还要严格要求自己？

我的心弦拨动，久久不能平静。

王桂兰是一名共产党员，她有着坚定的信仰，那信仰就是对党的忠诚。信仰的力量叫她不顾生死，舍弃小家敢于担当。信仰的力量是强大的，这信仰塑造了一个最美丽的村干部，也在我的心灵世界激起了一次难忘的涟漪……

2015 年 3 月 21 日，阜新彰武县阿尔乡北甸子村党支部书记董福财离开了他深爱的土地。2016 年，我第一次采访有关董福财书记治沙的故事。去獐子松林子里看看，沿着董福财走过的足迹。看看那一行行高大挺拔的獐子松，听听那阵阵林涛，走进董福财的世界，我被震惊到了。

阿尔乡北甸子村已经被专家认定为不适合居住的地方，是可以搬迁过上没有风沙的日子的。可是倔强的董福财不走，从 1996 年开始，他带着乡亲们植树造林跟肆虐的风沙搏斗。在董福财的家里，有一只掉了漆色的水壶，那是他 20 年栽树带着的饮水工具。这只水壶见证了董福财辛勤的付出，见证了他将沙漠变青山，逼退科尔沁沙漠 13 公里创造的"奇迹"。

在董福财的身后，矗立着 300 万棵挺拔伟岸的獐子松。这些树木延绵 15 公里长，3 公里宽，形成了一条绿色的天然屏障，把北甸子和科尔沁的漫漫黄沙永远隔离开来……而走进董福财的家，那是他居住了 40 多年的低矮红砖小房，屋内光线昏暗，顶棚苫着油毡纸，雨季他家还漏雨。你会想到，这就是他清贫的生活吗？

董福财不是那种善谈的人，他生前没有说过惊天动地的话语，他只是用实际行动践行了一个共产党员的初心和使命。回到家休息，我却怎么也睡不着。拧开台灯，想着董福财的故事，我思绪万千。拿起笔来，我就在报纸的间隙为董福财写下一首歌词：

> 科尔沁吹来的沙漠风
>
> 几辈子刮不停
>
> 顶天立地的獐子松
>
> 够到那满天星
>
> 生生世世恋着你
>
> 恋着黑土地
>
> 恋着大关东
>
> 岁岁年年想着你
>
> 想你白了头
>
> 想你在梦中

艺术来源于生活，高于生活，这是每一个作家遵循的普遍真理。可是，当我采访到董福财那些生动感人的事迹时，我的心弦拨动，我深感自己才华匮乏。即使我把文字写得非常唯美，在董书记质朴高大的形象前也将黯然失色！董福财用自己的生命诠释了人活着的价值和意义，即使我把他拔高再拔高，在他的灵魂前我仍然会惶恐万分！

当我有了这份敬畏，我的创作思路豁然开朗。穿越时光，我与那个叫董福财的人深情相对，我开始走近了那棵棵伟岸壮丽的獐子松！广播剧剧本《好大一棵獐子松》就是在这样的情况下创作完成的。

创作这部广播剧剧本的过程，也是我灵魂的一次提纯过程。一个基层村干部，他的心里装着别人，装着那片土地的冷暖，他必将被人铭记。一个作家，只有深扎火热的生活土壤，他的作品才会更接地气！

2018年9月10日，中国广播剧年会在辽宁丹东举办。我受邀参加这次年会，目的是去学习提高，没有想到却在这次年会上接受了一个重要的创作任务：为时代楷模中船重工第七六〇研究所抗洪抢险英雄群体创作一部广播剧《英雄无惧》。忙完手上的工作，我于2018年10月30日赶赴七六〇研究所进行深入采访。

这次创作对我来说也是一个重大的挑战。一个英雄群体，牺牲了三人，三集的容量，笔墨的轻重，情节的取舍，故事的详略，都直接关系到剧本的成败。还有，写好这个剧本最为关键的是结构，结构要是设置不好，等于一座建筑物的框架不牢固。剧本立不起来，我怎么对得起对我寄予厚望的领导，怎么对得起那些可歌可泣的英雄。

我在想，如果我写不好这些英雄，我就没脸去见人，所以下定决心，没有思路我绝不收兵。深入采访，查阅有关资料，我提出要去英雄牺牲的现场感受一下氛围。那一天风平浪静，阳光明媚，陪同我采访的同志为我讲述台风肆虐的那一天的情况。我看到试验平台上钢构的舷梯都被风浪拧成了麻花状，在海浪滔天的抢险现场，17个人没有一个退缩，无畏地冲向了码头。

那一瞬间，我脑子里跳出了一句歌词："你长眠于碧海蓝天，微笑着面对惊涛骇浪。"

我久久站立在那里，向英雄致敬！在我脚下这块多么迷人的地方，他们曾经面临多么大的凶险。在生死抉择之时，他们义无反顾地冲了上去。

在牺牲的黄群同志办公桌笔记本上，留下他手写的一段话："随时准备为党和人民牺牲一切！"他说到了，他们做到了。看着看着，我的心猛然被揪了一下。和平时期，何为英雄？所谓的英雄，就是为国家、为人民、为社会做出贡献和牺牲的人。英雄的身上没有印记，他们却在国家和人民生命财产遇到危险的时候挺身而出，成为撑起我们民族脊梁的英雄！

"随时准备为党和人民牺牲一切！"——这就是黄群、宋月才和姜开斌等英雄群体的信仰。他们是合格的共产党员，他们跟普通人一样爱自己的生活和生命。他们万般不舍，可当党和人民需要的时候，他们宁愿牺牲自己！

剧本完成一稿，我泣不成声。剧本修改二稿，我再泣！忽然我就有了自信，我意识到一点：剧本结构和创作技巧，对我来说都不是最大的困难。我的灵魂在这些优秀的共产党员面前得以感动和升华，我能够与他们温情对视——这才是最重要的！

这三次采访，使我后来完成了一部电影剧本和两部广播剧剧本的创作。我爱他们，他们是无数个优秀共产党员的缩影，他们都是内心深处有光的人。我因为写了他们，才使得我的生命也有了温度，才使得我手上的这支笔有了温暖的光芒！

是他们，一个个共产党员的光辉形象叫我心弦拨动。心弦拨动，我就要为他们唱一首英雄的赞歌。

孙家寨莲语

李大葆

木栈道上的踱步，脚感筋道。有一只蚂蚱，顶着翡翠色的小脑袋，在我前面蹦蹦停停。其实，它不用那么紧张，我根本就不曾对它过分在意，我的目光正忙着在池塘、莲花、树木、草丛、河流、山峦之间梭巡，我正在寻思：绿水青山给人们带来的福祉和慈悲……

一

朋友圈隔三岔五就有人为孙家寨的莲花点赞。这几年来，莲花池这类景观，在辽阳已经不算新闻，庆阳的最早，柳壕的接踵而至，喇嘛园护城河边的又随之登场，目前，孙家寨的这一处后来居上，一跃而成辽宁省内今夏两大看荷胜处之一。加之，这个夏天，我们遇上了多年不曾见过的溽热，中伏抻长到 20 天。在城里天天桑拿，处处蒸烤，无分昼夜，生灵"汗颜"，出去走走，也不妨为解闷之一法。

千山余脉走进孙家寨的时候，像行进的大军变换了队形，在分列式之间恰好出现一条狭长的平地，好像有意让人们于此安置些村庄、道路、街市什么的。人们也利用这两列大山、两条道路夹着的那一片水塘，栽植了莲花，形成颇有规模的莲花池。

记得最早看见莲花，是在童年，随外祖母去松嫩平原的乡间走亲戚。旷野里那个清浅的水泡子，疏疏落落的叶片，捧着三五枝花朵，玩伴告诉我这就是莲花。它像我刚刚结识的乡村孩子一样，天然而自在，虽然没有充足的营养和人为的侍弄，羸弱，瘦小，但也知道回报泥土和阳光，满怀欢乐地展叶开花。后来我又见过一次印象深刻的莲花，那是在江南一处有名的园林。"菡萏香销翠叶残，西风愁起绿波间"。也许是深秋的缘故，栽植在酱黄色瓷缸里的莲花，长长的茎折了，头顶的叶片栽倒在缸沿外面，莲蓬被人掐去，谢了的花团，像懒惰的老妇人松散了的发髻，园林工人暂时还拿不出精力拾掇它们，它们也就垂头丧气地挨着时日。哎，娇宠惯了，富贵惯了，一旦失势，一旦转身，就顿足捶胸，活不起的样子，可怜也可气，可笑也可恨！

中伏的最后一天，黎明辽阳城落了一场急雨，来去匆匆的样子。去往孙家寨的小巴士，招手即停，挥手即去。我在车上回忆着与莲花的几次重要交集，感慨其间的欢喜与不快，车程似乎被极大地缩短。孙家寨的莲花池躲在路旁树木的后面，竟然不声不响地划过了我的视野，多亏乘务员及时提醒，才避免了无辜的错过。

孙家寨的莲花池体现了别样的气质。高高的路基下面，是垂柳、杨树、果树扯起的四围大幕，它置身其中，安静而安详。我联想到一些内敛的人，因着十足的底气，让自身的好，叫别人说去，而自己决不刻意地往聚光灯里钻。处于低处的大自在，在美美与共中各美其美，不在意谁的遮蔽或被谁夺了风头。

此时，雨后的木栈道，在阳光的照拂下，干爽而干净。向池塘举目，荷叶田田，托着油油的阳光，莲花不声不响挺立在成片的叶子里。也许它们知道这偌大的水塘不是自己独家的地盘。它们虽然家族繁盛，但对于芦苇、蒲草等其他水生植物都保持了礼貌的避让，还腾出了一定的水面，让人看得见成群的游鱼自由地戏弄着浮藻。孙家寨的莲花，就这样以理性的尺度拿捏着自己，它以身边山水、草木、鱼虫为自己生存的背景，同时，也以自己的身影成全着周围其他事物存在的环境。予人以悦的禀赋，有多么重要。

二

地名是历史绽放在人们嘴角的花朵。

近来不断有人向我吹风的孙家寨，也确实值得走走，不光是为那一片茂密的绿色，还有这个谜一样的地名。

孙家寨村，想必是孙姓族人的聚居地；"寨"，怕不是与冷兵器时代的战事有关？

可是，这只猜对了一半。

与莲花池一路之隔的是村文化活动广场。有几位老人坐在亭子里乘凉，他们衣着朴素、整洁，面容平和，这是辽东山乡老人普遍的装束和表情。你作为一个陌生人与他们交谈，他们的脸上便立即浮起淡淡的笑意，表现出作为主人才有的自尊与热情。在攀谈中，我向他们请教村名的来历，大家虽然七嘴八舌地议论，但结论却高度一致。

——很早以前，孙家寨没有这么多人家，也没有一户是姓孙的，事情就是这么蹊跷。老者们说，在这里，他们祖祖辈辈都没挪过窝儿，老户大都亲戚连着亲戚，谁家姓孙？

——为什么叫"寨"？老者们指着南面的一座山头说，过去那里有个城堡，不知什么时候坍塌的，砌墙的石头被人一点一点拿走了。就这样，石头城堡在岁月中烟消云散，而它的名字却没有风化，渐渐地衍化成一个村落的名称。

我曾经考察过辽东一带明代长城的走向及其附属台堡的分布情况。我相信孙家寨是弓长岭地区众多路台中的一个。路台也叫烟墩。它们围绕明朝辽东镇城，随时准备输出警报，传递军情。路台的布局也不是一成不变的，地方史专家全晓红告诉我，明代的烟墩有的在当时就拆掉了。我没有追问她为什么，想必女真人的侵扰和占领是其原因之一吧？

我加入与老者们的讨论之中。

我猜想，当年的那座烟墩与它脚下的这片水塘肯定有着某种联系。我在明代碑刻中接触过当时夫妻同守烽火台的资料。男人在山头瞭望，女人在山下炊食。他们拥有枯燥的岁月和过剩的精力，除了守台、砍柴、晒狼粪、种庄稼、生孩子，还会有其他"闲情逸致"，诸如下棋吹箫、种花养草。我想，孙家寨的这片莲花池，当年怕不是被一对夫妻开发着？他们或从吴侬软语的江南或者从奴儿干都司管辖的松嫩平原带来莲子，在陌生的辽东扎根、发芽、开花、成藕、结子，一年一年，将个人的趣味变成地域的景观。"茅檐低小，溪上青青草。大儿锄豆溪东，中儿正织鸡笼。最喜小儿无赖，溪头卧剥莲蓬。"（辛弃疾《清平乐·村居》）这个家庭的男主人大概是不是姓孙？孙家寨，由一个烟墩，引来一户人家，由一户人家，发展为一个村落。后来，这户孙氏人家也许随着明军的撤退而转移，也许在女真人残酷的箭镞中化成泥土，肥沃了山下的土地，也包括这片水塘……无论怎样，反正"孙家寨"的地名留下了。

哈哈哈，在一片笑声里，老者四散，回家吃午饭去了。

三

南梁诗人吴均在《采莲》中，借助一个女子的口气写道："锦带杂花钿，罗衣垂绿川。问子今何去，出采江南莲。辽西三千里，欲寄无因缘。愿君早旋返，及此荷花鲜。"这位怨妇埋怨意中人，何必在女人最好的时候远离她呢？当然，吴夫子也许是在借题发挥，说生不逢时，诉怀才不遇；也许是指桑骂槐，声东击西，指斥土裂族分的时代悲剧；也许是嬉皮习气使然，对女人玩一把无聊的戏谑和调侃，总之，种种

170

因素都不排除。诗的深意，暂且放下，我想说的是，吴均的眼皮儿若是再向前撩那么一点，过了辽河，不就看到辽东了吗？

其实，当时的辽西、辽东大概早已是莲花遍地了。

论辈分，古老的莲，是出现在冰期以前的植物。20 世纪 70 年代有一本科研报告，名曰《渤海沿海地区早第三纪孢粉》，里面就有关于在辽宁盘山等地发现莲的孢粉化石的记载。大连普兰店地区，也是古莲子的发现地。1918 年，日本古生物学家大贺一郎经过研究，认为由孙中山当年带到日本的四粒古莲子的寿命已在千年以上。同时，它们经过培育，竟然生了根、发了芽，还开出了花朵。这是普兰店送给世人的惊喜。1923 年，欲一探究竟的大贺一郎深入普兰店，也在泥炭层中亲自采到了古莲子。此后，在普兰店发现古莲子的消息不断出现。1952 年，我国科学家也从中颇有斩获，并使其中 96％的古莲子于次年的培育中发芽抽叶！

辽东古莲用顽强的生命力砥砺千年的埋没，在叠加的寒暑中锤炼意志，在长久的黑暗中期待光亮；它们的希望和信念，储存在小小的黑褐色的籽粒里，铸成不死的胚胎和心脏，随时准备开启和跳跃……

孙家寨的莲花，原来还有如此英雄的祖先！

1000 年前，甚至更早，包括孙家寨在内的辽河两岸，到处是水光潋滟，水波荡漾，水汽氤氲，有水就有莲之叶、莲之花、莲之子、莲之藕，且叶不做娇嫩解，花不做妖媚解，子不做小巧解，藕不做甜腻解。被莲装点的辽东，谁还好意思说它"北地荒寒"。

收回飞远的心绪，聚焦恍惚的目光，我坐在曲廊之上的爱莲亭里，再看周围的偌大水塘、点点莲花，再念及那莲蓬里的生灵，那淤泥里的精魂，装饰在时人嘴角的那句话，便脱口而出——我是谁，我从哪里来，我到哪里去？……

哎，有点酸了，打住！

四

"叶上初阳干宿雨，水面清圆，一一风荷举。"（北宋·周邦彦《苏幕遮》）

精确点说，孙家寨的莲花池占地面积 127 亩，栽植莲花 10 余万株，周边栽植乔木 4300 余株，花灌木和草坪 1.5 万余平方米。它得天独厚的资源，是汤河水源源不断的灌溉。水，河流，从来都是物质世界和精神世界不可或缺的滋养。"河流哇，我愿用各种称谓来赞美你／你是牛奶，是蜂蜜，是爱，是死亡，是舞蹈。"已故波兰诗人切斯瓦夫·米沃什的诗句，道出了水与河流的伟力。

汤河水从孙家寨莲花池的身旁流过。我知道，如果顺着滨河西路向上游走去，用不了多远，就是以温泉为主题的洗浴场所集聚区。在那里沐浴过的人，头发湿滑、发亮，脸色红润，浑身轻松。汤河与温泉，不但健康了沐浴的人，还滋养了大面积的水生植物，为人们拉开了打造大汤河湿地公园的序幕。那是个令人期待的美丽工程。

肩扛长长竹竿的保洁员在栈道上巡游。他把水面上偶尔漂来的枯枝败叶打捞上来，也时刻关注着游人的安全。我好奇入冬前关于莲子和莲藕的去处，他告诉我，村人可以随意在这里采收，只要把枯叶、茎秆妥善处理了就好。

化作春泥更护花？

是的！

孙家寨的莲花，不像我在松嫩平原水泡子里见过的它们的同类，伶仃而苦寒；凭借今日的天时地利人和，孙家寨的莲要幸运得多，它们有人为的管理和侍弄，有水族的做伴和联欢，有岸边草木的陪伴和点缀。孙家寨的莲花，也不像江南瓷缸里的那些，虽然拥有贵气，唯我独尊，可是一旦面对生命的落幕又无措手足，凄惶而怨艾。孙家寨的莲凭借本身"泽陂有微草，能花复能实"的自适与自信，绝不会患得患失，本来就是呼应着山水的造化而已，也没必要患得患失。

面对孙家寨的莲，我感觉到了一种受到呵护的慰藉。爱人、惜物，尊重草木鱼虫，敬畏天地宇宙，崇仰天道和大地伦理，用真挚的情感悲悯自然和生命，这是超越了一般意义上的环保意识、生态意识的关于心灵的感悟和良知，是对终极真理的膜拜和体认。

"绿水青山就是金山银山"，中国共产党人对于自然资源的卓识远见，对于造福人民的胸怀气度，亦被孙家寨的莲悄然表达，宏义微言，深入人心。

保洁员笑笑，又说："等采莲时你再来，等挖藕时你再来。"

我相信他的真挚，点点头，在心里坚定地回答：会的！

温暖的握手

李伶伶

2019 年 5 月 16 日早上，我早早就起来了，因为上午 7 时 10 分，我要乘专车去人民大会堂参加第六次全国自强模范表彰大会。能够到人民大会堂开会，我很兴奋，头天晚上几乎整夜未眠。

洗漱穿戴好之后，我接到葫芦岛市残联王漫江主任的电话。她问我起来没有，睡得怎么样。她把来接我的司机师傅的电话发到我微信上了，如果找不到车，给司机师傅和她打电话都行。王主任是专程陪我来北京参加表彰大会的。因为每个重残获奖者只能有一个陪护，平时我的日常生活都是父亲照顾的，这次也是父亲陪我来的。父亲年纪大容易忘事，市残联李咏理事长不放心，就派王主任陪我们来北京。一路上，多亏王主任帮忙沟通各项事宜，我和父亲啥事都不用操心。但是，因为王主任不是我登记在册的陪护，所以不能跟我住在一起，会务组不能给她办通行证。京西宾馆的规定是，没有通行证一律不得入内，所以她只能自己找个宾馆住下。同样的原因，人民大会堂她也不能进去。陪我来趟北京，却没能见证我受表彰的时刻，每想到这点，我都觉得对不起她。

不到 7 时，我们就从宾馆出发了。来自全国各地接受表彰的有 500 人，分别坐在 20 多辆大巴里。按序号找到接我的车，上车后，工作人员给每位获奖者发了一朵大红花，佩戴在左胸前。40岁的我第一次得到这样的大红花，心里真的很美气。

前面有警车开道，后面有警车护行，大巴从京西宾馆启程，经过军事博物馆，沿着复兴门外大街和西长安街一路前行，最后停在人民大会堂。父亲推着我，经过两道安检，才走进人民大会堂。第一次来到人民大会堂，我心里充满敬畏之情，宽大的会议室，红色的桌椅，厚实的红地毯，庄严肃穆的氛围，让我不敢大声说话。

上午9时整，第六次全国自强模范表彰大会准时开始，大会由中国残联主席张海迪主持。全国自强模范每五年评选一次，在全国各行各业中选出优秀残疾人代表、残联系统先进工作者、助残先进集体和个人等进行表彰。会上，盲人按摩师严三媛、扫雷英雄杜富国、热心公益助残事业的宋桂华讲述了自己的故事，他们的故事感染和鼓舞了在场所有的人。

表彰会结束后，我们被引领到另一间会议室，按照指定位置坐好或站好，等待国家领导人会见。之前没有告知来会见我们的是谁，所以，当习近平总书记、李克强总理等国家领导人走进来时，我们都很激动，会场立时响起热烈的掌声。所有获奖者按半圆形排成四排，坐轮椅的在前排。我被安排在半圆形左边前排第十位。习近平总书记走进会场后，从左边开始跟每位获奖者握手，当总书记走到我面前时，因我患肌肉萎缩症抬手费力，总书记伸出双手握住了我的右手。总书记的手是那样的温暖，这份温暖通过手臂迅速传遍全身，温暖着我，感动着我。我激动得只会说："习主席您好！"习主席回应说："你好！"

在国家领导人和获奖者握手的同时，掌声一直持续着。习总书记等国家领导人从左边到右边，与每一位获奖者握了手，最后跟大家一起合影留念。这是我终生难忘的时刻。

会见结束后，我们从人民大会堂回到京西宾馆。我给市残联李咏理事长打电话，向他汇报了我接受表彰和被接见的过程。

李咏理事长对我非常关心，我第一次见到李咏理事长是在我的拜师会上。2017年，辽宁省作家协会推出青年作家导师制，安排孙春平老师为我文学上的导师。别人都是学生去拜见老师，到我这，变成了老师看望学生。葫芦岛市文联为我举办了隆重的拜师仪式，省作协副主席周建新和时任葫芦岛市委宣传部常务副部长李荣军共同出席了这次活动。《大宅门》制片人俞胜利、美国艾奥瓦州立大学教授穆爱莉、《天池小小说》杂志主编黄灵香三位老师一起见证了这个时刻。除了这几位领导和老师，还有一个陌生人，他坐在我的斜对面，一直盯着我看。我不知道他是谁，为什么这么看着我。等到他发言时，我才知道，他是葫芦岛市残联理事长。以前我住在农村，不太知道残联这个组织，也不认识残联的人。认识李咏理事长之后才知道，残联是个温暖的大家庭，是专门为残疾人服务的。

会议结束后，李咏理事长特意到我家看望我，了解我生活写作的情况。他发现我家里没有任何残疾人辅具设施，马上安排人帮我进行了安装。先是给我送来一部电动轮椅，随后在门槛里外安装了轮椅坡道，在卧室安装了帮助我上床的立地支撑扶手，在卫生间安装了安全扶手，还安装了一个方便我使用的自来水龙头，配置了淋浴座椅等。这些辅具给我生活带来便利的同时，也给了我很多生活的信心。

这次我能获得表彰，也是李咏理事长大力推荐的结果。辽宁省获得此项荣誉的有六人，我是其中之一，我感到自己很幸运。

我来北京领奖，李咏理事长不但让王主任全程陪同，还开车把我们送到火车站并送上火车。所以表彰会结束，我最先给他打电话，分享我的激动和喜悦。

第二天，我们从北京返回葫芦岛。市残联和市文联在火车站为我举行了隆重的欢迎仪式。一下火车，迎接我的是鲜花和掌声。市残联、市文联的领导和文友，以及电视台和报社的记者，来到葫芦岛火车站会议室，"热烈欢迎'全国自强模范'青年作家李伶伶载誉归来"的红色条幅是那样醒目，引得很多乘客驻足。这让我在惊喜的同时，感受到了家乡温暖的怀抱。

我是因为在写作方面取得的一些成绩，而获得"全国自强模范"这项荣誉的。15 岁时，我因患肌肉萎缩症被迫辍学，自学写作成为中国作家协会会员。我的作品曾入选高考试题，还被翻译成英文入选美国大学教材。我已出版三本小小说集《起舞》《羊事》《数学家的爱情》，其中小小说《翠兰的爱情》被《大宅门》等剧制片人俞胜利老师看中，约我改编成 30 集同名电视剧。我获得过第一届世界华文小小说大赛一等奖和第八届金麻雀奖等奖项。葫芦岛市文联为我成立了"李伶伶文学工作室"，我也通过写作，从农村来到了城市。

一个月后，我的小小说集《起舞》《羊事》作品研讨会在葫芦岛市召开。这两本书在黄灵香老师的帮助和努力下，由延边人民出版社同时出版。研讨会筹备了一年多，在辽宁省作协滕贞甫书记的关心下，成为省级作品研讨会。研讨会上，各位老师像亲人一样关怀我、鼓励我，让我收获很多。开会那天，滕书记有事来不了，让省作协副主席金方代替他来参会。那天，金方主席是带病参会的，让我真切地感受到了来自省作协的关爱。

金方副主席热情直爽，没有一点架子，开会前到我房间看我。当时，我正准备戴丝巾，金方主席见了，随手接过来，仔细地帮我系上了。我照了镜子，丝巾系得真是好看，我既开心又感动。黄灵香老师为了照顾我，和我住在同一个房间，金方主席给我系丝巾的美好画面，被黄老师用手机记录下来。研讨会后，我被评为辽宁省作家协会第十二届签约作家。我在获得荣誉的同时备受鼓舞，以后会更加努力。

2019 年是新中国成立 70 周年，中国作家网拍摄制作了五集系列短片《文学的力量》，对新中国文学的发展变化以及文学对人们精神、生活产生的影响进行梳理。我的故事有幸被选进短片的第五集《文学点亮生命之光》。

2020 年秋天，我到锦州笔架山参加《民族文学》2019 年度作品颁奖会。在我的导师孙春平老师的帮助和鼓励下，我开始中短篇小说的创作，首部中篇小说《春节》在《民族文学》2019 年第五期头题刊发，之后获得当年《民族文学》年度作品奖。滕贞甫书记作为颁奖嘉宾参会。滕书记知道我来参会，还没有休息好就赶来看望我。在笔架山庄酒店的一楼大厅，我第一次见到滕书记，滕书记很亲切、很爽朗，他祝贺我获奖，并鼓励我好好写下去。

与写作结缘有 20 年的时光。在文字中畅游的快乐使得我忽略了由于身体不适带给我的诸多艰难。我深切地感受到文学的温暖和力量。我唯有不断地学习、思考和写作，回报生活的美好。

喇嘛花村的年轻人

李轻松

在彰武县一个偏远的村庄，年轻的女人们手里绣着花，脸上开着花，开启了"抱娃绣花，赚钱养家"的新模式。那么这"花"是如何绣出钱来的？又是如何让她们曾经粗糙的指间荡起春风，盈满香气的？

这是一款特别有东方气质和神韵的手包，有红蓝两种。它是用精致的缎面做成，上面手工绣的水脚，装饰有波涛翻滚的海浪，挺秀的岩石，构成美丽的江崖海水纹。江水与山石的组合象征"江山"，之上的双龙与祥云，象征着天子主宰江山，多用于龙袍、官府袖口、下摆，常与龙纹、禽兽纹等配合使用，有连绵不断、福山寿海、江山永固的寓意。

喇嘛花村的年轻人，就是靠着绣这种手包脱贫的，而引进这个项目的第一书记便是朱印喜。

朱印喜书记是 80 后，一身休闲打扮透露出掩饰不住的干练和天然的亲和力，是一个热情、阳光、自带光芒的人。只见他步履匆匆，活力四射。他毕业于大连理工大学，目前在彰武县总工会工作。他来到喇嘛花村扶贫，让村民感受到最深刻的就是村子里有活气了。喇嘛花村是个大村，1000 多人口，但大多年轻人都外出务工，村里剩下的都是老弱病残，见不到几个年轻人。而朱书记的到来很快就改变了这种局面。

要把年轻人吸引回来，用什么吸引，就得有事情做，有钱赚。

朱印喜一家家地走访，大爷大娘地叫着，家家户户的老人都乐意跟他唠嗑儿，有啥心里话也乐意跟他说，他会头拱地地帮忙解决。在喇嘛花村，没有他不熟悉的路，没有他没走过的沟坎。他三句话不离本行，家里几个孩子呀，都过得怎么样啊，有几头猪几只鸡也都清清楚楚。时间长了，乡亲们便都亲切地叫他"小书记"，一来二去就叫开了。

那么这个小书记要在喇嘛花村做个什么事情呢？

他跟其他驻村书记一样，修村路、打水井、修危房、做代购、帮扶失学儿童，一件接着一件，做得细致周到，给喇嘛花村的村貌带来了巨大的改变。小书记为何有这么大的能量？村民一辈子都不敢想的事情，都让小书记给做成了。小书记轻轻一笑，我就是做了一名共产党员该做的事情呢！只要把心扑在这上面，再难的事也能做成。

就是这么朴实的话语，成就了一名共产党员在喇嘛花村的公众形象。

朱印喜为喇嘛花村建起了满绣车间，他的目标是把村里的留守妇女动员起来，再把外地的喇嘛花村妇女吸引回来，女人回来了，男人的心就也跟着回来了。看着娃，绣着花，既养自己又养家！这句口号喊出来时，那些在贫困线上挣扎的乡村女性几乎没有人相信。农村妇女，一辈辈传下来的都是围着锅台转，照顾一家老小再加上猪鸡猫狗，谁想过自己还能赚钱养家呢？

朱印喜走家串户，选人去城里学刺绣，装修车间，采买绣架，车间建起来了，有带头人才会有凝聚力。于是，他想在车间建立一个党支部，发展新党员成了重中之重。他把目光对准了两个年轻人，一个是在外乡把事业做得红红火火的周赛男，一个是因孩子患病无法外出的王立双。

小书记第一个发展的党员就是周赛男。

在做绣娘前，赛男一直做自己的事业，因为娘家在绥中，离东戴河很近，每年夏天到那里旅游度假的人越来越多，她看到了商机就做起了农家院，当起导游。她在为生活的无尽奔波中，也体会着做一个合格的导游给自己带来经济的改善和认知的改变，使自己能够看到村庄以外更为精彩的世界，她觉得这对她的意义比赚多少钱都重要。小书记希望她能回来，带动大家刺绣脱贫，共同致富奔小康。那就意味着她要放弃农家院的好生意加入满绣，她丈夫当然不同意了。农家院做了那么多年，收入又稳定，干吗要去做一件不知道结果的事情呢？赛男认为都是有文化的人，不能自己富了就忘了乡亲们，这是年轻人的责任。爱人见她说得头头是道，能有这样的觉悟很不一般，这种境界的提升也是他学习的榜样。正是有了这样的思想基础，朱书记鼓励她入党。周赛男交了入党申请书，更加严格要求自己了。她现在已经通过了基础理论的考试，成为中共预备党员了，很快就会成为一名光荣的共产党员，对于这个钦羡已久的政治面貌，赛男是满心期待的，不仅从她神往的目光中可以窥见，还从她全身心地扑到满绣工作的状态可以印证。

村里还有位年轻人表现出最为珍贵的品质：坚强、自立、勤劳。跟大多数 90 后不同，立双遇到了常人无法想象的困难，长期在与病魔做斗争的过程中，自己得到了成长。立双的儿子因为早产，经常住院治病，几乎荡尽了家产。屋漏偏遭连夜雨，两年前婆婆被诊断出癌症，化疗要花很多钱，公公还患有甲状腺疾病，要长年吃药，这对小夫妻肩上的担子更加沉重了。小书记了解这个情况后，便发动村民为他们捐款，落实公婆的医药费，让这家人暂时走出了困境。

经过这么多的磨难，立双看起来却风轻云淡，从没有患得患失，一直保持着乐观积极的心态。立双深爱着儿子，为此不惜忍受一切痛苦，去担负一位母亲的责任。她也深爱自己的家庭，面对困境，她从未退缩过从未抱怨过，而是与丈夫一起扛起了重担。那么对社会，她也一定会以自己的坚忍影响他人。这样的身经磨难却愈挫愈强的青年，具备了一名党员的素质，应该成为我们党光荣的一员，发挥她更多的作用。

小书记跟立双谈到入党的事情时，想不到这正是立双所想。她是带着一份感恩的心要求入党的，因为在她最困难的时候，是党组织向她伸出了援助之手，帮她解决燃眉之急，党也成了她心里的支撑，温暖的来源。她要回报组织回报社会，所以入党一直都是她的理想。就这样，立双成为党的积极分子，主动以一个党员的身份严格要求自己。

喇嘛花村满绣车间党支部建立起来了，车间面貌大不一样。有了带头人，有了榜样，大家的思想觉悟都在提高。以前那些小计较没了，大家都以大局为重。以前那些小自私没有了，大家都互相帮助。以前那些小矛盾没了，大家都团结合作。喇嘛花村满绣车间呈现从未有过的气氛，大家就一条心，多出绣品，共同致富。

村里有位叫菊花的女人，跟人家比房子，房子快塌了；跟人家比孩子，孩子不争气；再跟人家比老公，老公赚不来钱。日子越过越穷，人就抑郁了，还喝过药寻短见。小书记替她找到了病根儿，说到底，还是个穷字嘛，你自己赚了钱，那才是真的牛呢！就这样，菊花被小书记请进了绣娘队伍。菊花一天天变得快乐起来，笑容挂在脸上，也不抱怨了，吃得香睡得好，不知不觉中，抑郁症不治而愈了。

扶贫，说到底扶的还是心志，是希望，是精气神，更是未来。喇嘛花村的年轻绣娘个个都是有故事的人，个个都心灵手巧。她们不仅绣花绣朵，更是绣出自己幸福的生活、美好的未来。

现在，又有年轻人加入入党积极分子这个行列中来了，她愿意严格要求自己，接受组织考验！小书记相信，榜样的力量是无穷的，接下来还会有更多的绣娘要求进步，走进共产党这个先锋队中来。

　　小书记朱印喜看着新党员越来越发挥作用，心下是欣慰的。他偶尔会长久地站在窗前，看着绣娘刺绣的身影，感慨万千。她们坐在绣架前飞针走线的时候，要的是那份专注；待到发放工资时，得到的是那份尊严。她们有了自己的榜样，赛男与立双；她们有了自己的目标，让亲手绣的"江崖海水"手包遍布全世界。

响当当的共产党员

杨明

建党 100 年来，辽宁的铁路工人为党的光辉事业做出了不可磨灭的贡献。

早在 1924 年，辽宁铁路工人就在由当时的日本帝国主义者掌控的北宁铁路沟帮子火车站上，秘密成立了全国铁路系统的第一个党支部。在之后艰苦卓绝的斗争岁月里，辽宁境内各条铁路线上的基层党组织不断涌现，发展壮大，多次通过有组织的工人运动与帝国主义的侵略和官僚买办的剥削压迫展开不屈不挠的殊死抗争。1931 年九一八事变后，十余年间前后有数百名铁路工人参加了抗日义勇军和民主联军，一条条血性汉子惜别了亲人，一双双开火车修铁道的粗糙大手操起了钢枪，在白山黑水中谱写了一章章血染的传奇；1945 年秋，日本投降，东北光复，沈阳到山海关铁路沿线的工人在党组织的领导下，维修派发火车机车和车皮，编组临时军列，保护线路畅通，抢在国民党军队之前将曾克林将军率领的八路军第一支出关部队迎进沈阳，为我党在第三次国内革命战争中逐鹿黑土地赢得了宝贵的先机；1948 年冬，中国人民解放军东北野战军对盘踞东北的国民党军残部发起了最后总攻，辽沈战役波澜壮阔如火如荼，辽宁铁路工人汇入支前的洪流，践行了"仗打到哪里，就把铁路通到哪里"的誓言，为全东北解放乃至新中国成立的提供了有力的支援。

1950 年，朝鲜战争爆发，全国各界掀起"抗美援朝、保家卫国"的热潮，辽宁铁路工人一如既往冲锋在前，在他们随志愿军入朝参战的雄壮队伍中，曾有过一个不起眼的丁二师傅。

丁二师傅入朝参战时 30 岁左右，由此可以推断丁二师傅是 1921 年前后出生的。他虽然牺牲后才被追认为党员，但他的追求与信仰、担当与精神却不是从牺牲后才开始的。据工友们回忆说，丁二师傅 13 岁流浪到沈阳郊外，在一个小火车站上当了童工，在车站做叫班员，第二年主动参加了车站地下党小组的外围活动。

什么是叫班员？从前的时代里，火车司机不像现在这样有着优渥舒适的工作环境和休息条件，待乘上岗前都是在家睡觉休息。火车司机属于 24 小时连轴转，不停轮班倒班的工作性质，必须保证休息好才能精神饱满体力充沛，不出行车事故。日伪统治时期的旧社会，工人生活穷困疾苦，很多人家全家老小能做事的都得为谋生计外出忙碌，不可能专门拨出一个闲劳力来为睡觉的人看候钟表担当勤务，很多人家甚至连个钟表都没有，得有专人在上班之前挨家挨户上门叫醒司机，就派生出了丁二师傅这种由半拉子劳力性质的童工来充任的特殊工种。

叫班员的生涯练就了丁二师傅的真本领，他记路，无论多复杂的路径他走过一遍就印进脑海中；他眼观六路耳听八方，无论天多黑，雨雪多大，深巷窄路多崎岖不平，他总能灵巧地直达他工作对象的家门外，叩叩前门环或敲敲后窗棂，喊一声"到点啦，上班啦"，然后风一样悄然遁去，连日伪宪警的恶狗都追不上咬不着他。

丁二师傅在车站党小组时做的都是站岗放哨的工作。那时候党小组几个人常常躲进某个党员家里，晚间连灯也不敢点就悄悄开会。丁二师傅年纪小，不引人注目，且有职业身份做掩护，适合担任门外警戒。他多次及时通报危急情况，让会场同志安全转移。

抗美援朝，铁路参战职工用鲜血和生命，为志愿军开辟和保障了一条"打不烂、炸不断的钢铁运输线"。美军视这条钢铁运输线为眼中钉肉中刺,不惜代价予以摧毁,丧心病狂地实施狂轰滥炸的"空中绞杀"战术,两年零九个月的战争进程中总计对铁路线投掷各型炸弹19万余枚。为了防空,国内入朝的军列多安排在夜间行车,可蒸汽机车运行时会发出火光,还是会暴露目标,只能用草袋子等物把机车严密地"包裹"起来。但这样一来司机就什么也看不到听不到了,怎么安全开车?什么也难不住大智大勇的铁路工人,大伙一研究,派两个人手握锤子趴在机车顶上一动不动,在全速运行中做"火车向导"。向导竖起耳朵听,捕捉防空警报和天上敌机由远至近的嗡嗡声;聚精会神看,在伸手不见五指的漆黑中瞭望前方线路状况,锤头像叩琴键一样轻磕缓敲时代表平安无事可正常运行,一旦状况紧急立即大力抡锤当当当猛击车壁,司机立即警觉起来,随时准备采取应急措施。这个土办法还真挺好使,迅速在入朝参战的机车组中推广起来,这些趴在机车外随时准备"当当当"的人,就被称为"当当队"。抗美援朝中,"当当队"队员有被机车顶锅炉烫伤的,有被机车穿行在朔冬风雪中时冻死的,有坠落机车下落不明的,有在敌机弹片下英勇殉职的……

丁二师傅入朝参战之初担任的是军列押运员,有了"当当队"后他头一个主动报名入队,并凭着丰富的工作经验和业绩一度担任了战场东线"当当队"的队长。他亲自"当当当"过的机车军列,运送过志愿军在长津湖战役中最寒冷时刻的被服、上甘岭战役中最困难阶段时的给养,运送过让以美军为首的"联合国军"闻风丧胆的喀秋莎火箭炮和铺天盖地的炮弹。1952年金秋,当停战协定签署在即,我志愿军即将全面凯旋时,丁二师傅执行最后一次工作任务,不幸突然遭遇敌机,壮烈牺牲。

丁二师傅是个响当当的共产党员,辽宁铁路工人中,涌现过无数这样响当当的共产党员。

生长于"世纪"里

杨春风

一

1921 年到 2021 年，中国共产党走过了 100 年。

100 年，一个世纪。

作为一个记录时光的单位名词，"世纪"在印象中总是很漫长很浩瀚，却不承想自己也赶上了这个辉煌的节点。此刻回首，又忽觉自己的年龄竟也能以"半个世纪"来说话了，错愕之余，又顿感庆幸，庆幸这"半个世纪"尽在"建党 100 周年"这个"世纪"里，这使"和平""安适""幸福"等诸多美好的字眼，尤其是稳步的"发展"与"成长"，皆成了个人切实的生之体验。

二

一个人早年的饮食结构，会决定他一生的饮食偏好。

我在 20 岁之前一直生活在黑龙江省依安县，那儿属于乌裕尔河流域，盛产小麦，面粉也就成了人们的主粮，这使我尽管已在"稻米之乡"盘锦生活了 30 年，却仍然偏爱面食。尤其无比倾心于面条，特别是手擀面，咋吃都满足。

我对手擀面最早的记忆，是在某岁的生日那天。母亲只擀了两碗，一碗给我，另一碗给了西屋的田晓龙，这似乎表明他与我是同一天生日。不过在记忆深处却并未挖掘出大人们对此事明确肯定的言语，而田晓龙早在十八九岁就已长辞，令我如今已没法追究。那碗面装在白瓷大碗里，因时值隆冬，只用葱花炸了酱做卤。此刻敲下这几个字时，我仿佛还能闻到那股特有的葱香与酱香。

那时我家住在乡下，一个叫"第一国营良种场"的所在。住的是"东西屋"：五间房，中间开门，两侧是两家的灶台，灶台旁各开一门，分别通向两家的居室。也就是说，两家人每日里都走同一个入户门，三餐的锅碗瓢盆也都在同一个狭小的空间里交响。这样的居住格局如今只是想想都已深觉不可思议。我大哥则不以为然，说他和大嫂刚结婚那阵儿还住过两个月"南北炕"呢：两间房，外间分南北两个灶台，一家一个，里间搭有南北两铺炕，一家一铺，夜里睡时在炕沿处拉上幔帐就妥。这显然更加令人匪夷所思。

我十二三岁的时候，一直恨家不起的大哥撺掇着父亲买下了一处房子，远在场部的东边，总共八间，我家三间，大哥家三间。还有两间属于别人家，碰巧也姓杨。后来得知，这房原为青年点，知青返城后房子空下来，继而作价卖了。原来的居所则是场部分配的房子，房少人多，只能那么挤着。新房炕宽窗阔，南北大菜园，西临乡路，南通火车站，俨然豪宅。

现在想来，那时"改革开放"已经启动了，尽管当年并不知这词。

当年只对"土地承包"印象颇深，因为时常要被父亲喊到田里帮忙，仲夏的麦收时节也要跟着去割麦子了。秋天还要抢收黄豆、高粱和土豆，初冬则要顶着轻雪到田里拾掇甜菜，拾掇完了拣大个儿的装车卖给县糖厂，剩下小的母亲拿来熬糖稀，一种黏稠的深棕色液体，被我们当作蘸食黏豆包、馒头的酱汁，极致美味。

那之后的若干年，全家人都要应时应晌地忙叨在田里了，弄得弟弟偶尔都会在铲地时猫到垄沟里睡着。黑龙江的土地是广袤的，一条垄通常千米左右，垄头垄尾不闻人声，这使我在初见盘锦的条田时，曾不由得深觉不够气场，即使那条田齐齐整整的煞是好看。

全家人的春种夏耘秋收冬藏，也使生活得到了显著改善。原本频频要用的粮本已被父亲锁进抽屉，不用再月月拿出去按定量买粮了。实际上家里的粮食已转而收到仓房里，随吃随磨米磨面，也拿黄豆榨豆油、换豆腐。母亲的手擀面也做得极为频繁了，每每都要擀上三个壮实的大面团，吃时无须再定量限碗。不过很快地，我就开始向往新兴的挂面了，每打了麦子都会央着父亲拿一袋面粉换些挂面回来，场里的面粉加工厂就可做成这项交易。那时觉得挂面纤纤细细的，比母亲手擀的韭叶面要好看，况且时髦呢。

如今，我仍然常常吃面条，打卤面、热汤面、葱油面、炸酱面等各种吃法，却几乎都是手擀面，只有在极度疲惫的时候才肯煮上一绺挂面充饥。在深感值得犒劳自己一回的时候，还会烙上两张香软的烫面葱油饼，因其与手擀面一样得了母亲的真传，烙得颇为地道。母亲当年使用的擀面杖也被我收到了今天，那是父亲拿一截老鸹木自己旋制的，由于太长，已不够实用，我只是宝贝样地收着，就像收着父亲使用多年的那个算盘似的。

诸如此类的种种迹象，偶尔会让我惊觉自己"老了"，静心细究却觉不见得就是如此。我只是随着时光的流逝，逐日积蕴满怀的乡愁罢了。

三

1991年深秋，我从黑龙江省依安县迁到了辽宁省盘锦市，从乌裕尔河流域来到了辽河口地区，这使我与河流的渊源得以延续。我相信在自己与河流之间，定然系着一条无形的纽带，依据是此生的两个"家乡"均在河流之畔，且都无远山近峦，均属"境无拳石"之域。

初到盘锦之时，即对市府大街之侧的一栋巍峨大楼产生了真切向往，只为那大楼的门上挂着一块白地黑字的牌子"盘锦日报社"。实际上作为盘锦市的主街，整条市府大街都气象非凡，市人民政府、市人民法院、市人民检察院、市公安局等均驻于此街。"文气"的盘锦日报社则尤其激发了我的进取之心，并使我在接下来的八九年里做出了持久的努力。

在2000年这个"世纪之交"之年的10月，我到底以理想的成绩考入了盘锦日报社，成了每一个晨昏穿梭于那扇庄严大门的人流中的一员。尽管这样的穿梭仅持续了三度春秋，我却仍然颇以此为荣，因为那是我平生第一次按照自己的意愿来规划人生，并当真取得了成功。三年后离开那幢大楼，则是我对自己人生的第二次规划，也所幸至今未生悔意。

对于这两次人生轨迹的转变，以及1991年的迁徙，我由衷地感恩改革开放，并对时代的发展心生深沉的敬意。

事实是在改革开放之前，我的人生轨迹基本是可预测的，通常父兄的经历就是我将要经历的，我会在年满18周岁后成为那个国营良种场的职工，然后像父兄一样辛勤耕耘于那片广袤的土地，虽说有工资有粮本不愁基本的衣食，却也断然没可能由着自己的心思来打点人生。那个年代里的"地域"还是一个阻隔性质的概念，会限制个体的自由流动，进而使个体对生活方式的选择空间小之又小，甚至没有选择的余地。

改革开放之后，随着粮票的取消等一系列时代演进成果的陆续显现，原本形同于菌类的个体才拥有了流动的可能，也才使我得以从千里之外迁挪至此，并在一个空前公平又自由的社会大环境里规划了自己的人生。

在步入新世纪之后，也就是在中国共产党走过了80度春秋的光辉历程之后，社会的发展已为个人开拓了更为广阔的成长空间，程度之深已使"选择"成了一个人必备的生存技能，否则就会使自己像置身于海洋深处那般不知路在何方。那句人尽皆知的"海阔凭鱼跃，天高任鸟飞"，已成了这个时代的真实写照，个人意志得到了充分发挥的契机，每个人都可根据自己的愿望来规划各自的前程，纵然不见得所有的规划都能落地为实，为此所做的努力却也不会徒然空掷，尤其没谁会阻止你的尝试，实际上也阻止不了。"怀才不遇"从来不是这个时代的特征，而只存在个人的是否甘拜下风或偃旗息鼓。及时而精准的自我认知，也就成了这个时代中人的必备素质。尤其是自律的本领。自由越充分，自律越紧要。倘若一个人当真热爱自由并能妥善加以自律的话，很可以活出一个真实的"自我"。

一个人早年的饮食结构基本是注定的，毕竟出生地不由人选择，加之交通与经济均欠发达，一日三餐必然要仰赖地域食材来成就；一个人在成年之后的生活方式，则尽可以由着自己的心愿来规划，并付诸行动——至少在当下这个时代。

一个人的既有生活方式与内心愿景的符合程度，会决定他幸福感的有无及强度；一个人在已能以"半个世纪"来说话的年纪里，能否常常以形成于早年的饮食偏好来熨帖一下那满怀的乡愁，也具有同样的功效。生长于建党100周年这个"世纪"里的我，之所以为此深感庆幸，即缘于这二者均可实现，或说均已实现。

又见肇新

初国卿

沈阳的春天一向是轻寒料峭，暖意迟迟，清明时节偶有细雨纷纷，也时夹一阵薄雪。在这样的时日里，我和朋友再次到惠工广场的肇新窑业办公楼前，不是为了赏景，只是为了纪念，纪念90多年前曾在这座楼里办公的杜重远先生。办公楼里空寂而寥落，多少与杜重远这位著名爱国民主人士、中国共产党忠诚朋友的声名有些落差。站在楼前，我想起了今年是杜重远122周年诞辰，也是他所创办的中国最早的工业制瓷"模范工厂"肇新窑业97周年。而就在两年前，我们于沈铁路39号终于发现并确认了陶瓷学者寻找了多年的肇新窑业遗存。厂房依旧，窑址还在，树已古貌。这是怎样的巧合与偶然？其实世间之事，没有偶然，有的只是天道轨迹下的必然，历史到了这个节点，必然会让我们想起杜重远，又见肇新。

22年前，杜重远100周年诞辰时，习仲勋在《人民日报》刊发长文《缅怀革命烈士杜重远》。文中说："永远不能忘记这位在我党处于艰苦环境下，同我们并肩战斗的战友，无私无畏地为民族解放事业而献身的革命烈士。"是呀，永远不能忘记，在中国共产党建党百年之际，我们尤其怀念那些为我党事业做出伟大贡献的先辈。特别是沈阳人，辽宁人，东北人，更要知道杜重远，更要纪念这位先贤。因为杜重远先生不仅是革命先烈，同时他作为著名实业家，创办了中国第一家现代陶瓷工厂，为曾经走出唐英的"陶圣"故里沈阳，创造了中国陶瓷史上最为辉煌的一页。

杜重远于1898年农历三月十五（1898年闰三月，杜重远出生在哪个三月，没有确切记载。如果是生在第一个"三月十五"，则是公历4月5日；如果是第二个"三月十五"，则是公历5月5日）生于奉天省怀德县（今吉林省公主岭市杨大城子镇凤凰岭村）一个普通的农民家中。小学毕业后以优异成绩考入奉天省立两级师范附属中学。当时，在全国人民愤怒声讨"二十一条"的热潮中，杜重远深感民族存亡，匹夫有责，于是苦苦思索什么才是救国之路。一天，他偶然在一本窑业杂志中看到一篇载有日本人在大连开办大华窑业会社，欲占领中国陶瓷市场的文章，内心颇不平静。瓷器是中国发明的，是中国的国粹。远在唐宋时期，日本就多次派人来学习。如今，曾被世界称为"瓷器之国"的中国，竟在市场上一蹶不振，而日本国内生产的瓷器则以"价廉物美"冲击着中国市场，进而又在中国设厂制造，将严重地危害中国的陶瓷产业。杜重远深感"唯有振兴实业，才能拯救中国"，于是下决心复兴祖国的陶瓷业。1917年，杜重远满怀"实业救国"的愿望，终于考取了官费留学日本，入仙台高等学校窑业科，专攻陶瓷专业，成为中国这一专业最早的留学生。1922年冬，24岁的杜重远学成归国。当时，有很多人劝他做官，他却不为所动，依然坚持要以所学专业贡献于祖国，立志经营瓷业，建设一座现代化陶瓷厂，以实现实业救国的夙愿。

为了实现在沈阳建厂的目标，他投亲访友，多方募集资金，在奉天城北小二台子购地100亩，创办"肇新窑业公司"。以"肇新"命名所创办的窑业公司，不难看出杜重远的深刻用意。"肇新"，意即"始新"，谓新的开始。以"肇新"为窑业之名，即想以此开创中国民族工业新局面，达成以实业救国之目的。

杜重远的创业梦想，在当时沈阳民族工业奠基人张志良和后来主政东北的张学良支持下得以实现，先是机制砖瓦，继而机器制瓷。至1930年，肇新窑业有工人600多名，年机制瓷800余万件，红砖年产4000余万块。肇新窑业的成功，在陶瓷生产领域沉重打击了日本的经济侵略野心，为国家挽回了诸多利权，给当时的民族工业发展打下了一个良好的基础，起到示范作用；率先使瓷器生产实现工业化制作和工业化管理，无疑是一场陶瓷产业革命，在中国陶瓷史上具有里程碑意义，为当时东北地区的城市现代化建设做出了重要贡献。

在那样一个半殖民地半封建社会里，在国内军阀混战和日本帝国主义疯狂进行经济侵略的东北，杜重远和他的肇新窑业能在民族陶瓷工业上取得如此骄人的辉煌业绩，不能不说是一个奇迹。以至十几年后，当年曾任辽宁省政府秘书长的著名史学家金毓黻先生还在日记里对杜重远记忆犹新："诚为辽土之杰，年大将军羹尧以后一人而已。"将其与辽宁北镇人，康雍时代著名大将军年羹尧相并列，足见对其评价之高。时至今天，肇新窑业对于研究中国民族工业史、陶瓷发展史和今日陶瓷文化产业创新与发展都有着重要的历史与现实意义。

因为肇新的成功，杜重远也成为中外知名的企业家和陶瓷专家。1929年，张学良又聘其为司令长官公署秘书，协助处理对日交涉问题。同时他还以商会领袖的地位成立了"辽宁国民外交协会"，发动和组织民间力量，开展对日斗争，取得了很大的成绩。

九一八事变后，肇新窑业被日军占领，杜重远因此前坚持抗日，驱逐日货，成为日军追捕的要犯。于是他怀着满腔怒火离开沈阳到天津，再到北平，参加了旨在支持组织东北抗日义勇军，抵抗日本军国主义侵略的"东北民众抗日救国会"，并与高崇民、阎宝航、卢广绩、王卓然等成为9人常务委员和张学良身边核心组成员之一。后来到了上海，通过夏衍第一次会见了周恩来。又接受江西省省长熊式辉的邀请，任江西陶业管理局局长，重整式微的景德镇陶瓷产业并一度形成中兴局面，成功阻止了将瓷业中心从景德镇迁往九江等外地的主张，保住了陶都的地位。1935 年，因其主编《新生周刊》所发《闲话皇帝》一文被判入狱，其间曾两度会见张学良，为其精辟分析当时的抗日形势，明确指出联合抗日才是中国唯一的出路，对张学良在西安与中共的合作起到了重要作用。1936 年秋，他出狱后即赴西安做张学良的工作，坚定其联共抗日决心，终于促成了西安事变。对于杜重远在西安事变中的作用，习仲勋曾有这样的评价："世人对张学良、杨虎城的这次具有历史意义的爱国行动都给予高度评价。在这里应当记住，杜重远是促使张学良与东北军转变的最初推动者。正是他根据周恩来的指示，对张学良反复做了大量的工作，才会有以后发生的事情。杜重远功不可没。"西安事变中蒋介石被扣，正在江西景德镇的杜重远则被国民党软禁，直到张学良送蒋介石回南京后，杜重远才获自由。

由于杜重远的声望和影响，在有宋子文、宋美龄、周恩来、张学良、杨虎城参加的和平解决西安事变、改组南京政府的谈判中，周、张、杨曾联合推荐杜重远同宋庆龄、沈钧儒、章乃器等人入行政院，以宋为领导人，杜、沈、章为次长，但这一方案后来未能实行。1944 年，杜重远在新疆遭盛世才迫害，壮烈牺牲。

对于杜重远和中国共产党及民族解放事业的关系，习仲勋说："杜重远不是共产党员，但是他一身正气，刚直不阿，为国家的独立、民族的解放追求真理，在中国共产党最困难的时候认识共产党，并毅然接受共产党的领导，为实现第二次国共合作做出了重要贡献。"正因为这样，从邓小平开始，党和国家领导人江泽民、胡耀邦、习仲勋、习近平、朱镕基、温家宝、邓颖超、王震、刘延东、韩正等对杜重远或有题词，或致信其女儿杜毅、杜颖，表达对杜重远的深切缅怀与纪念。

在纪念杜重远先生 122 周年诞辰之际，令人欣喜的是两年前我们找到并确认了当年肇新窑业在沈阳的工厂旧址和相关窑址。那天，一大群沈阳的文保志愿者和我一起走进了经过 95 年历史风云，数次变换主人的肇新窑业工厂，航拍图和当年肇新窑业生产的青花瓷盘上的工厂全景图几无二致。厂房用的全是窄而厚、质地坚硬，与民国时期所建东北大学教学楼同样的肇新窑业机制红砖。当年炼釉所用耐火砖垒成的熔炼竖炉还在，炉边高大的铁烟囱虽已锈迹斑斑，但仍能感受到当年窑火熊熊的热烈；而炉边数个炼釉的坩埚，则通身沾满了厚厚的色釉，斑驳而沧桑。

　　肇新窑业工厂遗存将使沈阳 7000 年的陶瓷史鲜活起来，相信时间不会太久，肇新窑业遗址就会变成独具个性的陶瓷文化主题公园和创意工坊，那将是我们对杜重远先生最好的纪念。就这样想着，我离开肇新窑业办公楼，回首间，发现楼旁的碧桃花开得正好，路边的残雪也掩不住那一抹粉红的旖旎。

　　春天来了，又见肇新。

五姥爷的"入党"情结

陆兴志

一、转瞬之间

我常于暗夜翻乱沈家大院的星光，甚至院墙里的蛐蛐，20 年后五姥爷于魁星楼下找到我，实也是自自然然的事——

组织部的朋友赠我《新中国七十个瞬间（1949—2019）》（党建读物出版社）——家国百年，沈家大院亦有多个难忘瞬间……

为何童年常住五姥爷家？是沈家大院与老家一河之隔？

为何多年五姥爷都不提及姥爷的事？是他早已把自己当作了我的姥爷？

姥爷即我的外祖父旧时光里沉睡逾 70 载，因《家族笔记》也常与我交换信息，是我讨扰他，还是他灵魂飞升影响了我？

姥爷只是个货郎抑或永兴长掌柜的？半世纪风雨，他一路走来，看到的风景，遇到的人事，我不甚清楚，一些文字自然加上了想象——因为文史，因为母亲和五姥爷，这诸多想象与实际或有出入，或有偶合……

二、五姥爷让我入党

五姥爷大耳帽扇落城墙下一小枝枸杞，即便雪地，老人家前额也盈有汗珠。

五姥爷在学校收发室等我多时了。

五姥爷说，校规不许呀，要不五姥爷要到教室看你呀，你上师范五姥爷就没看过你呀。五姥爷依旧浓眉，就是眼睛有点小。

五姥爷攒了几十年的话匣子打开了——

小兴志呀，你二舅在城里买了楼，五姥爷老了，到你二舅家住了，现在你二舅是校长，你弟文新也是老师，文玲当工人……都挺好，日子都好……

五姥爷这次来，就想告诉你一句话，你要入党啊！

五姥爷就惦记你这件事，你在城里书教得好，文章做得好，但你得入党啊，跟你二舅学……

倏忽20年，我早离开那所学校，时过境迁，但五姥爷的话仿佛刚刚说过。

　　……我是童年的另类，不甘老家磨盘拴住寂寞

　　抑或外祖父之后母亲老宅的一种寄托

　　我出郭屯，蹚水，进门楼，拐进西上屋

　　东上屋姥姥眼神跟随，"这孩子，不说话"

　　那时我常用手脚说话，手拽前院青杏，脚蹬后院大墙

　　小脚五姥姥干着急，"下来，下来"……

童年给我的印象，五姥爷出进沈家大院，常背着粪箕子——那时他在生产队管事，视粪如金，走到哪儿捡到哪儿。走到生产队，粪箕

198

子满了，就把粪倒在生产队的粪堆上。五姥爷入党就与他给生产队捡粪有关。

五姥爷不仅是老党员，还把沈家大院多人发展成了党员，有大舅、二舅、三舅……五姥爷说下地，大舅、二舅、三舅就都不懈怠，拿镰的拿镰，摸锄的摸锄。党员带头，队里的活儿就好干了。

三、外祖父是"地下党"

五姥爷倔强地以为长兄沈永兴即我的外祖父应该是地下党员。即便不是，也与地下党有某种意义上的关联。

五姥爷找到组织，组织上说，沈永兴给八路带道，人都没了，也算是烈士吧，但他是不是地下党，到现在没有任何证据。当时兵荒马乱，人都散了，上哪儿找证据去。五姥爷翻腾完沈家大院翻遍城内钟鼓楼下杂货铺账本，也没找到证据。

五姥爷不甘心，向组织反映，王二堡那么多大门楼，八路咋就只找沈家大院？沈永兴不是暗线，李山就是。

回来取货，伙计好几个，为啥偏带李山？

只让一人带道，李山一人就行，沈永兴为啥偏要去？

五姥爷的逻辑里，掌柜和伙计是合伙的，掌柜要对伙计负责的，掌柜对伙计有时是不放心的，掌柜关键时刻是要勇挑重担的——这道理很明白，只有地下党或与地下党有关联的，才能这样做。

组织上说，那问问李山，李山能否做证。

五姥爷说，李山可以做证。

李山不愿做证。

李山逐渐瘫痪了，当年"遭殃军"那颗子弹是打在李山腿上，但是邪行慢慢就上了他的脑，拄拐也不能走路，还言语不清。李山说，什么都忘了，掌柜的让我做啥就做啥，不是，我让掌柜做啥就做啥，不是……

李山是外祖父店铺的跟班，是外祖父的帮手，抑或外祖父是他的帮手？

李山曾呓语他是地下党，五姥爷叼住这句话细问，李山，说清楚，你说的他是不是掌柜的？李山说是，我是掌柜……掌柜给我挡子弹……

五姥爷说，李山不行，李山媳妇可以做证。李山媳妇和李山一样享受着政府津贴待遇。

李山媳妇脖子吊个袋（一个肉疣），且愈长愈大，走路一悠一悠，社员说，李山媳妇的津贴都填补她脖子上的袋子了。

五姥爷经常跟踪李山媳妇，人前人后，李山媳妇不高兴。李山媳妇间苗慢，五姥爷帮个工，李山媳妇说，帮我干啥，我脖子上有啥？

五姥爷倒是真想从李山媳妇脖子上掏出个证据。

有关外祖父，我最早在《祖父》(《苦夏诗镌》，作家出版社）里提到，后有一文《姥爷的故事》，收入《一路辉煌》(中国文联出版社），《民国旧照之货郎和长囤顶房子的老街》(《宁远城·宁远河》，燕山大学出版社）以及《九月围城》《自沙后所返乡经王二堡，外祖父老屋露出突兀的一角》(《河岸往事》微平台）先后有记。

　　……廊前手鼓辽西地
　　是谁穿衣挑担，撩开天上星
　　摇起村头沉睡的倦鸟

　　货担装满油盐酱醋，针头线脑
　　男人的烟袋锅女人的木梳
　　小孩子的傀儡和玻璃球

日人来了，郭军反奉

"永兴长"的掌柜和御路边的村姑

溃军枪口下演绎紫檀色爱情

明清已远，"跑八路"，打"遭殃"

文明带来六百年的冲撞

古城墙围不住……

这些文字串联起来，能否连续上外祖父的人生履历？

1948 年曾克林部队接收兴城，国民党中央军进攻辽西走廊，闯关东的"八路"要在山海关死守，败下来的队伍迷了路，外祖父就给他们带路，献出了自己年轻的生命。

四、我是"党员"

我离开沈家大院是 20 世纪 80 年代，时值改革开放，百废待兴，想五姥爷是老党员，不会再因沈掌柜的事纠缠组织了吧？

按组织的说法，我也是"烈士"后人。

我多年携父母亲奔走宁远城——养家糊口，父母膝前嘘寒问暖，亦时有笔记可写，有时竟然有些骄傲。

我工作后经历坎坷，因为文字与教育文学文化结了不解缘，信息时代和融媒体时代所做的工作不可避免地经受了改革创新的阵痛洗礼，身心已然不堪，却依旧做着教育宣传的重要工作。做着"半个读书人"所能做的文学与文化的研究工作。年纪愈大，时不我与，不谈创作了。

五姥爷的"入党"情结有没有影响我呢？

我有时能从自己的经历里找出三根红线——这些线索上的结就算情结？

其一，教育教学、教育研究，网络文化、地域文化、文学与文化、文学创作……

其二，教育网、研训网、抗击非典、疫情防控、历史文化网、作家网……

其三，《宁远文学》《辽西风》《渤海文学》《渤海文艺》……

这几根线索都不是直线，有时是曲线，互相牵扯并纠结，互相支撑并挤压，斩不断理还乱——

从外祖父、母亲、五姥爷、二舅，到我和孩子，有一种文化抑或血脉传承也是自然的吧……

岁月不居。有时单位党员开会，搞个活动，有的同事问，陆老师怎么不去开会，周六三道沟有个红色参观你得去吧？

我说我不是党员。

同事说，什么？这个打死我都不信。

其实那个会议以及参观之后我都得在系统的微平台上报道，有时真想看看现场，感受一下——时节如流，有时我都不知道我是不是党员了。

五、倔强的河流

细看《新中国七十个瞬间》，想到姥爷，想到倔强的河流。

冬至时节，我依旧早起，走出并汇入车流，往返于河岸海岸。无论在班在家，都有做不完的事，编不完的信息——疫情防控，元旦又近，疫情依然严峻，正如车窗外的河流，冰封的是河面，而河床依然暗流涌动。

我喜欢河岸，并用"宁远城·宁远河"作为诗集的名字。以"河岸往事"作为微平台的名字。

我愿我的城是宁远城，愿我的河是宁远河。

这倔强不息的河流和河岸的树，你注意不注意，它都在传承它的文化，延伸它的生命，散发着它的沧桑与力量，永不停歇。

车过环岛，成几股洪流，各自往不同的方向，但目的大体相同。不管你承受多少苦难，多少担当，多少屈辱。想起一句话，大概是：我们每个人最后都要汇入祖先的河流。无论失败与挫折，荣誉与自豪。这也是一条复兴之路。

那刻我仍在想着五姥爷和我的外祖父……

　　……五姥姥何时走的，小脚卧鸡蛋养出白皙脸

　　五姥爷走时我也不知，老家河南，出入捡粪

　　大耳帽推门进屋浓眉大眼

　　大舅进京，二舅进城，三舅去盘锦

　　老舅守老宅多年，闲时三轮，忙时种菜

　　东上屋姥爷胡子姥姥眼神，老舅扛锄头树下歇凉……

脑海里忽闪着这一段往事。

我心里说，五姥爷，此刻我特别想你……

父亲镜头中的共产党人

金方

父亲离开我已经 13 年了，这 13 年来，我从未停止过对他的思念。父亲生前是摄影家，拍摄了大量摄影作品，有的作品在全国及省内产生重要影响。每次想起父亲，我都会翻看父亲拍摄的照片，仿佛父亲就坐在我的身旁，用一口浓重的胶东话向我讲述这些照片背后一个个精彩的故事。

在父亲拍摄的所有照片中，我印象最深的有四幅，这四幅照片都不是父亲的代表作，更称不上新闻或艺术摄影作品，有的甚至只是普通的生活照，但这四幅照片背后所蕴含的故事，却感人至深，让我难以忘怀。

第一张照片拍的是志愿军从鸭绿江大桥入朝时的场景，拍摄时间是 1951 年 3 月 27 日。之所以日期记得这么准确，是因为这一天是父亲作为战地记者随所在部队奔赴朝鲜前线的日子。当时抗美援朝战争已进入第四次战役阶段，国内的抗美援朝运动也开展得轰轰烈烈，鸭绿江边的老百姓听说志愿军要入朝作战，自发地聚集在大桥两旁，敲锣打鼓欢送。

根据上级指示，部队必须在 15 天内到达目的地。当时父亲他们距离目的地 750 公里，这就意味着每天必须行军 50 公里。朝鲜山多，一路上要翻很多座山，有的山很陡峭，一不小心就会摔下去，每个人的脚底都磨出了大血泡，走起路来扎心的疼。当时虽是初春，朝鲜并不暖和，最低气温仍在零下，为了赶路，根本不可能有做饭的时间，父亲他们饿了就嚼口干粮，渴了就喝口凉水，即使困得不行，也不能躺下休息，因为地上又湿又凉，如果躺下休息很容易生病。每次夜间休息，都要靠战友间相互帮忙，把对方绑到树上，醒来时手脚麻木，浑身酸痛。不仅条件艰苦，外部环境也十分惨烈。白天时常会有敌机在空中盘旋，向下面狂轰滥炸，夜间敌人也很猖狂，不时会用机枪在照明弹的照射下向志愿军扫射。虽然一路上伤亡惨重，但战士们并未被敌人吓倒，仍情绪饱满，斗志昂扬，都盼着早日到达目的地投入战斗。

父亲生前每次回忆起刚入朝时的这段经历，都感慨地说："去朝鲜前，我虽然经历过解放石家庄和剿匪的战斗，但只是作为一名记者前去采访，对战争一直怀有浪漫的情怀，没想到刚入朝，还没投入战斗，就让我对战争的残酷和敌人的凶残有了刻骨铭心的认识。"

虽然这张照片拍的是志愿军战士的背影，但从他们的背影中我感受到了共产党人的坚忍与坚强。

第二张照片拍的是两位志愿军战士的合影。男的叫叶小苏，是父亲的战友，长得浓眉大眼，非常英俊，旁边笑得甜甜的是小苏的女友，叫什么名字父亲记不清了，只记得大家叫她傻大姐。这么称呼并不是说她真傻，而是天性善良乐观。傻大姐长相甜美，一张秀丽的脸蛋上嵌着一对灵动的大眼睛，两条辫子乌黑发亮，充满青春的气息。照片中的她虽一身戎装，却掩不住颀长挺拔的身姿，她的头紧紧地依偎在男友的肩上。

叶小苏和傻大姐同时入朝，但不在一个部队，平时很难见面，他们感情非常好。叶小苏入朝前是某部队文工团员，小提琴拉得特别棒。入朝不久，组织上安排他回国，随国内一家歌舞团出国演出，临走时他和傻大姐通电话，约好回来时女友到路边接他。叶小苏回国那天，傻大姐和几个战友一起下山，刚到公路旁，敌人的机枪就嗒嗒嗒射了过来，傻大姐为了掩护战友，不幸中弹。叶小苏赶到时，傻大姐一息尚存，望着日思夜想的男友，目光中充满了留恋和不舍。叶小苏眼睁睁看着女友死在自己的怀里，悲伤不已。一个只有19岁的年轻生命就这样血洒疆场，永远留在了异国他乡。若干年后，父亲和他的战友聚会时，大家在提到傻大姐时，还惋惜不已。父亲听战友说，小苏后来终身未娶。

我虽与这位志愿军女战士素不相识，但从她的身上，我感受到了共产党人的勇敢与无畏。

第三张照片拍的是一位头戴草帽、身着中山装的老干部。这位老干部姓王，因为他的行政级别是八级，所以私下里大家都叫他老八级。父亲说老八级是老革命，1933年就加入了中国共产党，曾参加过抗日义勇军，新中国成立后担任过中共中央东北局某委领导，他的老伴儿姓赵，也是新中国成立前参加革命的老干部。

老八级和我们家都是1969年被下放到农村的，我们两家同在一个公社，但分属不同大队，两家相距1公里。也许是老八级和父亲都有在沈阳工作的经历，两人非常谈得来，父亲经常骑车带着我到他家串门，他们俩坐在一起聊天，我就在一旁玩耍。老八级为人真诚热情，虽曾身居要职，却一点架子都没有，对我特别好，每次去他家，他和老伴儿都会拿出许多好吃的给我。不单对我，他们老两口对其他乡亲也非常好，村里谁家遇到难事，都会出手相助，还将一名孤儿收为义子，在经济和生活上给予了很多帮助。

别看他们老两口出手大方，自己生活却十分节俭，平时舍不得多花一分钱，不仅穿的衣服打着补丁，家里的摆设也极为简单。老八级虽然是被迫害下放到农村的，但从他口中，从未听过一句抱怨的话，尽管受到诸多不公正待遇，对党和国家的未来仍充满信心。记得粉碎"四人帮"那天，老八级特意将父亲叫到家中庆祝，兴奋的心情溢于言表。

重返工作岗位后，老八级出任国家某部党组副书记、副部长，他不忘旧情，每次到沈阳出差，都会让秘书打电话，请我们全家到宾馆叙旧。老八级宽厚善良，曾经迫害过他的人，到家中请求宽恕，他不但没责备，反倒劝来的人，不要把这事放在心上，过去的就让它过去吧。

从老八级身上，我看到了共产党人的磊落与坦荡。

第四张照片是著名表演艺术家李默然主演的话剧《报春花》的剧照。《报春花》是辽宁人民艺术剧院 20 世纪 70 年代末演出的一部庆祝新中国成立 30 周年的作品。在剧中，李默然饰演敢于实事求是、与极"左"思想做斗争的市委书记李健。一经搬上舞台就在社会上产生重大影响，有媒体评价《报春花》正如春的使者让无数人感受到春的气息。

父亲所在单位《辽宁画报》为《报春花》策划了一个专题，安排父亲前去采访，我有幸跟随父亲到剧场观看演出，那也是我第一次近距离观看李默然的表演，他扎实的舞台功底和超强的爆发力，让我由衷地赞叹和敬佩。

父亲说，李默然对待艺术一丝不苟，他去辽艺采访的那几天，李默然每天都准时到排练场，一遍遍和其他演员对戏，有时为了一句台词，一个动作要反复斟酌好几遍，直到满意为止。当时正值盛夏，天气炎热，剧场没有空调，李默然热得大汗淋漓，上衣都湿透了，却一声不吭，依然坚持排练。

说来也巧，若干年后，因工作关系，我有幸结识李默然，我称呼他默然老师，第一次见面，我和他提起父亲，他笑着说："原来你是金铎的女儿，看来我和你们父女很有缘呢。"

默然老师不仅对待艺术精益求精，为人也很谦和，我每次给他打电话，或到家中探望，都非常热情。有一年白玉兰戏剧节主办方邀请他到上海出席开幕式，让我帮忙联系，我给他打电话，他说："谢谢主办方的邀请，但我最近身体不太好，活动就不参加了。"上海方面的同志听说后还是不想放弃，没和我打招呼，当天就飞到沈阳，一下飞机就联系我，让我带他们去见默然老师。说实话，当时我很为难，他们的心情我可以理解，但默然老师已经拒绝了他们的邀请，此时再登门造访，实在是太唐突。但碍于情面，我只能硬着头皮带他们去见默然老师。默然老师听说他们专程从上海赶来，尤其是看到其中一位同志因痛风病发作一瘸一拐，特别感动，非常爽快地答应了他们的请求。从默然老师家离开，上海的同志不无感叹地说："没想到默然老师人这么好。"

默然老师作为德艺双馨的艺术家，非常受观众的爱戴，他病逝后，辽宁人民艺术剧院在中华剧场为他老人家举行追思会，辽沈地区喜爱默然老师的观众自发地从四面八方赶来，默默献上一束鲜花，寄托对他的哀思。

在与默然老师的交往中，我切身感受到了一个共产党人的坚定与执着。

如今这几张照片已经泛黄，印下了岁月的痕迹，但照片中这些共产党人的形象，却始终留在我的脑海。每次凝视这几张照片，我的内心都充满力量，无论是年轻的志愿军战士，还是老革命、老艺术家，他们的故事既是一代代共产党人集体的记忆，也映照了一代代共产党人共同的选择。

从长夜到黎明

周明

三块石的月光

记不清来过三块石多少次了。

抚顺三块石国家森林公园，是天然大氧吧，有着蓊蓊郁郁的原始森林。这里山高林密，地势险峻；这里风景秀丽，吸引着八方游客。人们游玩休憩，一派祥和。

三块石地处长白山老龙岗余脉南麓，位于抚顺后安镇境内，主峰海拔 1131 米，因山顶有三块巨石相依而得名。

可是，如果让时光倒流，80 多年前，这里却是藏着抗联部队的密营。

1934 年，正是日寇占领东北，铁蹄践踏关东大地之时。日本人志得意满，在抚顺横行霸道。百姓身处水深火热，苦不堪言。

一个月黑风高夜，杨靖宇将军和他的抗联部队悄然而至。

1934 年 2 月，时任东北人民革命军独立师师长杨靖宇奉中共满洲省委指示，在抚顺三块石地区创建抗日游击根据地，杨靖宇和他的抗联部队在这个深山老林里建起几十座密营。

在老黑槽沟海拔 800 米的半山腰处，至今仍保留着抗联战士用过

209

的石头碾子、地窖、窝棚等遗址遗迹。在一些参天大树上还可见到刻有"打倒日本帝国主义""中国共产党万岁"的字迹。

当年，杨靖宇率领抗联勇士，纵横驰骋在辽东山区，林海雪原，浴血奋战，战果赫赫，令鬼子胆寒，让百姓称快。

1935年5月5日，杨靖宇率部攻占兴京县城东部的东昌台街，击伤伪警察署署长，俘虏警察数名，缴获枪30余支。

1935年8月中旬，杨靖宇率部，在抗日友军的配合下，在抚顺清原县黑石头沟伏击伪军一个团，击毙日军40余人并缴获大批军用物资。

…………

杨靖宇将军率领抗联英雄神出鬼没，依托山区密营，打鬼子，打伪军，抗日活动持续四年之久。

一次，我所在的党支部组织党员"重走抗联路"，大家沿着当年抗联战士行进路线，在三块石山间小路逶迤前行，体验着抗联战士的艰辛。一路走来，尽管轻装上阵，徒手前进，仍气喘吁吁，汗流浃背。边走边看，想抗联英雄当年在这深山老林里缺衣少粮，忍饥挨饿，拼着性命打鬼子，心生万千感慨。

在三块石，大家看到了抗联战士的密营遗迹，也叫"地窖子"，上面盖着茅草和碎木石块做伪装，不仔细看，根本看不出是"密营"。

据介绍，1935年，日军为"剿灭"抗联，在辽东地区实行"治安肃正，并屯归户"策略。抗联与群众的联系被阻断了，生存环境十分严酷。于是，抗联部队就在高山密林中选择距离水源较近的地方，挖了几十个地窖子。地窖子是深2米、宽2~5米、长10米或者更长更宽的方形大坑，坑顶用原木做梁，上铺柴草，再盖上厚土，用枯草和冰雪、乱石块等物做掩护。较大的"地窖子"能藏60多人，小一点的也能藏10多人。抗联战士把"地窖子"用暗道连起来，一旦某个"地窖子"被发现，抗联战士可以从暗道逃脱、相互救援。为避免暴露目标，抗联战士不敢生火做饭，饿了只能用玉米粒充饥。

苦不苦，看看抗联地窨子！累不累，想想抗联老前辈！

当年，在抚顺地区，曾流传着一首歌曲《三块石的月光》，歌词唱道：

三块石的月光，

照在咱村庄，

敌人来了烧杀奸淫又抢粮。

吃也没有吃，

穿也没有穿，

一家大小愁眉不展，

两眼泪汪汪。

三块石的月光，

照在咱村庄，

父老兄弟团结奋斗打豺狼。

有人就出人，

有粮就出粮，

坚决跟着共产党

誓死保家乡。

日寇来了，抚顺老百姓成了亡国奴，被烧杀，被抢掠，被欺侮。是党的抗联部队出手相救，痛击鬼子，消灭敌寇。人心都有一杆秤，在老百姓心目中，帮助打豺狼的抗联勇士就是他们的救星。

今天的三块石，游客们安享着旅游之乐，阵阵欢声笑语，在山谷回响，煞是惬意、开心。

和平年代，还记得抗联英雄吗？

那一夜，7小时血战……

抚顺城区有两座碑，一座是人民烈士纪念碑，一座是抚顺解放纪念碑。

两座纪念碑，都是纪念抚顺解放的。

抚顺解放纪念碑是有来历的。这座石碑已有近百年历史。据记载，1924年，日本当时的抚顺炭矿长梅野实人，为日俄战争时攻占抚顺，在琥珀泉山上（友谊宾馆后山）建立了"表忠碑"。每逢节日、祭日，在抚顺的日本人便在此举行默祷及军事演习等纪念活动。

1948年10月31日，抚顺解放后，抚顺市政府将"表忠碑"改为"抚顺解放纪念碑"。碑文写道：

> 一九四八年十月三十一日的黎明，我东北人民解放军独立第十师，经过不到八小时的战斗，胜利地解放了人民工业基地之一的抚顺。在当天正午，全部击溃了盘踞在抚顺的最后一批蒋匪军，逃窜的逃窜，投降的投降，抚顺宣告全部解放。二十三万市民，尤其是占半数以上的工人及家属，得从饥饿、迫害之中苏醒过来，矿山、工厂也在几乎陷于停顿生产的情况下重新回到人民的手里。

抚顺解放，尽管过去70多年了，但抚顺人记忆犹新。

那是一个深秋，秋风萧瑟，花木凋零。

饥寒交迫、长夜难明的百姓热盼着解放。

1945年，日本投降。

抚顺百姓，一片欢腾。

然而，鬼子走了，国民党军来了。

抚顺又进入了漫漫长夜。

据记载，1945年日本投降后，中共中央东北局派员到抚顺接收。当年10月，他们在抚顺组建了中共抚顺临时市委和抚顺市民主政府。当年12月，为加强对抚顺农村工作的领导，中共辽宁省分委决定在抚顺地区成立中共辽宁三地委，又称抚顺地委。1946年3月21日，国民党五十二军进占抚顺，东北民主联军根据上级部署，实施战略转移，撤离了抚顺。

国民党军来了，抚顺又陷入无边黑暗之中。国民党占领抚顺后，贪污腐败，搜刮百姓，抚顺厂矿生产停滞，城市一片混乱。物价飞涨，民不聊生。百姓盼共产党来解放，如大旱之望云霓。

得人心者得天下。

1948年10月，赵东寰将军率东北人民解放军独立十师开赴抚顺浑河边。作为先头部队，他们的任务是直插本溪，截断驻扎沈阳一带的国民党军队从海上逃跑的退路。部队的任务是去打本溪，但浑河桥在敌人手里，不拿下抚顺，部队就不能迅速过河。可上级没有命令攻打抚顺。怎么办？

赵东寰师长和他的独立十师果断决定：打抚顺！边打边向兵团请示。

驻防抚顺的是国民党沈阳守备总队第一师，驻抚敌军总数近5000人，与独立十师兵力相当。

应该说，我军一个师打敌人一个师，按常规，是不符合集中优势兵力攻城歼敌的原则的。可独立十师就敢超常规，他们采取隐蔽接近敌人，突然发起攻击的战术，在突破点上的兵力采取梯次配置，集中兵力连续突破，同时在抚顺四周派出少数部队袭击，让敌人感觉已是大军压境，十面埋伏，四面楚歌，大势已去。

10月30日23时，解放抚顺之战打响，至10月31日7时许，抚顺市区战斗结束。

这一仗打得真漂亮：据记载，抚顺解放之战，独立十师经7个多小时血战，一个师吃掉了敌军一个师，毙伤敌500余人，生俘敌少将师长周仲达及以下官兵 1700 余人；缴获各种炮 32 门，轻重机枪 237 挺，长短枪 3000 余支，汽车 14 辆，弹药仓库一座。

抚顺解放，是百年来抚顺最重大的历史事件。是党的军队让抚顺回到人民手中，使抚顺真正从黑暗走向黎明。

抚顺解放，距中华人民共和国成立，早了将近一年。

抚顺解放一周年后，抚顺市政府修建了人民烈士纪念碑。

我记得，上小学时，学校就组织师生来这里瞻仰过，距今已经 40 多年了。今天，我又来到了纪念碑前。

人民烈士纪念碑地处市区儿童公园的最高处。建于 1949 年 11 月，占地面积 306 平方米。人民烈士纪念碑坐北朝南，高 19.82 米，用钢筋混凝土浇筑而成，灰色大理石板罩面。碑身正面镌刻着"人民烈士纪念碑"，碑身正上方镶嵌着一颗红五星，碑座正上方镶嵌着汉白玉雕刻花环，碑座四周镶嵌着大理石板。基座两侧为烈士碑墙，上面镌刻着 133 位烈士的英名。

为了抚顺解放，133 位烈士永远地长眠在黎明之前。看着 133 个陌生的名字，我仿佛看到了 133 位鲜活的身影。为了抚顺百姓的幸福，他们献出了宝贵的生命，他们永远值得抚顺人尊敬、感激、铭记！

在纪念碑基座左侧，我看到了时任中共抚顺市委书记王新三的题词：

抚市得解放，抚矿归人民。

功在烈士血，碑志昭后人。

匪敌践踏迹，修复更振兴。

建设新抚顺，以兹慰英灵。

巍峨的纪念碑，庄严矗立，肃穆无声。

永远的旗帜
——献给祖国钢铁战线老党员孟泰

周以纯

　　拉开这座祖国钢铁工业摇篮的火红帷幕，钢铁之都的巨大舞台上，一座座高炉熔岩化铁的壮丽，一条条钢铁的红流映亮天空的恢宏场景，一个个钢铁好汉冶炼钢铁、冶炼太阳的矫健身影，依次映现在我们面前……

　　许多老鞍钢都清楚地记得，在那个年代，如果你骑着自行车深入鞍钢厂区，恰似来到生长着巨大钢铁之树的森林，不熟悉森林中的道路，很容易迷失了路线。是呀，高炉旁和炼钢炉旁纵横交错的铁路，电机车、铁水罐车、钢水罐车往来穿梭，规格不等的管道仿佛蜘蛛网般凌空架设……所有这些，构成了这座钢铁之城的神秘与壮观。而更引以为我们自豪和骄傲的是，在这片土地上，一代代以血肉之躯冶炼钢铁，轧制优质钢材的英雄的工人阶级，一代代共产党员的铮铮铁骨构筑起来的巍巍钢铁之城，又是何等的辉煌瑰丽。

　　难忘那个年代，每一位鞍钢人，是那么熟悉这里的每一次出钢钟声；是那么敬畏每一次满载着钢材的列车隆隆驶过时的汽笛。时光如箭，在我们迎来中国共产党成立 100 周年之际，我们更加敬重常年工作在那里的炼钢炼铁的师傅和工友，越发对那里的我们曾经熟悉的不熟悉的，在岗的、退休的、在世的、离世的人们充满了深深的情感和强烈的怀念。从新中国成立初期至今，正是因为在工人阶级中一代代优秀的共产党员的艰苦卓绝的奋斗中，在无数钢铁工人的共同建设中，鞍钢才以钢铁巨人般的雄姿屹立在东方地平线。在鞍钢建设和发展的历史进程中，我们可以列举许多在鞍钢这片热土做出卓越贡献的老一代钢铁英雄的名字：孟泰、王崇伦、张明山、宋学文、李绍奎……他们的名字就像一颗颗璀璨的星星，永远在中国钢铁事业发展的浩瀚苍穹闪烁着耀眼的光明。

我们不会忘记，70多年前，以老英雄孟泰为代表的老一辈鞍钢人，不畏困难，不辱使命，自力更生，艰苦奋斗，在被预言"只能种高粱"的废墟上恢复生产、胜利开工，生产出第一炉铁水第一炉钢水，开辟了我国钢铁事业的新纪元。70载风雨创业，沧桑巨变，铸就了鞍钢70年的辉煌。新中国成立以来，鞍钢向全国输送技术管理人才5万多人，著名的"鞍钢宪法"就诞生于鞍钢。改革开放以来，鞍钢如凤凰涅槃，浴火重生。新一代鞍钢人发扬"创新、求实、拼争、奉献"的鞍钢精神，在中国和世界钢铁史上，创造了一个又一个奇迹。当年，当毛泽东主席的双手和老英雄孟泰的双手紧紧握在一起的时候，所有的鞍钢人感到历史责任的重大。当毛主席批示了"鞍钢宪法"，老英雄孟泰和被誉为"走在时间前面的人"的王崇伦以及许多鞍钢的能工巧匠一起大搞技术革命、技术革新，创造了一个个企业奇迹。

今天，我们更加欣喜地看到，新时代的鞍钢人走上钢铁战线的各个岗位。在火热壮观的高炉炉台，在窗明几净的电子操作室辛勤工作着。这些钢铁的后生接了父辈的班，操纵着现代化高炉，为祖国的现代化建设贡献着青春和智慧。我们可以历数改革开放以来的年代，鞍钢这片热土涌现的劳动模范和英雄人物。工人革新家李晏家，当代雷锋郭明义，技术专家李超……是呀，从孟泰到王崇伦，从张明山到李绍奎，从雷锋到李晏家，从郭明义到李超，这些优秀人物的身上无不闪烁着共产党员的特殊材料制成的光辉。特别是那些故去的老共产党员，他们的事迹历久弥坚，永久为人们所传颂。

1948年冬，辽沈战役刚刚告捷，千疮万孔，百废待兴。战争后，一个国家、一个民族需要怎样的艰辛努力才能恢复元气呀？然而，此时此刻的鞍钢，由于受到日本人的蓄意破坏，美国飞机的轰炸，已是千疮百孔，不堪入目。偌大的厂区内，上百根烟囱无一冒烟；中央马路两侧巨蟒似的瓦斯管道，锈蚀斑驳；有的高炉炉膛里还塞着几百吨铁水凝成的大铁坨。高炉群中，到处杂草丛生蒺藜缠绕；凌空飞架的钢铁斜桥七扭八歪，铁架钢梁上飞舞着黑黑的乌鸦，几声凄厉，几声鸣叫，更显得凄凉荒漠。此时此刻，一些幸灾乐祸的嘲讽不绝于耳："你们要在这片土地上重建工厂恢复生产？还是把炉子拆了种高粱好。""要想恢复鞍钢生产，至少得20年。"

也正是此时此刻，一个令世人惊叹的感人故事在东北发生。这天，北风凛冽，滴水成冰，呼啸的西北风卷着鹅毛大的雪花，在炼铁厂的高炉群中飞舞着、旋转着。一个身着老羊皮大衣的50岁左右的壮汉，顶风冒雪从修理厂的房子里走出来，径直朝高炉群西侧的废铁堆奔去。他兴冲冲地清除掉一尺多厚的积雪，吃力地用手扒着，搜寻着。一会儿，抠出一个三通，转眼又拽出一个弯头，接着又撬出一个水门。没多久，壮汉的双手便冻僵了，十个指头胀痛胀痛的，他停下来，把手拢成个喇叭筒，放在嘴边呵了呵，又搓了搓便又干起来了。顺着脸庞流下来的汗滴落在地上，立即结成了一粒一粒小冰珠。约莫"战利品"够搬运一趟时，壮汉才用废铁丝捆好，拎回修理厂旁那间空着的破房子。他这一天，竟跑了四个来回。直到夜幕降临，周围一切都变得模糊不清时，他才恋恋不舍地离开那废铁堆。这是鞍山解放后，第一位为回收废旧物资而光顾这沉睡的废铁堆的人。几天后，他在雪地里踩出的路，又向更远的废铁堆和弃有旧物的地沟延伸。

这位壮汉用自己的行动带动了大家。不少人动了心，也跟着干了起来。配管小组一有活，大家就抢着干；没活时，便四处捡器材，找"宝贝"。也就从那时起，配管组有了一条不成文的规矩：收工回来从不空手。配管组的工友齐心合力地苦干，他们跑遍十里厂区到处搜寻，挥动锹、镐把那露头的器材从地里挖出来。几个月之后，仓库变得应有尽有，连那最紧缺的高压气门也弄到十几个，全库收集的器材多达上千种上万个。这位带头回收废旧器材的人就是后来闻名全国的老英雄孟泰。这个当时并不起眼的仓库就是后来闻名全国的"孟泰仓库"。更为令人惊奇的奇迹的产生是在1949年春。当二号高炉在修复中因缺少管线器材，公司炼铁部主任急得团团转的时候，孟泰把他请到了那个仓库的门前，主任看着足够修两座炉子用的管路器材时，竟兴奋得紧紧搂住孟泰的肩膀，笑逐颜开。好一场及时雨！精明的公司领导由此看到了蕴藏在群众中的潜力，立即在鞍钢全公司开展了一场献交器材的活动。工人把战乱时保存的器材，从顶棚上起出来，从地底下挖出来。那天，通往鞍钢大白楼的路上，拥满了敲锣打鼓、推着手推车的工人群众，他们像建设自己的家园一样，兴高采烈地把自己家里所有的器材都献了出来。从大白楼到铁路桥洞的一里多路，两旁是摆得满满的器材。真是红旗飘展，人声鼎沸，热闹非凡。工人阶级就是创造奇迹的英雄。在鞍钢炼铁厂一号、二号、三号三座高炉管道系统的修复中，全部用的是孟泰和他的工友创造的"孟泰仓库"里修旧的器材，竟没花国家一分钱。

也就是凭着这种朴实的阶级情感，孟泰看到了只有共产党才能解放全中国，才能领导中国人民建设新中国。于是，孟泰一个心眼地跟着共产党，一个心眼地扑在工厂的事业上。1949年8月13日，孟泰光荣地加入了中国共产党，成为新中国成立后鞍钢第一批工人党员。

如今，新时代的鞍钢人正怀揣理想信念，肩扛高质量发展的使命旗帜，持续传承弘扬"孟泰精神"，踏上新征程，迎接新挑战，奔向新目标！老英雄孟泰，正如当年您凭着一种朴素实干精神对待自己从事的事业一样，我们深深懂得这样的道理：伟大梦想不是等得来、喊得来的，而是拼出来、干出来的。新征程承载新梦想，新伟业更需新担当。当前，您工作过的炼铁总厂全体职工正以崭新的面貌迎接风险和挑战，持续传承弘扬"孟泰精神"，大力深化"孟泰传人"选树活动，用榜样的力量带领广大干部职工，持续发力，为加快建设"国内领先、世界一流的炼铁企业"努力奋斗着。

如今，我们看到一代代孟泰传人正在火热的鞍钢沃土成长起来。

"孟泰精神是我们的厂魂，我们是孟泰精神的传人""学孟泰，爱鞍钢，做主人，创一流"，已经成为新时代鞍钢广大职工实现全面腾飞不竭的动力和源泉！当我们走在鞍钢这片一年四季燃烧着冶铁之火的土地，当我们站在这片热土上，回忆追溯着鞍钢百年的历史沧桑，我们无不感慨万端。老英雄孟泰和鞍钢老一代许多人已经离开我们几十个年头了。新一轮的老中青三代人一代代成长起来，又一代代退出钢铁发展的历史舞台，他们一代接续一代地完成着一个个新的历史使命。而当我们怀着无比敬仰的心情站在老英雄孟泰塑像前的时候，我们的内心深处不由得燃烧起永不熄灭的冶炼之火。这火势，在熊熊燃烧的炉膛越燃烧越猛烈，映红了中国钢铁事业发展的历史，映亮了祖国钢铁事业和鞍钢发展的壮丽前景。是呀，我们可亲可敬的老英雄孟泰。您永远矗立在鞍钢这块火红的热土上，永远矗立在一代代鞍钢工人阶级的心上。

每天每天，当旭日东升，当夕阳如火，当老英雄孟泰的塑像含笑望着一个个熟悉的陌生的钢铁工人的面孔，那一张张辉映着钢铁之光的后生的笑脸也正向您，一位永远活在祖国钢铁战线工人阶级心中的老党员致以崇高的敬礼！

木兰山下有木兰

周艳丽

替父从军的花木兰从 1500 多年前的一首民歌里走来，把一个巾帼不让须眉的形象演绎得威风凛凛又楚楚动人。

在我的故乡凌源城东 3 公里处有一座山，因为花木兰曾在山上安营扎寨的传说，被命名为木兰山。木兰山峰峦起伏，烟笼雾绕处，木兰的传说缥缥缈缈，她立马横刀，所向披靡的身影亦真亦幻。而木兰山下，现实版花木兰却赋予了大山别样的韵致，让这座山在凌源这块土地上无愧于"木兰"的称谓。

现实版花木兰就是土生土长的凌源女子郭俊卿。她 1931 年出生在凌源三十家子北店村。自幼家境贫寒，有一年，闹水灾，她随父母逃难到林西，14 岁那年，父亲被恶霸地主逼死，年幼的妹妹也被饿死，而日伪军的烧杀掠夺更让她内心充满了仇恨。仇恨的种子深埋在心里，像郁结的垒块，憋得她透不过气来。

翻检郭俊卿的成长史，我发现，一个人的崛起，一种抱负和理想的实现，许多时候需要某种程度上的机缘巧合，同时还要有锲而不舍的恒心和毅力。

1945 年，八路军收复东北的炮火打到了林西境内，隆隆的炮声震撼着山川大地，它首先唤醒的该是郭俊卿这个苦大仇深的农家女，那渴望替父报仇的愿望和梦想。自八路军的队伍来到村庄的那天起，郭俊卿就一门心思要当兵替父报仇。可在顽固的世俗面前，一个遥不可及的愿望或理想往往有着侏儒面对巨人式的尴尬，郭俊卿作为一个未成年的农家女孩想参军上战场，怎么说都有点一厢情愿和异想天开。但应该说，一个人的性格就是他的保护神！饱受苦难的郭俊卿，小小年纪却有着无所畏惧的胆识和不言放弃的信念。她要用超越整个自我的生命历程，来重塑自己，实现梦想。这时候，说书唱影里替父从军的花木兰成了她心里的样板。她毫不犹豫地剪了个男人的发型，穿上男人的衣服，给自己起个男人的名字——郭富，然后就去找八路军的首长报名参军，尽管她虚报两岁，可还是因为未成年，没被批准。实际上，铁了心要当兵的郭俊卿没有放弃，她不回家，部队走到哪儿她就追到哪儿，就这样，山一程水一程的，她一直追着部队到了林东。首长被她的执着和诚心感动了，批准了她的参军请求，破格安排她到通信班当了一名通信员。

看到她被批准入伍的这段文字记录时，我打心里为她感到庆幸：她参军替父报仇的朴素愿望或理想只是她人生的一个指引，而这个小小的近乎狭隘的理想，却引导她走上了一条光明的人生路。因为她参军的队伍是中国共产党领导下的八路军，这是一个始终为穷苦大众谋幸福、为中华民族谋复兴的党创建的军队，是穷人自己的队伍。她到了这样的队伍里，也就找到了真正的家。从此，她的天空将不再晦暗，党的恩泽像阳光一样，会给予她希望和力量，照亮的该是她的整个世界。

对军人来说，部队就是个炼就钢筋铁骨的大熔炉。而郭俊卿在这个大熔炉里，硬是把自己这块生铁炼成了金刚，她不但没把自己当女子，而且还要让自己的气魄和能力超过身边所有的男子。为此，她刻苦训练，出色地掌握了射击、投弹、骑马等各项技能。我想，她的顽强和上进，是骨气所在，更是她与生俱来的性格和品行使然！

出色的她很快成了首长最信赖的通信员,成了指到哪儿就义无反顾地冲向哪儿的优秀战士。

1946年冬,一个大雪纷飞的深夜,班长叫郭俊卿和另一名战士到30公里外的白音布统传达任务,并要求4小时内与白音布统所在部队一起返回。她骑上战马,顶风冒雪疾驰了3个多小时,将命令准时送达。可返回时,在距司令部约1公里的地方,战马突然猛失前蹄,嘶鸣一声,倒在地上,她的战马被累死了,伤心的她只好背着马鞍回到部队。值得安慰的是,首长说他们出色地完成了任务。

勇敢顽强的她,头脑灵活,每次执行任务都把自己的才情和机智发挥得淋漓尽致。她身材瘦小,可读她的事迹,我却感觉她一次又一次成功穿过敌人的封锁线,传递情报的形象是那么的高大,有时这高大的形象也会幻化成一只战地信鸽矫捷地飞翔、穿越在枪林弹雨中。

在部队这个大熔炉里,郭俊卿的政治思想觉悟也得到了迅速提升,她的人生理想也不再是单纯的为父报仇,而是为拯救天下穷苦大众,为实现共产主义而奋斗终生!她积极向党组织靠拢。1947年6月,她光荣地加入了中国共产党。从此,她处处以党员的标准更加严格要求自己。她从不计较个人安危与得失,时刻以女人特有的热心和细致关心着战友的冷暖、安危。战友生病时,她帮助做病号饭;行军途中,她主动为受伤的战友扛枪、背背包,救助伤病员;哪里有需要,她就第一个冲向哪里。有一次行军,要蹚过齐腰深的大河,她带头将病号一个个背过河去,自己却因在冰凉的河水里泡得过久而落下了妇科病。"我是党员,为人民服务就要服务到底。为完成党的任务,就要不怕流血牺牲。"这是她的肺腑之言,她这样说的时候,也时刻用积极的行动自觉践行着一个共产党员的使命与担当。

读郭俊卿的英雄事迹,我总是禁不住感慨:这是一个蕴含怎样能量和胆识的强者呀!

1948年5月,郭俊卿到东北野战军某部三连四班任班长。不久,平泉战役打响。她带领的四班作为突击班，担任夺取城东二道山梁的任务。当时，全班只有十来支老式步枪和几十颗手榴弹，且战士大都是初上战场的新兵，而面对的却是装备精良的两个排的敌人。但郭俊卿没有畏惧，她将全班分成两组，由她和副班长各带一组攻取山梁。郭俊卿冲在最前面，突然，副班长被敌军的炮弹击中牺牲。她一边愤怒地高喊着"为副班长报仇"，一边带领战士迅速攻上山梁，同敌人展开了肉搏战。她英勇机智，一连刺死两个敌人，一个大个子敌人怒眼圆睁，端着刺刀向她猛刺过来，她机灵地躲过后，立刻就是一个回马枪，大个子被她刺中倒地。她和她的战友个个如下山的猛虎，势不可挡，打得敌人死的死，逃的逃。最终，他们以一个班的兵力消灭了敌人两个排。郭俊卿因为指挥机智、勇敢，立了特等功。团里还给四班颁发了"战斗模范班"锦旗。

平泉战役后，郭俊卿被调到营机炮连任党支部书记。不久，部队攻打承德下板城，为了争取时间，她和战友们连夜急行军 150 多华里，双脚磨出大泡。当部队到达营地休息，战士们纷纷脱掉衣服洗澡时，她只能封闭自己，悄悄地一个人躲在别处，把所有的伤痛都藏在心底。

由于长期南征北战、风餐露宿等艰苦环境的摧折，郭俊卿女性的个体受到了极大的损害，她得了严重的妇科病，1950 年被迫住进了医院，在疾病面前，她无奈说出了自己的真实身份，医生给她做了子宫切除手术。面对前来看望她的战友和首长，她哭着说出自己女人的身份及真实的名字和年龄。大家甚是惊诧。

出院后，她穿上女式军装英姿飒爽地回到部队，部队上下一片震惊。平日，那些跟她交情甚好的首长和战友面对她，更是百感交集：难为情、感动、感慨、赞叹……各种情愫交织在一起，无法言说。

古有花木兰女扮男装，纵横疆场十二载，巾帼不让须眉。今有女扮男装的郭俊卿战功显赫，同样让人肃然起敬。她参军七年，荣立特等功一次，大功三次，二等功四次。还作为战斗英雄参加过全国战斗英雄代表大会，受到毛泽东主席和朱德总司令的接见。她被授予"现代花木兰"荣誉称号，她的事迹还被拍成电影《战火中的青春》。

她是 1983 年去世的，翻阅她离开部队后的人生，我同样深深地感受到了一个共产党员的修为与德行。她虽然有着传奇的人生和赫赫的战功，却从不居功自傲。她生活极其俭朴，一张旧写字台，两把硬靠背椅子，一床旧军被，两个旧皮箱，就是她的全部家当。在众人追求奢侈和享受的当下，追忆她的纯粹和俭朴，我心中的敬意油然而生。

她和其他的党员、革命者一样为了全中国的解放，为了人民的幸福，为了中华民族的伟大复兴，无怨无悔地奉献了自己的全部青春乃至整个人生。她以自己传奇的经历谱写了一首现代花木兰之歌，这首歌也让一个可歌可泣的英雄形象屹立在故乡的木兰山下，她是故乡人的骄傲！

木兰山下有木兰，在建党 100 周年的日子里，仰望木兰山，我恍惚看见一股力量，听到一声声呐喊。这是来自这片古老土地上继往开来奔小康的众志成城之力，是父老乡亲在党的引领下奔赴民族复兴之路的铿锵足音。在这样的奋进中，郭俊卿作为故乡的英雄早已化作民族之魂，成为山一样永恒的所在。

道 路

赵冬妮

    我在年轻的时候被派去修公路。天气和煦，我会走出办公室，常随几个总工到工地去。白色吉普底盘很高，男人们总说它有劲有气力，却还是不能穿越所有的旷野，杂草掩盖了地表的坑洼和石头，只有一些老房舍零星散落，在它们已拆了半截围墙的院门前，有隐约可见的荒径，车子放心大胆地开过去停下来，剩下的大部分路需要徒步。有时前夜的雨淤积，踩下去的烂泥巴翻卷上来，拍到鞋面上。总工们不管，脚上是部队的那种中勒帆布黄胶鞋，新旧泥巴累积，鞋子滞重邋遢，看不清本色，而且穿着日久，鞋变成了脚的形状，经年行走的脚异常宽阔，壮实。以各自行走的速度阔步走着，那一个与这一个时而拉开距离，种过高粱玉米的田垄像波涛，反复翻滚，没有谁择路而行，眼睛不看脚下，我怎么走也跟不上，鞋陷在泥巴里，脚从鞋窠里拔出来过，又拔出来。总工里最老的终于回过头来提出警告，下次不能再穿这鞋。个子矮脸又黑又臭的小老头儿，像一生都在野外风餐露宿过来的，走路说话都是凌厉的。白色的，浅帮球鞋，的确没法下工地，我走不下去了，站住目送他们越走越远。

    道桥专业，从进了筑路办公室我才知道世上还有这样一门专业，还有这样一群人，整天为了道路而走路，整天烟不离手，抽完一根又一根，到处烟熏火燎，用粗糙的手划过大幅设计图纸，太阳晒出的图纸呈瓦蓝灰色，有时他们怀疑那上面的某一根细线的力量，或者它的弯曲度，或者它的走向是否经济又理想，尽善尽美，一句话遭到否决，论战便起，得胜心切，纵声争辩，我停住笔，会议记录一段空白。总是那个好脾气的从中缓和气氛，道坝结合当然不如海湾上建一座桥更好看，但是钱呢资金呢，扯进这话题，就有人脸带遗憾自嘲地笑一笑，纷纷放下人间浪漫，老实回到道坝结合的设计方案上。老总工敲桌子：就设计说设计。转入更多更复杂的细节里去，关于潮汐关于水流的计算关于各种形状的水泥人工块体，还谈论起石头，填海巨石和碎石，我还从来没听说过数以千万吨计的大小石头，要投入海里做基础，连接起海湾的这一头和另外一头，成为道路，将来有一天，我要在海上走过。

海湾藏在旷野的臂肘间。站在山腰很容易就能望到海湾，但要走到那里却要翻过更多低矮的山包，越过裸露在外的漫漫红土，旷野开发了出来，高粱玉米日渐遗忘，春草掩不过大地，准备好了迎接另一种丰饶。一路走过，开始眼前除了红色还是红色，朝西南走一直走到尽头，蓝色突然闪现，阳光银片似的跳跃在初春的海面上，人几乎要微微闭合双眼，然后才能再度睁眼去看整个的海湾，看向海湾对面，那里隆起的堤岸有着深沉的稠红，也是我们脚下泥土的颜色。走过一段长路，先要到达的，就是这海湾里的海湾。第一座道坝就要从这海湾穿过，上岸后一段里程，又一座道坝将穿过下一个海湾，海湾里的又一个海湾，然后继续向西南直至通往老市区，这就是我们的道路，全长 11.49 公里。这个是红土堆子海湾。好脾气的总工匆忙告诉我，似乎在帮助我确认设计图纸上见过无数遍的海湾，瓦蓝灰色均匀敷过一整张设计图纸，上面既没有更奇异的红，也没有更纯粹的蓝，海湾和大地看起来都是平的，手可以一遍遍反复触摸，再三抵达。终于，像是一步跨越，我接近了更为切实的事物，可以立足的现实。总工们忙得一路小跑，往往顾不上我的存在，时间沙沙有声，从不停歇，旷野中立着一棵树有着稳定的力量，远远望到它，四周一片清晰，道路就在它的左边。

红土堆子湾，然后是甜水套子湾。两海湾之间夹一道瘦峭的海岬，到甜水套子海湾，吉普车要再多跑出一小时的路程，自红土堆子湾相反的方向去，沿乡村公路兜上一个大弯，途中擦过一座古城浑厚的边缘，随后一路向西向南再折返向东，再至甜水套子湾，打通两个海湾线路上取直，道路差不多正是一半。奔波停顿，人困马乏，赶上天色向晚，就近找家小店进去，杯酒暖肠，眼里有柔和的光，暮春暖风，沿海岸线信步走上一阵，都是好酒量，却不喧哗，是微醺的山神跌宕自喜，我滴酒未沾，也沉醉于那一刻。

我不爱坐面包车，老总工就揭老底似的说，越破的车越好，四处漏风最好，省得晕车。显得像个过来人。其实是他一眼看透了我。原来曾经他也同我一样，他也怕坐车，下车就直奔路边呕吐，差不多要吐出胆汁了，他也曾经年轻。那时他宁愿走路不要坐车，宁愿最破的车不要好车，而其实也没什么好车，不坐车又不行，筑路不论城乡，大山里进去出不来，暴风雨困住几天几夜，类似的艰辛，他怎么过来的呢。他不细讲。讲了，会更使我显得单薄。在他眼前，我的病最好只是晕车的病，由他随意开药方。"我这泥腿子，天生就该走路。不过晕车，跑上个大半年就好了，好像脑子里发育完全了，有一天就强劲了，不在乎颠簸不颠簸。"

并非他说的那样容易。拥挤坑洼的乡村公路常把车堵在途中，路程加倍地漫长，等赶到甜水套子海湾，一大堆工程事务堆积如山，乙方早等得心急火燎。我则在走向海湾的一大片寥廓的北方原野中慢慢恢复自己，血液随着我的大步疾走重新流向失血冰凉的脸和手臂，有风在吹，苍白的内心重新强壮起来，无止境地走下去，细小的草茎会使脚步停下，它们迎风而立，一股子强韧，不用弯身细看，知道那是车前子抽出的细长花茎，它准备好开花了。贴地而生，还跟小时候见到的一样，不过我不再伸手去拔它，不撕开它筋脉柔韧的叶片，每个时节它每一种形态，早熟悉得不能再熟悉。还像小时候那样，叫它车轱辘菜，也是那些车辙深刻在脑海里，无法消失也无法泯灭，干涸，板结，固若金汤，碾在其中的车轱辘菜身体缓慢升起。

在一次返回途中，老总工问起我，这样对你是不是很辛苦。我说不会，小时候跑惯了。他说那还是不一样。自然不一样，泥裹鞋子像铁坨，腿抬起来千斤重，我还从来没见过这样的泥，又红又黏，漫山遍野，干硬起来不比砖头弱。这话没脱口说出，其实是羞于启齿。我问他，一辈子您都修路，一辈子都这么匆匆一地，又匆匆一地？他大概想开个玩笑，木头脸却不见笑容，仅声音里能听出少有的快意：我不修路，还能干些啥？我忍住笑，同时想到自己会不会也一辈子修路的问题。我不懂路，迷茫和彷徨随时袭来，道路不是我的专业，可我走上了这条路，什么都不懂。

那一年多走在路上，在旷野和工地走过。一生从未有过的时光，简单而布满粗糙，有如石头，粗糙坚硬，缓慢地或瞬间造成对人的磨砺，或如同星星那类耀眼的星体，看一眼就在心底落下烙印，再难抹去，不存在遗忘。跟在总工们身后，阳光照亮他们的脊背，他们看起来也像是石头或星体。你得知道这路。喊我下工地，匆匆走出办公室时老总工琐碎地叮嘱，许是怕我叫苦，或根本就不想惯着我，他说，不知道路，年度工作报告你怎么写，就算写个工程季度进度小结，脑子里也得有数，路修什么样了，知道了再写，再报告，不要给我那些漂亮的话，这是纪律性。沿着工程线路旷日行走，从那时起养成了我两个习惯，热爱走长路，不敢碰漂亮话。接近这样一个人，相当于把手放到过砂石路基上，按到过粗粝朴素再无法抽回。道路，在道路成为道路之前，他们一步步先把它走了出来，一步步把路走成路。总工只有几个，都是老党员，也都一条道路的灵魂。老灵魂。石头一样在道路的深处，专注，朴素，平凡，执着，很少被看到，什么也击打不碎。道路以后的虽千万人，首先是道路之前的吾独往矣。路走久了就走向自己，我能感到内心日渐踏实坚忍，再细想修路，其实一切都不是什么意外，人是其本来的样子，根本改变不了自身与泥土甚至与旷野的骨血关系，在大学四年，修习文学，有如一场短暂的外出，现在是生命归来再次踏入同一条河流。

路修好的那一天，临时性质的公路办撤销解散，总工们退休的年龄，告老还乡，结束了筑路奔波，他们家在老市区，住在路的那一头，我留在路的这一头，30 年过去，久远不见。

等你，在芦花绽放的地方

赵晓林

那个男孩和女孩紧紧挨在一起，坐在抽油机造型的休息椅上，已经好长时间了。

我从他们身边经过时，女孩正在问男孩："这里，真的那么好？""去年，你带我看油井架、红海滩、芦苇荡、丹顶鹤的时候，我就爱上了这座城市，还有……因为一个人。"男孩长得帅气健壮，他的话真让我这个土生土长的盘锦人感动。

这对可爱的人说话时，明亮的眼睛正凝视不远处一组雕塑：三个石油工人表情坚毅，绷直胳膊，紧攥管钳，正在全力以赴修井作业。他们配合得那么默契，一个低垂眼帘，弓腰向前推；另外两个身体重心向后倾斜使劲拉，其中的一个还张着嘴，分明正在喊号子。

那也是我要去的地方。

每次面对这组充满力量的雕塑，我总会感到有一种深沉而坚定的声音响彻耳畔。这是盘锦历史记载的一段辉煌：从二十世纪五六十年代开始，沉寂的辽河岸迎来了四面八方的石油人，他们踏着盐碱滩，穿过芦苇荡，把辛勤的汗水洒在了这片祖国最需要的地方，用火热的青春书写了那个充满激情的创业年代。于是，全国第三大油田辽河油田诞生了；于是，我生活的这座城市有了另一个名字——油城。

双拥公园位于辽河南路与市府大街交会处。我在这里散步时，常常感觉走进了石油文化的世界。公园东南角有一面浮雕墙，展示了石油工人勘探、生产、运输的工作场景；采油树、工业管等石油符号造型的雕塑随处可见。因油而生，因油而建，我生活的这座城市充满深情，就连公园的设计者都把石油人的奋斗史融入休闲场所里，让人们了解盘锦的发展历程，让人们记住那些为这座城市奉献的建设者。

　　正当我面对这组雕塑再次陷入沉思时，那首熟悉的歌声又响了起来："锦绣河山美如画，祖国建设跨骏马，我当个石油工人多荣耀，头戴铝盔走天涯……"公园的荷花池边，常常有六七个上了年纪的老人聚在一起，他们吹拉弹唱十分投入，曲目却只有这一首《我为祖国献石油》。最初，我心里的疑问一直没有解开，后来我曾经不止一次走到那里，默默看着默默听着。20世纪70年代出生的我没有经历过那个年代，对于那个年代的信息来源，基本上是从电影、电视、书本和老辈人闲聊中了解到的。可是，从他们高亢的歌声里，从他们沉醉的神情里，我还是被感染了，最后也情不自禁随着他们哼唱起来。事也凑巧，有一次，我在晚报上偶然读到了这个特殊乐队的事迹，才知道他们都是1970年参加辽河石油大会战来到盘锦的，从普通一兵成长为光荣的中国共产党党员，直到后来在石油系统的各个岗位工作，他们的人生轨迹也融进了盘锦这片充满活力与深情的土地。于是，我的疑问有了答案。

　　不知什么时候，那个男孩和女孩也来到这里。男孩拿出手机，礼貌地请我为他和他的女朋友拍照。我欣然答应了。手机画面里，三个黑色造型的石油工人身边融入了素雅的白裙子和红色的T恤，整个画面一下子生动起来，简直就是历史与现代的完美结合。拍完照片，我和这对年轻人闲聊，得知他们都是石油人的后代，一起曾在大学读书。女孩是盘锦人，男孩是她的恋人。如今，女孩已经毕业，男孩正在读研究生。男孩说，两年后毕业，他就是盘锦人了，他要为这个世界级石化产业基地、湿地之都、全国文明城市奉献青春。

两年，时间不长也不短。年轻人，你们准备好了吗？我默默思忖着。

夏日的公园到处飘着花香。我的耳边传来他和她轻轻的说话声：

"你送我的那束芦花，爸爸妈妈都喜欢。他们说，这是咱石油人最喜欢的花。"

"真的吗……那……在芦花绽放的地方，我等你……"

家事百年

钟素艳

尽管我早已飞出了三面环山的小山村，在城市组成了新生家庭，但因为父母健在，母爱的温暖和心理上的安全感一直守望在那个山岭环抱的村庄里，所以，我始终把我的原生家庭叫作"家"。

从祖辈、父辈的讲述和我的亲历中，我深切地感受到，我的家事一直和着国事的脉搏，百年来步步登高。越来越好的生活，超出想象千倍万倍。

祖父、父亲、哥哥，一家三代，都曾在村里任职，父亲和哥哥都是党员。他们的人生轨迹就是农村百年走向的注释，就是农村变迁的历史书写。他们既是家事的主导者，家庭的主心骨，也是国事的执行者，村里的带头人。

在农村，土地、粮食就是农民的命！特别是我家乡这样山地多、耕地少的丘陵地带，农民对土地、粮食的珍爱可想而知。而土地在各个时期给农民的回报，也随着党对农村政策的越来越好而越来越丰厚。

听祖父讲，他出身雇农。土地革命时期，30岁的祖父终于摆脱了被压迫剥削的枷锁，成了一块山地的主人。那时候，一家人恨不得整天劳作在地里，汗流浃背又满心欢喜地穿行在田垄地块之间。细心地铲除每一棵杂草，捉下每一条蚕食庄稼的害虫，用破布条、旧草帽做成草人，驱赶各种啄粮的鸟，守护每一穗玉米、高粱和谷子。尽管土地贫瘠，年景也时常不好，但祖父一家终于仓中有粮了！

多年之后，孤立分散、守旧落后的个体经济限制了农业生产力的发展。1953 年，国家开始进行农村生产资料所有制的社会主义改造，发展农业生产合作社，实行粮食统购统销制度。这时的祖父 50 多岁，是村委会主任。他带领农户组建合作社，新型的生产模式中农户互助合作，提高了劳动效率，也浓厚了乡里乡情。山脚下，池塘边，每一寸土地都播下种子。从春到秋，每一滴汗珠都变成饱满的粮食。尽管每日三餐粗粮稀饭，缺少副食，但饱腹是没有问题的。

三年困难时期，土地干旱龟裂，粮食减产甚至绝收，全国性的粮食和副食品短缺危机令人们饥肠辘辘、面黄肌瘦，村民主要以野菜和树皮树叶果腹，这是烙在中国人心中集体的饥饿记忆。在这极端困难的情况下，党和政府从各地调拨来了救济粮。祖父负责分批分发，防止没有计划的人家几顿饱饭之后，揭不开锅。他严格看管仓库，防范心生邪念的人。他说每一粒粮食都系着人命，分量重得很。

渐渐地，有党和国家的支撑，村民的饭锅由救济粮接续上了返销粮，困难形势逐年好转。

祖父年岁大了，不再任村主任了。他抱起行李卷儿，到学校打更去了。

听父亲讲，人民公社核算单位下放到生产队那年，20 岁的父亲当上了生产队会计。父母结婚时，父亲借了件没有补丁的上衣，算是维持个体面。家里除了一套被褥，还有一包旧棉絮，生活非常困难。之后的几年，文弱的父亲和社员一起，与穷山恶水做斗争，修梯田，修水库，发展农业生产。每天，父亲天没亮就上工地，星月满天时才回家。中午，母亲和女社员挑着水桶，把饭菜送到工地上……

1970 年，国家的农业科技有了进步，有了杂交玉米，有了化肥。紧接着，袁隆平的籼型杂交水稻培育成功，多抗高产优良玉米品种培育成功，粮食产量有了提高。我们村里都是旱田，大米白面很难吃到。平日里吃的是高粱米饭和玉米面窝头，最好的就是菜团子了，如果能放点猪油就更好了。到了年根儿，队里会到水田地区用粗粮换些细粮。寒冬腊月，冰天雪地，社员们装好马车，像送亲一样，站在村口目送几挂摞着大麻袋的马车出村，盼望过年时能吃上几顿白面饺子。

那时候，生产队里整日吵吵嚷嚷的，昏黄的灯光里，烟气缭绕，父亲手里的算盘噼啪作响。一年的账目要结算，按人口分粮食，按工分分现金。可喜的是，每家都会有几块钱结余，那是农家的年货和孩子们的新衣裳。母亲到供销社排长队买副食买布料，再到裁缝店裁剪，晚上蹬着缝纫机给我们赶做新衣裳。我们几个孩子帮助挑豆子生豆芽，烧火蒸黏豆包……

父亲是个好会计，他管的账目从来都是清清楚楚。即使在管理不善的混乱年代，他也没有一分一毫的差池和贪占。他总说，良心账算得清，就没有算不清的账。父亲是十里八村的算账高手，常常被请到外村去帮忙。说来神奇，无论多么乱、多么不平的账，只要铺展在他眼前，很快就能被他理顺。最令人称道的是，他打算盘的速度惊人的快、惊人的准确。他打算盘时，左右手齐上阵，围观的人看得眼花缭乱，他一停手，账就算完了，没有人质疑结果。

我从小懂事，学习好到跳级，父母都很偏着我，可我10岁那年，被父亲牢邦邦地痛打了一次。我家炕柜上有一个小立柜，柜门始终是锁着的，里面放着父亲带格子的信纸、蓝色的印纸、红色的印泥、蘸水钢笔和精致的小算盘。小小的我对信纸喜欢得不得了，心心念念，跟他要了几次，他一页也不给。一天中午，父亲吃过饭躺在北窗台上睡着了，他挂着钥匙的裤子扔在炕头上。我豁着胆子，卸下钥匙，打开立柜，轻手轻脚地拿了半本信纸。我侥幸地想，里面的信纸一大摞，少了半本他不会发现。可是，我担心的事还是来了。他闷声不响，大巴掌直接扇过来，我只觉得耳朵嗡嗡作响，整脸发麻发木，继而火烧火燎地肿了起来。

妈妈心疼我，跟他吵了起来。他说，那是公家的东西，我都省着用，她有什么资格拿！

1977年秋天，父母想在西墙外的自留地盖新房，买了相邻的30条垄，打好地基，等来年开春动工。

1978年春天，在全家人漫长的等待中姗姗而来，一起等来的，还有全国农村改革的大好消息。之后，生产队解散了，父亲被选到大队部当会计，同年加入了中国共产党。

盖新房给我们全家人打了兴奋剂，我们把木料、砂石、钢筋、水泥、砖瓦等材料一样样运到了房场里，每天忙到天黑也不觉得累。秋收前，亮堂堂的三间起脊大瓦房建成了，我们搬离了两家合住的老院子。那年春节，我家门前的两个大红灯笼整夜亮着，直到天明。

第二年，生病的爷爷即将走到生命的尽头。他坐在新房子台阶上的阳光里，眯着眼睛从容地看两个木匠在院子里画线、量尺、破材，刨花朵朵，木屑飘飞。木匠说，老爷子，这是我打过的最好的寿材，木料一等一呀。爷爷应了一声，满意地笑了。他的笑凝固在了那年冬天，那年冬天特别冷，滴泪成冰。

农村实行土地承包制时，父亲拿着账本、算盘，和村干部一起测量土地。大风的天气里，野地里尘土飞扬，很多村民仍欣喜地跟随左右，从这块地到那块地，从这个山梁到那个山梁……这个盛大的仪式整整持续了一个月，村民都有了自家的承包地。我们一家人商量着哪块地种玉米，哪块地种大豆，哪块地栽地瓜……因地制宜，结构性种植，精心侍弄，秋收时粮食直接拉到自家院子里。我家下屋平房顶上头一次垒出了好几道黄灿灿的玉米墙，那可粒粒都是金豆子呀！

哥哥20岁的时候，国家切实减轻农民负担，家里新粮接旧粮，银行里有了存款。1991年加强农业社会化服务体系建设，村民开始外出打工。哥哥买了出租车搞营运，几年后，又烧起了石灰窑，很快积累了资金，在城里买了楼房。

哥哥 40 岁的时候，被选为村党支部书记。他带领全村搞土地流转，办企业致富，推广新型农村合作医疗，配合农村税费改革，为村里修路、安路灯、接自来水……2006 年，国家全面取消农业税，农民的腰包更鼓了，家家规整院落房舍。这一年，哥哥翻盖了新房，买了大货车。

2013 年，国家提出精准扶贫，哥哥带领全村党员，在家乡的土地上搞结构型种植，从前只长高粱、玉米的土地，如今长出了蘑菇、葡萄、草莓等经济作物，既帮助贫困户脱了贫，又增加了村集体收入，振兴了乡村经济……早年偏僻贫穷的小山村，变成美丽富庶的"桃花源"：道路平坦通畅，房舍整齐宽敞，草木葱茏茂盛，村民平安幸福。

依靠土地和党的好政策，我的家和千千万万的农家一样，过上了富裕舒适的生活。现在，虽然我们走出了山村，当公务员、当企业家、当警察、当医生……工作在各自的岗位上，但心里记挂的永远是那片播下种子，长出粮食、长出希望、长出乡愁的土地。

雪落成诗
——话剧《北上》创作手记

津子围

作为庆祝建党 100 周年的作品，话剧《北上》剧本创作经历了长达一年半的反复修改和打磨。这期间，跨过两个冬天，笼罩在寒冷气流中的沈阳城都在防控新冠肺炎疫情。我的房子临黄河南大街，从 15 楼窗口向外望去，崇山东路上车少人稀。我在房间里反复踱步，自西向东 12 步，自东向西 12 步，我在努力拉近历史和现实的距离，试图复原 1948 年下半年到 1949 年上半年那段历史的生动场景，是的，从香港到东北解放区是一段风雨兼程的遥远距离，也许更远的是每位民主人士的心路历程，他们几乎都经历了几十年的求索、奋斗和选择，最终百川纳海，走向了光明。

剧本修改稿完成那天，天空弥漫着雪花，雪夜中的城市寂静无声，仿佛刚刚熟睡，让人不忍心去打扰。我静静地打开窗户，任雪花肆意地飘进房间，一瞬间，我似乎谛听到雪花飞舞的旋律，星星点点落下的雪花成行为诗。

创作话剧《北上》缘自一个契机。2019 年 7 月 17 日，当时的省政协领导会见鲁迅文化基金会会长、鲁迅嫡孙周令飞先生，会谈中谈到 1948 年中共中央发布"五一口号"，在香港的民主人士积极响应北上，进入东北解放区的民主人士齐聚沈阳。1 月 22 日，李济深、沈钧儒、马叙伦等 55 人代表各民主党派和无党派人士联名发出通电，接受中国共产党的领导，协商建立新中国。周令飞先生说围绕这段史实可以搞红色大 IP，他正在北京组织交响乐。我对在场陪同的李景阳先生说，北上题材也可以做一个话剧，李景阳点头表示赞成。这之前，我参加过政协纪念"五一口号"发布 70 周年座谈会，看过央视纪录片《北上、北上》，也在参观哈尔滨政协文史馆时看过一些史料，留下了深刻印象，但下决心做话剧还是缘自这场会见活动。

我和景阳兄的想法得到了政协领导的高度重视和大力支持。随后，我和景阳兄分头开始查阅、收集、整理相关资料，参观全国政协文史委举办的《大道同行》展览，特别是景阳兄，走访了全国政协文史馆和国家档案馆，阅读几十本书，整理出近 30 万字的基础材料。案头工作持续了三个月。11 月 2 日，沈阳解放 71 周年，在辽宁大厦对面一个小宾馆里，正式拉开了《北上》创作的序幕，在飘着烟雾和咖啡香气的房间里，一点点设计这个剧的模样儿，主题、人设、结构、风格……参与前期案头工作的助理王正义和佟与格也参加了讨论。讨论持续三天，到了周日晚上才形成大致轮廓，那天晚上，在热情腾腾的江小鱼火锅店里搞了一个小小的庆祝。

我是这个剧本的执笔人，晚上回到家就打开了电脑，郑重地敲下了"话剧《北上》提纲"一行文字。

《北上》创作的背景是，1948 年解放战争进入战略决战阶段，4 月 30 日，中共中央正式对外发布"五一口号"，同日，毛泽东主席致信在香港的民主人士，提出"各民主党派、各人民团体及社会贤达，迅速召开政治协商会议，成立民主联合政府"的主张，吹响了"协商建国"的集结号。5 月 5 日，李济深、沈钧儒等 12 人代表八个民主党派和无党派民主人士在香港联合发出"五五通电"，积极响应"五一口号"。随后，一场轰轰烈烈的新政协运动在香港展开。在中共中央安排部署下，9 月 12 日、11 月 23 日和 12 月 26 日，沈钧儒、马叙伦、李济深等民主人士分三批先后北上东北解放区，参加筹建新政协。按有关党史资料表述，香港新政协运动具有重大的历史地位：促进了人民民主统一战线的巩固和壮大；孕育了多党合作和政治协商制度的雏形；奠定了中国人民政治协商会议召开的基础；坚定了民主党派和无党派人士的道路选择。

本着"大事不虚，小事不拘"对待历史正剧的创作原则，我们以 1948 年 9 月至 1949 年 2 月护送香港民主人士成功"北上"历史事件为背景，以香港、上海、沈阳三地为基本场景，以我敌双方"护送"与"反护送"明暗斗争为主线，虚构了祝华生、陶家鑫、陶兰三个主要人物，祝华生与李济深有杀父之仇却执行秘密护送任务，陶家鑫与李济深恩情如山却受命阻止李济深北上乃至行刺，陶兰与祝华生在抗战时建立生死恋情却无法相认，三位主人公爱恨情仇交织演进，通过小人物串联起大事件，"北上"之路成为人生转折之路、命运选择之路、灵魂救赎之路，从而同舟共济，走向光明。突出展现中共基层党员及著名民主人士在"北上"历程中的初心与使命，讴歌中国共产党统一战线政策，充分体现革命战士及仁人志士的献身精神与家国情怀。

话剧《北上》项目得到全国政协和辽宁省委的高度重视，被列为 2021 年辽宁省庆祝中国共产党建党 100 周年重点作品。省委宣传部高度重视和支持《北上》创作，2019 年 12 月 18 日，时任省委宣传部部长张福海专门听取了我和景阳兄的汇报，表示全力支持，并希望在此基础上创作长篇小说和影视作品。与此同时剧本提纲开始征求专家意见，由于工作难以抽身，景阳兄于 12 月 31 日代表编剧去北京面见著名戏剧评论家马也先生和宋宝珍女士。2020 年 1 月 18 日，在大连话剧团团长于伟的支持和帮助下，我和景阳兄在北京征求了著名导演王晓鹰先生的意见。几位专家对《北上》主题开掘、人物设计和框架结构都给予了充分肯定，也提出了好的修改意见和建议。

回到沈阳之后，我对剧本提纲初稿做了修改，再次呈报有关领导。相关领导对剧本提纲做出重要批示。接下来就进入剧本创作阶段。春节之后，疫情防控工作开始加强，单位实行弹性工作制，即便如此，我每天都要到单位，参加会议，陪领导视察调研，写作基本都是利用业余时间进行，每到夜深人静，房间里只回响着键盘跳动的脆快音符。

初稿是8月5日拿出来的，省委宣传部副部长孙成杰组织了研讨会，辽宁人民艺术剧院"艺委会"认为："好题材，好故事，大部头，重量级。历史转折的关键时刻，人心向背的明智选择，共产党人的高风亮节，中华民族的希望所在。"会上大家畅所欲言，在肯定的同时也提出很多针对性强的中肯意见。省委宣传部和辽宁演艺集团确定导演之后，9月5日，我和景阳兄还专程去了上海，在著名导演陈薪伊家里畅谈三个多小时。根据陈导意见，回沈阳之后我对剧本又进行了修改。令我感动的是，省委统战部范继英部长在繁忙工作中抽出时间，认真审阅剧本，提出了很多好的修改意见。

其间，"辽艺"开始积极筹备排演工作，为使得该剧更好地"立"在舞台上，省委宣传部又请著名编剧孙浩兄加盟，协助修改"导演脚本"。陈薪伊导演严谨细致，11月20日又给我发微信、语音通话，希望我最后再修改一次。当时我正在深圳，陪同住辽全国政协委员在广东考察，下了飞机就开始研究剧本修改，在辽宁政协文史馆会议室里面对大屏幕，一边征询两位老兄意见一边逐段逐句做大的调整，将原来香港、船上、沈阳三个场景发生的剧情统一到轮船一个场景中，每天伏案十六七个小时，两天下来肩膀僵直、手指发麻。这一稿也成为排演的最终文学脚本。

12月19日我和景阳兄参加了辽宁人民艺术剧院举办的"原创话剧《北上》建组大会"，大会很隆重，排练工作全面展开。这期间，新冠肺炎疫情再次在辽宁复发，省委宣传部部长刘慧晏，副部长农涛、孙成杰，辽宁演艺集团韩伟书记，辽宁人民艺术剧院佟春光院长等领导、演职人员和方方面面都为此剧付出了巨大的辛苦和努力。1月8日全戏串演，我第一次完整地看到了各位艺术家的表演，心潮起伏，感慨万千。剧中的主人公有这样一句台词："我们约好到北方去赏雪！"是的，《北上》终于从文字到舞台被完整地呈现！尤其是看到祝华生和陶兰的生死恋情、陶家鑫和陶兰的兄妹情义，那些设计我早已烂熟于心，可当演员表演时，我还是禁不住泪目。

今天是1月13日——《北上》装台试演的日子。由于疫情防控需要，只邀请了省部有关领导和主创人员观看演出。早晨出门，眼前一派银装素裹，尽管是一层薄薄的白雪，我也愿意把它看成瑞雪，并且，我在雪地里看到了诗意萌动的大片生机！

于无声处听惊雷

——写在中国共产党百年华诞

贺颖

我出生的 20 世纪 70 年代，父母已经都是老党员了。不是说两人的年龄，而是党员的资历及对党的感情。北方乡下的普通农户家，母亲入党时据说还未满 18 岁，若是战争年代，几乎等同于火线入党的小战士。

母亲在世时，每每说起那一段总会陷入无限神往。小小年纪入党的原因，是母亲觉悟高，又干练聪慧乐于助人。母亲家中姊妹六个，母亲是长女，外公是个好裁缝，但不是个合格的农民，也因此练就了母亲自小当家做主刚毅坚定的秉性，久而久之，深得乡亲们的支持和信赖，17 岁就光荣入了党。入党后的母亲担任了村里的妇联主席，那个年代的乡村，既有传统意义上的淳朴，也有人性中永存的纠葛，而这个年轻的党员在处理各种问题时毫不怯场，既有情又有理，渐渐在工作中再次成长起来，成为一名成熟的老党员。这一切以及自己党员的身份，毫不夸张地说是母亲毕生的荣耀与骄傲，更是老人家一生最大的慰藉。

于此层面而言，父亲亦同样如此，甚至有过之而无不及。父亲入党的年龄较之母亲稍晚几岁，但有一点与母亲相同，就是同样出生在农户家里，父亲自幼仗义疏财义薄云天，生性果敢大气，竟颇具军人风范。命运使然，错失参军机会后父亲进了公社粮库当上了临时工。扛起200斤的粮袋，在木制的之字形三节跳板上攀到顶端，再将粮袋倒进席子围成的高大粮囤。那时还没有粮食输送带，那时粮库阔大的院子里，满院粮囤就是这样经过那些磨坏的肩膀，一袋袋装满的。每座粮囤都不亚于一座山。父亲身形高大健硕有力，干起活来永远名列前茅，为人更加深得大家喜欢，工作后不久很快就入了党，并迅速成长起来，成为单位的主要力量。父亲自己从没说过这些，倒是母亲常常和我们说起，尤其在父亲离世后，母亲说得更加频繁也更加刻骨铭心。

从乡村临时工时加入党组织，到54岁因病离世，父亲的一生并不漫长，但作为党员，他不仅是合格的，甚至是悲壮的。

如今父母均已离开我们多年，但两人毕生兢兢业业以党员要求自己并教育子女的传统，却早已是父母深入骨髓的精神信仰。我家不是书香门第，但堪称地道的党员之家，在我们出生之前，两人都已经是成熟的老党员了。我认识的第一本读物是黑白版的《红旗》，那时应该还不认字，只看图。那些黑白的会议照片，照片中红旗分列两旁的会议背景，已经成了自己一个特定的记忆符码，像钥匙，忽而就打开某扇时光的大门。多年后，我们的党员之家在悄然壮大，长姐学业出众能力超凡，30岁时入党；同龄的姐夫更早几岁，26岁已经是党员了；家人和妹夫紧随其后，相继成为光荣的党员。到了再下一代，家里的青年党员也一个又一个接续上来。说起来最惭愧的就是我了，自觉与党员标准有很大距离，一直未敢递上申请书，之后就是开始居家创作的读写生涯了。

时代之车隆隆前行，很多事物都在发生潜移默化的改变，但是对于党的忠诚与深情，于我们这个平凡之家，从没有改变。党员的内涵依旧，党的信念如昔，从父母一代到我们这一代，以至年轻的下一代，改变的只是形式，其内在的蕴含却从未改变。当年呕心沥血奉献自己的父母，如今在我家换成了姐姐为首的这一队党员，默默承接着父辈沉甸甸的信念与力量，使命与光荣。

2020年疫情突袭，面对全新的新冠病毒，人类这一年来经历的一切，如此一言难尽。在疫情风暴的全球肆虐席卷下，只有中国成了最安全的风暴眼。这是整个世界有目共睹的抗疫奇迹，更是每个中国人的骄傲与自豪。而这一切奇迹的缔造者，就是我们的中国共产党。

一年来各行各业在党的领导下，在治疗、防控、疫苗、宣传、复苏经济等多措并举中披荆斩棘，向不可能索要可能，向无索要有，向现实索要一个又一个奇迹，震撼了世界，也紧紧凝聚着每个中国人的心。

抗疫战争没有硝烟炮火，却较之炮火纷飞的战场更令人惊心动魄。一场场艰难而恢宏的抗疫胜利，深深诠释了什么叫作于无声处听惊雷的石破天惊。

一路走来，悲欣交集。每个阶段的成果都让人默默泪目，深感一切的来之不易，深知这一切成果之中饱含党对人民的如海深情，饱含多少党员的血汗和泪水，多少民众的无畏付出。整个世界为之动容与铭记。当下世界疫情的日渐失控，令人焦虑迷茫，每天醒来甚至不敢去看新一天的疫情数据，无奈而忧心。

庚子年末全国多点暴发的疫情，辽宁是比较早出现病例的，也是一年来北方地区规模相对较大的一次，从大连到沈阳，一时间民众已然有些措手不及。4300万辽宁人民，从党员到群众，从城市到乡村，雷霆速度，霹雳手段，最长近一个月的民众观察隔离，9名危重病例，39天全省数十个中风险地区全部清零，打赢了又一场顽强的阻击战。

辛丑年春节即将到来，春节，就是大年。年，就是团圆，团圆，是每个人过年时骨子里唯一的渴望。和亲人在一起，是这个节日最核心的灵魂。因此每当此刻，是所有在外的人最欣喜的时刻，什么也不能阻挡我们回家的脚步，因为家中有我分秒牵挂情意相连日夜期盼的血脉亲人。

而今年，这个冬天，这个即将到来的中国人举国欢度了千百年的春节大年，注定将不再平凡，甚至注定将被载入中华民族的史册。不得不说，14亿中国人，将共同面对一个几千年来从未经历过的情感极限挑战。

眼下因为各地起伏的疫情，大多数离开家乡在外工作的人，已经决定响应党和国家的号召，留在工作地过年。这就意味着，这个大年，我们最期盼的团圆，将第一次不再成为可能。

焦虑失落，无助思念，牵肠挂肚，期盼祈祷。人们陷入巨大的迷茫之中，左右为难。回去，便面临将风险带给亲人和家乡的可能，毫不犹豫，这是不能做的；留下，便意味着将和骨肉亲人两地分离，无法共守除夕，共赏烟花，共过大年，共迎春天。纵是千百般思量，仍是困于走与留之内，无论如何，只觉得前进和后退都让人无法承担。

我就是其中一员。焦虑万分之际，关键时分儿子的视频来电让我豁然开朗，更想不到的是儿子的一番话，不由得令自己慨叹有加。在和儿子对各种风险进行预判分析后，儿子肯定地为我得出结论，不能回。理由是路途的风险目前看是难以百分之百避免的，既然如此，决不能因为我们一家的团圆，让全楼甚至整个小区、整个小城背负这样的风险，我们于情不忍，于理，作为一个小区公民，我们也没有资格这样做。哪怕这风险再微弱，终究还是存在。既然那么多人都能牺牲小家团圆为国家，我们也应该这样做。儿子的话让我安慰也敬佩，也泪目也动容，我更知道，儿子每一分钟都在期待我回家。然而正如钟南山院士所言，为疫情牺牲团圆，每一个都了不起。这一刻我想对儿子说，谢谢支持妈妈不回家的你，这是深明大义，是勇敢，是对病毒的宣战。虽然你还不是党员，但是你没有辜负党员之家多年的熏陶和

246

洗礼，正是因为有了无数像你这样的亲人，才有了不回家的人在外慰藉安稳的心。儿子，你是这个冬天千千万万抗疫英雄中的一员，是一个母亲心中的抗疫勇士。而我也决定了，响应号召，做一个为家乡隔离病毒的勇士。古语云，读圣贤书，有三不能避：为民请命，为国赴难，临危受命。而作为一个和平年代的知识分子，我能做的实在有限。不过在这场没有硝烟的抗疫战争中，我愿意为家乡抗疫、为国家抗疫尽一点微薄之力，就像一个临危受命的战士。

此刻将迎来中国共产党的百年华诞，壮丽中饱含庄严，深情中亦有悲壮，令每个中国人百感交集。在没有硝烟没有撤退可言的抗疫持久战中，在一个已经展开的后疫情时代，在摧枯拉朽的反腐行动中，在全面建设社会主义现代化国家新征程上，我们的党必将掀开新的百年华章，如一任重道远，带领 14 亿中华儿女，于世界之林铸强大，于国富民丰树繁荣，于砥砺前行求发展，于无声处听惊雷。

爱穿的城市

素素

这个城市名叫大连，它因为太有个性，即使它由于什么原因不再那么耀眼，也始终不可能被别个城市遮蔽。尤其在当今这个时代，城市面貌的可辨识度已渐渐变得无法区分，大连也仍然风情独具。

记得许多年前，在央视新闻和国际频道，每天都在固定的时间里插播一段城市形象宣传片，大连的广告词只有八个字：浪漫之都，时尚大连。据说不少城市都想把"浪漫之都"的美名冠到自家头上，结果还是叫大连给先下手为强。

在我看来，大连城市的确有浪漫基因，也有浪漫元素。在诸多的浪漫元素里，爱穿应该排在第一。所以，我更喜欢说，大连是一个爱穿的城市。这句话可能有点语病，爱穿的应该是人，而不应该是城市。可当爱穿成为一个城市的集体性追求，给它这样的定位也不能算错吧？

大连有个在别处看不到的风景，男人女人，老人小孩，出门之前，都要想一想今天穿什么合适，他们血液里似乎就被上天给注入了爱穿的基因，吃什么可以将就凑合，穿什么却一点也不能马虎。走在大连街上，即使你对这个城市一无所知，当有人迎面而来，或者擦肩而过，你立马就会根据穿着，分辨出哪个是大连人，哪个是外地人。我在这个城市生活了 30 多年，此间发生在我身上的最大变化，就是被这个城市毫无商量地改造成了一个爱穿的女人。

穿是文明的标志，爱穿则是人的本性。谚曰：佛要金装，人要衣装。可是大连人的爱穿，有点超出了普通人对衣装的一般性需求。其实，在相当长一段时间，我对大连人爱穿的喜好不能理解，觉得他们在衣着打扮上过于刻意，甚至带一点扭曲。穿好像不只是为了美，还为了别的什么。究竟是什么，我想了很久，仍然很迷惑。

那是 20 世纪 80 年代的一个夏天，城市晴朗的天空中忽地掠过一片喜悦的鸽群。在城市中心的劳动公园露天剧场，一个以服装命名的节日宣布诞生。我在做报纸副刊，这么大一个节日，我总得做些必要的功课。于是，在节日进行中，我便带着疑问去寻找答案。当我把大连历史的袍角小心地掀开，这个城市爱穿的秘密也随之楚楚了。

大连是一个半岛城市，奢侈地被渤、黄两个海簇拥着。大连还是一座近代城市，上面曾浓重地投有外来文化的影子。百年以前，它由一个宁静的小渔村剧烈地演变为城市；城市的房屋砌的却不是中国式青砖，而是欧洲人喜欢的花岗岩；城市的统治者不是本土的中国人，而是来做强盗的俄国人和日本人。在半个多世纪里，这两个外来者在霸占这个半岛的同时，也在这个城市的街道两侧布满了异域风格的洋房别墅、广场公园，还有工厂学校、图书馆博物馆……

可以想见，这个城市在居住上定然是华洋分处，贫富有别。只是地理上再设藩篱，阶级间再形同水火，毕竟在一个城市里生活，人和人抬头不见低头见，因为那些目光寒冷的绅士，傲气十足的女人，无论如何得有人给他们拉洋车呀。而那些拉洋车的苦力，自然就记住了俄国女人领口很低的"布拉吉"，俄国男人束腰很高的毛呢大氅，更知道日本男人喜欢穿白色的"挽霞子"，日本女人不论在家还是出门，一定要板板正正地穿上和服。洋人身上的穿戴当然不止这几个样式，还有别的一些说不明白的花里胡哨的东西。苦力埋头拉着洋车的时候，谁也不敢有什么奢望，当他们有朝一日做了城市里的工人阶级，这些关于穿的记忆便与他们所受的屈辱混杂在一起，潮水般的涌将上来。在大连讨生活的苦力，大多来自山东、河北，齐鲁燕赵人的品性就是刚强，爱面子，不能受窝囊气，这一点天下人都知道。所以，翻身做主之后，他们最急于做的一件事，就是改变自己的穿。树活一层皮，人活一张脸。生而为人，无论如何要穿一身体面的衣裳，也好在大街上挺胸抬头地走路。

真要感谢那个开始于夏天的节日，我终于知道，大连人对穿的狂热和痴迷，与他们曾经生活在一个由别人主宰的城市里有关，对他们而言，也只有用这种极端爱穿的姿态，才能把生命中的严重缺失加倍地补偿回来。就是说，因为大连人的内心受过伤，所以衣裳穿在他们身上，不只是为了美，更为了尊严。于是，他们以一个男人或一个女人应有尊严，将爱穿氤氲成了一个城市的集体人格，以及一个城市的风土人情。

在大连街，曾流行过一句非常有趣的城市民谚：苞米面肚子，料子裤子。这里面既有自我批评或自我解嘲的意思，也有自我勉励或自我号召的意思，更可以看成大连的城市宣言：我们大连人就是爱面子，我们大连人永远认为穿比吃重要。据我所知，这个民谚最早流行于20世纪60年代初，那是一个饥肠辘辘的年代，可就在这么性命攸关的时刻，大连人饿死也不说熊话，也要穿料子裤子，这是何等的浪漫！

料子裤子是个泛指，它其实把一切的穿都包括在内了。我曾经想，大连人为什么不说蓝丹士林布裤子，偏偏要说料子裤子呢？琢磨来琢磨去，不外有两点：一是料子裤子质地高档，做工考究，价格昂贵，拥有一条料子裤子的人特别体面；二是大连人喜欢穿料子裤子，喜欢洋文化所散发的气质，他们一致反对帝国主义，却一致不反对料子裤子。大连留给许多人的印象是洋气，其中就包括大连人的穿戴洋气。

料子裤子，也叫洋服裤子。20 世纪 80 年代初，凡男女青年结婚，一定要花重金买一块深蓝色的哔叽料子，去裁缝店做一套洋服西装，分开了叫，就是洋服上衣，洋服裤子。婚礼结束后，便把它们小心地压在箱底，遇有重大场合才拿出来穿一下。大连人喜欢穿洋服，大连街上的私家裁缝店也多。20 世纪 80 年代中后期，随着大连服装工业迅速崛起，就很少有人光顾半手工半机器的私家裁缝店，而是要穿大工厂大车间里制造出来的成衣。记得那时候，在大连街上漫步，一不小心就可能走到一家国营服装厂的大门口，给我的感觉就是上海织布的厂子多，大连做服装的厂子多。

听大连人日常说话，汉语里经常会夹杂些俄语和日语，而他们说得最溜道的外来语，肯定是身上的穿。男人管衬衣叫"挽霞子"，女人管连衣裙叫"布拉吉"。即使大连厂家产的连衣裙和衬衫有中文名字，大连人也改不了嘴，还是习惯地叫"挽霞子""布拉吉"。唯一的例外，就是碧海牌大衣。日子过得好了，手头的钱宽绰了，"挽霞子""布拉吉"和料子裤子都有了，就想再置办一件料子大衣。大家的眼睛一齐盯向了碧海牌大衣。记得当年，有一个专门为碧海牌大衣做广告的男模特儿，不管走到哪里都能看到他笔挺而有力地站在那里，碧海牌大衣广告发布的密度之大，简直可与 20 世纪 30 年代上海月历牌上的香烟广告相媲美。广告果真产生了巨大的轰动效应，整个城市的男男女女、老老少少，每人至少拥有一件碧海牌大衣。二十世纪八九十年代，是大连服装工业的辉煌岁月。除了碧海牌大衣，还有亚瑟王衬衫、玉兔牌童装，简直让进京拿奖的大连人腿都跑酸了。

氓之蚩蚩，抱布贸丝。早在 3000 多年前，中国人就这样吟咏着，可见布和丝与城市早有深缘，并一起从古老走到如今。这么说来，大连人的爱穿，也不能全算到外国人的账上。再说，时光过去了这么多年，外来文化旧有的影响已经很稀薄了，而大连人爱穿的热情之所以仍然未减，还应归功于城市和人的文化自觉。大连人因为爱穿而用布的质地、布的光芒，给城市增添了一缕浪漫的元素，并把城市的独特之美呈现在世界面前。

我就想，这世界已有许多城市被时间的尘埃掩埋得无影无踪了，还有许多城市演变得只能隐约看见一角废墟或遗址。如果大连在什么时候也不幸成为陈迹或传说，一定会因为它曾经是一个爱穿的城市，而像意大利半岛上的庞贝城那样，吸引无数的人前来考古和观瞻。

一条大河

贾颖

我的故乡有一个红色的名字，丹东。

丹东这座小城沿鸭绿江而建，老城的街路都以经纬命名，清晰明了，像丹东人的性格一样简洁明快。

鸭绿江是中朝两国的界河。既是一国之界的终点，也是一国之界的开始。它发源于吉林省长白山南麓，干流流经吉林和辽宁两省，在辽宁省丹东市流入大黄海。它是一条特别的河流，包容，恢宏，平静。当年放排子时，从长白山放下来的木头，有一些至今还沉在江水里。我的一个好朋友，在暴雨季，顺着江水往下游跑，追赶一根从江水里漂浮起来的木头，现在做成了木雕放在家里。

鸭绿江上的风景四季不同。春天，白鹭在江水里觅食，到了冬天白鹭飞走了，野鸭子游来了，在江水里成群结队地游弋。寒冬时节，鸭绿江上会出现一道奇特的景观——冰排。跑冰排的时候，站在鸭绿江边，能听到冰与冰相撞的声音，像千军万马，浩浩荡荡，特别壮观。

我出生和成长在鸭绿江边。心里对鸭绿江的热爱，就好像我是飞翔在上面的江鸥，是春天飞来的白鹭，是在冰排间觅食过冬的野鸭子。我就是从鸭绿江里生长出来的一滴水。当我感觉到疼痛的时候，它也会在某一个瞬间疼痛。当它波澜壮阔的时候，我也会胸怀壮阔。

我总觉得，一个地方，如果没有水就缺少了灵动的色彩。水就好像是一个城市的眼睛，有了它，城市就变得鲜活。我的故乡丹东，因为拥有了鸭绿江这样一条大河，便有了非同寻常的神韵和风采。

　　鸭绿江上有很多桥，每一座桥都有属于自己的故事。位于中国丹东与朝鲜新义州之间的鸭绿江上，横卧着两座大铁桥，以居于江水的上下游分为上桥和下桥。中朝友谊桥，也叫上桥，始建于1937年4月，是铁路公路两用桥。鸭绿江断桥，也叫下桥。始建于1909年5月，是鸭绿江上第一座铁路桥。1950年10月，中国人民志愿军抗美援朝出国作战，两座鸭绿江大桥和其他桥梁共同承担军需物资供应和后方支持前线的运输任务。美军为切断中国人民志愿军的兵力和物资后援，调集大部分空中力量，开始对鸭绿江上沟通中朝两国重要交通要道的铁路和公路桥梁实施封锁。上桥"重伤"后得以修复，1990年10月25日，中朝两国政府协议决定将上桥命名为"中朝友谊桥"（朝方一端为"朝中友谊桥"）。下桥则带着累累弹痕，成为"断桥"，2001年被列为全国爱国主义教育示范基地，每年都会有来自省内外国内外的游客，踏上鸭绿江断桥。每年的重要节日，都会有青少年和志愿军老兵自发来到这里，缅怀英雄。桥上，红旗招展；桥下，鸭绿江水深情流淌。

　　我父亲今年80岁，曾经驻守鸭绿江畔。他总爱跟我谈"理想"。奔赴理想的勇气和一个普通共产党员心中坚不可摧的信仰，使父亲能够在回首往事时无愧于心，也无愧于自己当年立下的誓言。1959年，父亲从河北老家参军入伍。"我要当最优秀的战士"——这是父亲入伍时在心底为自己种下的理想。五年后，父亲入党，成为一名光荣的共产党员。十年后，也就是1969年，父亲已经成为空军部队的一名中队长，他带领的中队被评为"四好连队"。第二年，父亲作为"四好连队"的代表，参加了空军在北京召开的"四好连队""五好战士""技术能手"代表大会，并参加了新中国成立21周年的国庆观礼，"见到了敬爱的领袖毛主席"。这是父亲一生中最荣耀的时刻。退休后，父亲任社区党支部书记，常年坚持为社区老党员上党课，讲党史。新冠肺炎疫情发生，他请缨做志愿者。他说，努力为党为人民工作，党指到哪里，就到哪里。

我在部队大院里长大，心中有着与生俱来的英雄情结。而我所听所看到的英雄和英雄故事，总是和那一条叫鸭绿江的大河有关。

21 年前，我作为一名记者，采访了来丹参加"纪念中国人民志愿军抗美援朝出国作战 50 周年"活动的志愿军老兵。就是在这一次采访，我和其他记者一起见证了一对英雄重逢的历史时刻，也对"英雄"和"英雄主义"有了真切生动的认知和感悟。

2000 年 10 月 23 日下午 4 时，在中朝友谊桥上，两位胸前挂满军功章的古稀老人紧紧地拥抱在一起。激动的泪水湿润了双眼，历史也在此刻聚焦在他们的身上。这两位老人，一位是当年朝鲜前线人人皆知的英雄"小老虎"张立春，一位是烈火中勇救朝鲜小孩儿的英雄马玉祥。50 年前在战场上彼此只闻其名未见其人的两位老英雄，50 年后旧地重游，意外地相逢在中朝人民的友谊桥上。张立春伏在马玉祥肩上，哽咽着说："50 年了，当年走上前线没有想到能活着回来，今天又在这里相逢，不易呀！"当他们忘情地拥抱在一起的时候，陪同人员和簇拥在他们身旁渴望抓拍到珍贵镜头采写到独家新闻的记者们，都静立一旁——对英雄的敬仰使我们不忍心去打扰他们的相逢，不约而同地以肃静表达着对英雄的敬意。他们浴血奋战，不惧生死，保卫和平，却在久别重逢后感性得如同孩子般一片赤诚热泪滚滚。

17 年前，我有幸倾听到一位老人讲述拍摄《中国人民志愿军跨过鸭绿江》的故事。

2004 年 9 月 10 日下午，一位沧桑的老人胸前挂着一架相机，在有关人员的陪同下，来到位于辽宁省丹东市九连城地段的鸭绿江边。当鸭绿江里一根根斑驳的桥柱闯入眼帘时，老人指着那些延伸至对岸朝鲜境内的桥桩，激动地说："那张照片就是在这里拍摄的。第二批出国作战的志愿军，就是从这里过江。"这位老人是离休干部黎民。他所说的"那张照片"，是指题为《中国人民志愿军跨过鸭绿江》的照片，同麻扶摇作词、周巍峙谱曲的《中国人民志愿军战歌》一起发表在1951年第4期《解放军画报》扉页上。

"我站在这里，用两架相机拍了三天，一共拍了两个胶卷。这张照片是侧逆光拍摄的。"老人介绍，1951年2月中旬，他所在的志愿军第六十四军奉命开赴朝鲜战场，准备参加第五次战役。那年冬天，天气格外寒冷，皑皑冰雪覆盖大地。部队接到过江命令后，很快在鸭绿江上搭起浮桥，日夜兼程疾速过江。时任政治部摄影组组长黎民，在鸭绿江边做宣传工作。从第二批志愿军过江第一天起，他就在江边选取角度拍摄照片。可是，他的拍摄工作不时被过江的志愿军打断，他们纷纷请求黎民为他们留下这历史性的一刻。黎民答应他们，一定为他们收藏好照片，等他们凯旋时，再把照片给他们。2月21日，志愿军过江的第三天，下午两三点钟，黎民终于选择了一个最佳角度，拍下了战士们雄赳赳气昂昂跨过鸭绿江的珍贵照片。当时江面上铺着厚厚的雪，志愿军从如今的九连城镇燕窝村踏上浮桥，在对岸朝鲜楸桑岛登陆。

我站在鸭绿江边，看着硝烟散尽的鸭绿江水，一江碧水静静地流淌，没有了枪炮的轰鸣，只有曾经的历史镌刻在已经斑驳的桥桩上，成为历史永恒的记忆——那些英雄，有名的，无名的，他们以恒心守初心，以生命担使命，为保卫祖国而战，为捍卫和平而战，为守护人民的健康和幸福生活而战，为心中不朽的共产主义信仰而战。

一条大河波浪宽。

我家就在岸上住。

住在岸上的我，我们，该记住些什么？

我家三代人入党时的感言

郭宏文

父亲 1971 年入党时的感言

在庆祝中国共产党成立 50 周年之际，我终于举起了右手，在党旗下铿锵宣誓，那入党誓言一字一句地印在我的脑海里，融入我的血液中。这一刻，我没法不流下激动的泪水。

1937 年，我出生在辽西这个仅有十几户人家的小山屯里，懂一点事的时候，就知道自己的国家叫"满洲国"。实际上，这"满洲国"完全被日本侵略者统治着。离我们这个山屯比较近的地方，所有的钼矿、锰矿和煤矿，都在日本人手里，都有日本人开采。哪家孩子上学，必须学习日语。中国人根本不服日本侵略者的统治，就纷纷组织起来，与小鬼子打仗。咱中国人打不过小鬼子，老百姓就必然要遭殃。我们山屯附近有个叫下五家子的地方，那里的人用长枪击落了一架小鬼子的飞机。结果，小鬼子进行了疯狂的报复，把那个村子里 360 多口人几乎赶尽杀绝。我 8 岁的时候，小鬼子终于被中国人打败投降了，"满洲国"也随之消亡了，中国人从此就不当亡国奴了。可接下来，国民党的军队又与共产党的军队打起了内战，两三年硝烟不断。1948 年秋天，东北地区解放，我家的山屯也随之解放了。第二年，新中国宣告成立。东北解放后，我们的山屯也和其他解放区一样，实行了土地改革，家家都有了可以耕种的土地。随后，我这个山屯的野小子，也有了背着书包上学的机会。可就在我仅仅念了五年书后，我爹就不让我再念下去了，原因是家里缺少劳动力。爹不让我继续念下去，我一点不恨他，因为山屯里和我一般大的孩子，都在家里帮大人干活，都没念书。辍学后，我被屯里人一致推选为生产小队会计，这我感到很是骄傲。白天，我和屯里人一起下地劳动，人家干啥我干啥，从不偷懒搞特殊。晚上，我回到家里再做会计工作。生产队队长是一名新中国成立前入党的老党员，对我影响很大，对我帮助也很大。我发誓将来也要像他一样，成为一名中共党员。根据表现，我又被调到生产大队任会计。从此，我更加认真工作，丝毫不敢懈怠。我一边做大队会计，一边指导九个生产小队会计做好工作。公社年年抽调我到各个生产大队，帮助搞好年终会计核算。在大队党支部书记的鼓励下，我递交了入党申请书。可是，由于我的母亲家是地主成分，组织上对我的政审非常严格，连续多年，我都因为社会关系的原因，不能迈进党组织的大门。但我毫不气馁，始终坚定一个信念，仍然不间断地递交入党申请书。终于，在我34岁的时候，党组织终于认定我经受住了考验，让我迈进了党组织的大门，让我拥有了在党旗前宣誓的庄严时刻。我是一名共产党员了，自己做的事情，要对得起自己的良心，更要对得起山屯人，对得起党组织。

我 1989 年入党时的感想

在庆祝新中国成立 40 周年前期，同时，也是在一个非常特殊的时期，党组织能批准我成为一名新党员，让我心潮起伏，激动得难以入眠。

我父亲入党那年，我刚刚背着书包迈进校园。我一边唱着《学习雷锋好榜样》的歌曲,一边听着老师的教诲,开始了新的成长。那时,学校都是边学习边劳动,捡粪、割羊草、扒苞米、修梯田等,我们什么活都干。一个学期到头,每个年级都会出现教学任务完不成的问题。我看着没学完的课本,心里充满了遗憾。有时,我会自言自语:白瞎那些课文了,老师没带我们学。1977年,我刚刚升入初中不久,学校里的教学便全面步入正轨,不再是边学习边劳动。我坐在教室里,全身心投入学习之中,才感到自己是一个幸运儿。教我的老师们,也是焕发了青春一样,压抑了多少年的教学能量都被调动起来。我们的课本也变了,变得丰厚了,变得正式了。为了让我学习好,我的父母节衣缩食,花了70块钱,给我买了一台半新不旧的小金鹿牌自行车。这台自行车,也是我们家的第一个"四大件"。升入初三时,学校通过严格的考试,把我们这些学习成绩比较好的学生分到一个班级,让我们吃住在学校里,给我们配备最好的老师。一个班的学生,都是平等的待遇。在老师的眼里,公社党委书记的孩子,普通农民的孩子,绝对一样看待,没有高低贵贱之分。有了这样的学习环境,我如愿地考上了高中。读高中时,学校给我创造了非常好的学习条件。我们每月的伙食费才3块钱,每学期的学杂费才5块钱。学校的老师们非常关心我们这些来自农村的孩子,就像关爱自己的孩子一样关爱我们。高中一年级,我在学校举行的迎国庆征文大赛中,以一篇《我的老师》获得一等奖。高中毕业时,我虽然没能如愿升入大学,但回到家乡后成了一名山村的小学教师。我很珍惜自己的岗位,全身心投入教学工作中。虽然每月实际开到手的工资只有19.5元,余下的16.5元到年底才能开齐,可我始终把工作干得很出色。我所教班级的成绩,多次在全乡同年组中排名第一。教学之余,我还兼任乡政府的通讯干事,积极为新闻单位投稿,连年被市报评为"优秀通讯员"。1987年,我获得学习深造的好机会,考入了师范学校民师班。在学校,我先后担任班长和学生会主席,连续被评为"三好学生"。今天,我作为一名中专院校

259

的学生会主席，在党旗下举起右手庄严宣誓，成为中国共产党的一名新党员，我决心在未来的行程中，一定走得更加坚实。

女儿2007年入党时的感想

在庆祝中国人民解放军建军80周年的历史时刻，我光荣地成为中国共产党的一名预备党员。有些事情，真是出奇的巧合。我爷爷加入党组织后的第18年，我爸爸加入了党组织；而我爸爸加入党组织后的第18年，我加入了党组织。继我爷爷、我爸爸和我叔叔后，我是我们一大家人中，第四个加入党组织的人。与我爷爷不同的是，我爸爸、我叔叔和我，都是以学校学生会干部的身份加入党组织。

上学之前，我跟随爸爸和妈妈搬了三次家，一直过着串房檐的日子。爸爸的工作调到哪里，我就和妈妈跟到哪里。虽然居无定所，但一家人很温馨。在搬家的过程中，我们总共处了三个房东，每个房东对我们都很好。日常交往中，我学着爸爸和妈妈的做派，与房东的大人相处，与房东的孩子相处。打小，我就懂得了对人要尊重谦让。我刚刚上学时，爸爸就在新的单位，分到了一套一室一厅的楼房。房子虽然不大，仅有45平方米，但对于我们一家三口来说，无疑像住进了皇宫一般。房子离我的学校很近，只有三四百米的路程。爸爸、妈妈怕我走路有危险，天天接送我。爸爸还在房间里给我设计了一个楼中楼，让我单独居住，很舒服，也很惬意。爸爸还专门给我买了写字台和书柜。每年的六一儿童节和我过生日时，爸爸都要买一套与我的年龄相称的书籍送给我。到了寒假和暑假，我就带上书包，跑到农村的爷爷、奶奶家待上一阵子。那里是爸爸出生的地方，总让我体验到农村人生活的简朴。我叔叔只比我大8岁。为了让叔叔好好读书，爷爷、奶奶舍不得吃，舍不得穿，家里能卖钱的出产，都要拿到集市上卖钱。平时，我在爸爸、妈妈身边，吃饭穿衣总爱挑三拣四的，不是这东西不喜欢穿，就是那东西不喜欢吃。可在爷爷、奶奶身边待上一阵子，我就会发誓，一定要改变自己身上的臭毛病。奶奶告诉我，我爸爸和我姑姑们小的时候，家里困难，都受了不少苦。爸爸姊妹兄弟六个，我真对爷爷、奶奶能把这么多孩了养育成人感到不可思议。从小学到初中到高中，爸爸、妈妈一直在用心地养育着我。读高中的时候，爸爸、妈妈宁可自己上班不方便，也把家搬到了我学校的附近，来陪我读书。上了大学，他们更是我的良师益友。爸爸、妈妈都没上过大学，他们一直教导我不能荒废大学的学业，不能让大好的学习时光白白流过。我记着爸爸、妈妈的话，在完成好学业的基础上，力所能及地为同学们做一些服务的事情。今天，我宣誓加入党组织，成为我人生路上的一个新起点，我会永远努力再努力。

故乡的桥

海东升

有河，没有桥。阜新和黑山交界处的外朝北营子，就是我的故乡。

过去清朝的时候有边壕，现在，边壕没了，但这种概念还一直存在。边壕的南面叫边里，我们这边叫边外。边里的屯子叫里朝北，边外的屯子叫外朝北。一条砂石路像一条黑绸带，连接着边里边外。

这个地名不好记，有一年我老舅和我的两个姨父从安徽来，在镇里的火车站下了火车，嘴里念叨着外朝北，结果走到半路，就叫成北朝外了，自然问谁谁不知道，本来六七里的路，他们从中午打听到傍晚，进我家门的时候，天都黑了。由于走了错路，和迎接他们的我根本没碰上。

边里和边外都有集市。边里的是农历三六九，边外的是公历三六九，我们赶边里的集比赶边外的时候多，一方面是我们屯子离边里近，但更主要的原因是省得过屯子后边的河。

边里人和我们边外人的经商意识不同，他们除了在自己的地界卖，也不忘边外的三六九，大小车辆，人背，自行车驮的，把生活必需品卖到边外人的手里。我们屯子后面的河，一把剪刀一样，把连接边里边外的路一刀两断。我们小的时候经常在河里洗澡，一点都没想到河对里出外进的影响，直到我去镇里上中学，才知道这不仅是一条河，更是阻挡我们正常上学、赶集上店的拦路虎。

262

1980 年，我上高中的时候，生产队刚刚解体，各家各户开始自主单干。那个时候，很多人家也和边里人那样倒弄买卖。边里的把针头线脑、油盐酱醋卖到边外，边外的把钩竿铁齿、车马驴套等卖到边里。连接边里边外的这条砂石路人来车往，尤其是赶上集日，早晚人车不断。此时，正是开春，冰面酥解，一不小心，连车带马，都掉进冰水里。车老板子用鞭子一顿猛抽，马阵阵嘶鸣，但车轱辘在冰坎子里空转，就是出不去坑。赶集等着抢位置的人，更是急得火上心头。

1984 年，我大学毕业，被分配到镇里的中学上班。冬天骑着单车在冰面上走，心，悬到嗓子眼儿；夏天在河里骑，也是撞大运，如果轧到石头上，就是人仰车翻。最受罪的是春秋季节，河面结冰和开河的时候，你越是小心翼翼，越是会掉到河里，裤子里淌水，鞋里冰碴子扎脚，哆里哆嗦地往家跑，怎一个揪心了得？那个时候，就盼望着河上能建一座桥，哪怕是最简易的那种也行，但，直到我在镇里买了房子，也没见桥的影子。

在镇里买房子，也是情非得已。那个时候，镇里的玛瑙生意已经日渐兴隆，外面有钱的人都想在镇里买房子，赶集做生意方便。不用说小十万的楼房，就是两万多的平房，对于我们两个当老师的人来说，都是天文数字。因为那个时候我们是乡财政开支，每个乡的经济状况不同，吃财政饭的人也开得不一样。我们乡还算可以，大学毕业的能开 120 元，我们两口子一个月 200 多元，一年攒不下几个钱。我买的房子当年是两万三，而我们手里只有 2000 多元，这是一个什么概念？要拉两万一的饥荒。但我们也一定要买，主要是驮着孩子在冰上走，心里真的没底。

1996 年，我的女儿 5 岁，到了上学前班的年龄。我们两口子每天都是骑着单车，驮着孩子，风里来雨里去的。一到开春和初冬，车子陷在冰水里，大人冷点还是小事，孩子却冷得发抖。我们年轻的能看得下去，但孩子的爷爷奶奶却看不下去了，父母拿出口挪肚攒的 5000

元，支持我们在镇里买房子。有了父母给的 5000 元，再加上自己手里的 2000 多元，两个小舅子又支援了一万多元，我们终于变成了镇里人。虽然离父母远了，但孩子上学不用过河了，我们两口子也跟着借光了。

2000 年，我记得很清楚，这一年，我 30 多岁晋副高，让那些比我年纪大的老师很是羡慕。周末回老家报喜的时候，我家那条河上，建起了混凝土桥，砂石路也铺上了沥青。和原来青石铺成的路相比，成色更亮，质地更优，远远望去，绸带般飘逸，三孔的水泥桥，如绸带上镶嵌的明珠，熠熠生辉。从此，赶集上店的，上班上学的，一路顺风顺水，不再让河套成为阻力，成为羁绊。

党的十八大以后，家乡的变化更大。十家子已经成为闻名国内外的玛瑙之都，工业旅游第一乡。经济的快速发展，物流的快捷，迫切需要解决十家子与外界的沟通，而十家子除了原来的铁路，还没有高速公路经过，更不用说经过高速铁路了。有一天，住在我老家附近屯子里的一个老师说，他的老房子卖了，卖给了外朝北的一个姓孙的年轻人，我一下子惊愕了，老孙家挨着公路，有房子有地的，怎么跑到二里地以外的屯子买房子？原来是公路扩建，占了道西老孙家的房子，给了 20 多万元，老孙家挑挑拣拣，选了方正的书香门第做新宅，有讲究！

记得一年前，我就听镇政府的人说，京沈高铁在边里的英城子乡要建一个黑山北站，离我们镇不远，我们镇正规划要把连接边里边外的公路取直，和黑山北站相连，据说在地里都打上了界桩。我当时还半信半疑，没想到这么快就变成了现实。去年从老家经过，原来镰刀把一样的直角弯不见了，取而代之的是一条宽阔笔直的双向四车道公路，原来那座三孔桥也由过去的简装变成高大上的新式桥了。桥面宽阔，桥梁挺直，还加上了桥栏。如果说过去的河套就像一个罗锅顺躺在公路上，那么，现在的桥让这个老罗锅挺直了腰身。它的挺直，好像一下子拉近了边里边外的距离。京沈高铁在 2020 年年底就能贯通。

从阜新到沈阳是半小时，从阜新到北京两个半小时。而我们开车到黑山北站也就是 10 多分钟，从黑山北站去北京两个半小时多一点，而去沈阳，也就是 15 分钟的车程。驻足桥上，我心潮起伏，浮想联翩。如果 30 多年前，就有这样的桥，我是不是还在外朝北住着？我会不会背着饥荒，辛辛苦苦那么些年？我是不是也可以天天陪在父母的身边，让他们多享受一下天伦之乐，少一些孤寂之苦？但时间容不得这么多假设，一切，都在瞬息中变成了以往。国家的发展，社会的进步，让我的老家一年一个新变化，如今有了与高铁的相通，小村不再偏僻，小村的前景更加辽阔！

有人说父母在，你出生的地方就是家乡，父母不在了，你出生的地方，就变成了故乡。我的父母都离开了我，我也成了一个浪迹在外的人，家乡成了故乡。每到清明回故乡给父母扫墓的时候，路过那座桥，我都要停一会儿车，任思绪成雨，成雾，弥漫在我的心头。

一条河，一座桥，成了我对故乡记忆的关键词，一生，挥之不去！

凤山凌水乌兰魂

萨仁图娅

　　我的家乡朝阳，引"凤鸣朝阳"之句以"朝阳"为名，是因城址东邻凤凰山，山形如凤昂首展翅对城似鸣状，即取《诗经》大雅篇"凤凰鸣矣，于彼高冈。梧桐生矣，于彼朝阳"之意，始于清代乾隆四十三年，已走过 243 度春秋。

　　凤凰山下大凌河，一水傍山长流。这里的山，有山的故事，巍巍高耸；这里的水，有水的传说，淙淙流淌。一方山水万缕党的阳光育英灵，阵阵松风把"青马双枪红司令乌兰"的故事传颂。

　　　　咱们东三省，有位女英贤。

　　　　蒙古女同志，名字叫乌兰。

　　　　年方二十四，掌握大兵权。

　　　　攻打北票县，英名天下传。

　　　　　　　　　　——朝阳民间小调这样传颂乌兰

　　"我们都记得她胯下一匹青鬃骏马，身穿绛紫色蒙古长袍，腰系蓝色腰带，脚蹬黑色长筒皮靴，肩搭长辫，浓眉大眼，英姿飒爽。尤其是她手持两把'盒子炮'，骑着马，风驰电掣中，但见手起枪响，敌人惨叫落马……"

朝阳、阜新一带的老人们这样讲述乌兰。

乌兰这位在党培育下成长起来并从这里走出去的优秀共产党员，最终魂归故里，部分骨灰撒在了凤山凌水。有幸，同族同乡的我应邀在现场，那是 1987 年 5 月 29 日，乌兰的女儿陶格斯亲手撒播母亲骨灰，她深情地说："妈妈，大凌河的水能洗去您为革命一生奔波的风尘，您的骨灰将随着永流不息的河水渗入朝阳每一寸土地，在这块您为之奋斗的大地坦荡的胸怀里，您会得到永久的安息……"

凤凰山下，大凌河畔，有个嘎查村，1922 年 9 月 15 日，乌兰就出生在嘎查村的一个蒙古族家庭，她原名叫宝力格，蒙古语意为"泉水"。参加革命后改为乌兰，意为"红色"，以此象征从事革命事业的决心。乌兰的父亲原是蔡锷将军部队的一名下级军官，因反对袁世凯称帝而被关进监狱，出狱后病逝。宝力格从小由姑父姑母抚养。九一八事变爆发后，9 岁的宝力格随姑母一家辗转到北平，住在保定门里灵官庙 39 号的一个小院子里。日寇侵占东北在宝力格的脑海里留下了不能磨灭的痛苦记忆，她痛恨日军的残暴。在寻求救国救民真理的过程，宝力格接触到了很多进步老师和同学并深受影响，革命的种子萌发在心头。一二·九学生运动爆发时，13 岁的宝力格刚上中学，看到大同学们示威游行，她也跟着一样愤然举起稚嫩的双臂，大声喊着"打倒日本帝国主义"的口号。1937 年，15 岁的宝力格正式加入中华民族解放先锋队，担任地下交通员。这期间她认识了中共地下党员王森，宝力格用英语昵称王森为"母亲"，"母亲"经常给她和同学讲抗日救亡的道理。不久，"民先"组织爆破小组，宝力格参加其中。她与于蓝（就是后来的著名电影演员）、林兰（后来成为延安新华广播电台播音员）一起，进行反抗日本侵略者的爆破活动。

最精彩的是宝力格她们炸毁日本田野洋行。当时，三个小姑娘扮成顾客，提前一天在田野洋行踩点，回来后根据地形做了周密安排。

第二天，她们悄悄潜入洋行，神不知鬼不觉地将只有肥皂盒大小的定时炸弹放在柜台缝和角落里。两个小时后，洋行被炸成一片焦土。日本鬼子气急败坏，满城搜捕，见可疑人就抓。但他们无论如何也没有想到，偌大的洋行竟是被几个小女孩炸毁的。在党组织精心组织下，宝力格多次参加破坏日本侵略者设施的活动，炸过中原公司，炸过桥梁、铁路，甚至还炸过满载军用物资的船只，把日本鬼子炸得焦头烂额，惶惶不可终日。

改名乌兰，是宝力格16岁徒步数百里奔向延安。1938年7月，一个爆破小组被敌人破获，两名成员被捕。情况危急，党组织通知宝力格到天津暂避，以纺织女工身份做掩护，随后不久，在党组织安排下，宝力格、林兰和其他五人从天津辗转到武汉、西安，后来又步行900多华里抵达洛川根据地。同年11月，抗大分校集中各大队的女生成立第八大队，也称女大，宝力格她们又徒步300里到达了延安。1939年4月，经战友程森、李佑民介绍，宝力格加入中国共产党。这时，她给自己改了一个既充实深远又富有诗情画意的名字——乌兰，蒙古语即红色的意思，意在原来的涓涓小溪——宝力格已经变成了奔腾跳跃的红色激流，以表达她找到生命之路，勇为革命献身的决心。

中国共产党党员乌兰，17岁时就成为一名经验丰富的战士了，1939年春天，党组织把她派到伊克昭盟（今鄂尔多斯市）任地下交通员。从此，乌兰穿上蒙古袍拿起牧羊鞭，一个人赶着400只羊，在广阔的草原上放牧。乌兰的主要任务是发展组织，收集敌占区的政治、经济情报。一年后她被调到蒙古独立旅工作，在这期间她练就了一身高超的骑术和纯熟的枪法。

红司令传奇在热辽大地广为传颂。1945年日本帝国主义投降后，热辽根据地的朝（阳）、北（票）、阜（新）、义（县）一带匪患猖獗，县城被国民党侵占，哀鸿遍野，民不聊生。这种态势下，革命经验丰富的乌兰被派到热东。临行时，热河省主席李运昌对她说："派你到热东最复杂、最艰苦、最贫困的根据地做工作。首要任务是消灭国民党和伪满残余武装，争取蒙古上层人物；第二个任务就是发动群众，建立自己的武装。"领导的信任让乌兰热血沸腾，她在自己的日记本上激动地写下：

> 司令赠军书，统帅与士兵，
>
> 开卷韬略广，灭蒋见威风。

此时，乌兰刚满 23 岁。塞外 9 月，寒风已有些刺骨，乌兰骑着马纵横驰骋。风掀动着她的长袍和头巾，她迎风唱着："向前走，莫退后，拿我们的血和肉，去拼掉敌人的头……"

乌兰出任内蒙古人民自卫军第十一支队政委，这是一支中国人民解放军领导的蒙古族部队。到任后，乌兰首先将队伍扩编，并组织宣传队，宣传形势，鼓舞斗志。那时候她和群众说得最多的话就是："大家不要怕，不要惊慌！共产党、八路军是我们的坚强后盾，我们到这里来，就是为了大家过好日子的！"

23 岁的乌兰腰挎双枪，骑一匹青色战马，穿着紫红色长袍，纵横驰骋，宣传党的民族政策。久而久之，大家都知道了这个会骑马打枪、文武兼备的女子，都管她叫"青马双枪红司令"。

乌兰枪法纯熟，所率领的蒙民骑兵经常配合我军野战部队打击敌人。1946 年 6 月 13 日，热辽军分区独立三团向辽宁省北票县守敌国民党十三军十二师十二团发起进攻。情况紧迫，为切断我军运输线，敌军 100 多人窜到北票县蒙古营子南山，袭击乌兰所在的蒙民十一支队。当时，乌兰正在运送战利物资，发现敌人后，她立即纵身上马大喊："同志们，敌人上来了，好汉不怕死，怕死非好汉，跟我冲啊！"乌兰的战马如离弦之箭冲在了前面，她手持双枪，撂倒了几个敌人。蒙民支队的战士们在乌兰率领下，几次打退敌人的进攻，并且抓住战机展开反攻。敌人乱了阵脚，掉头逃跑。6 月 14 日，我军攻克北票冠山和街里，敌人龟缩在南山负隅顽抗。15 日上午，敌人的飞机给南山守敌空投枪支弹药，但是大部分落在两军对峙的中间地带。十一支队的战士在乌兰的带领下，利用火力掩护匍匐前进，抢回十几箱弹药。16 日，乌兰随军撤出北票，在撤退过程中炸毁了铁路大桥，出色地完成任务，受到军区首长的表扬。后来，蒙民支队又陆续成立了四个支队，乌兰任十一支队政委，兼任十二、十三支队政委。

乌兰领导的蒙民支队配合主力部队剿匪反霸，屡建战功。为了表彰乌兰作战有功，第四野战军政委罗荣桓赠送乌兰冲锋枪一支。

新中国成立后，乌兰到内蒙古工作，曾担任过内蒙古自治区党委委员，自治区人民政府委员，自治区妇联党组书记、主席，自治区经委副主任、党组副书记等职务。她一直忘我地工作，还经常深入草原、工厂、农村，交下了无数朋友。

"文革"期间，乌兰遭受迫害，但她始终坚强乐观，因为她有坚定的共产主义信念，她说："太平洋里的鸭子见过风浪，眼下这点风浪算啥？用蒙古语说，要胸如千里草原！"

乌兰是经受住任何考验的共产党员。"文革"后，乌兰被重新安排工作，她更是把单位当成了家，没日没夜地工作。1980 年 4 月，乌兰被调到北京全国总工会，任书记处书记兼女工部部长。

1987 年 4 月 5 日，乌兰在北京病故。4 月 13 日，乌兰的遗体告别仪式在八宝山革命烈士公墓举行，当时的党和国家领导人送了花圈。倪志福、王兆国、宋任穷、萧克、尉健行等出席告别仪式。

按照乌兰的遗愿，她的骨灰分别撒在了内蒙古自治区的大草原和朝阳、阜新等地的山川大地。

1987 年 5 月 28 日，乌兰长子成索斯、女儿陶格斯及战友李海涛等来到朝阳凤凰山，29 日到北票大黑山，为乌兰举行撒骨灰仪式，北票建立"乌兰亭"永远纪念乌兰。

乌兰英魂归故里，光辉业绩永远镌刻在故乡人心里，新中国成立初的《红司令》的报道，京剧《佛顶珠》和《驼山风云》在全省巡回演出，著名蒙古族作家玛拉沁夫的《茫茫草原》一书里的女政委苏荣就是以乌兰为原型，1987年，《阜新日报》连续登载长篇通讯《青马双枪红司令》，详细记述了解放战争时期她在阜新、朝阳地区工作、战斗的英雄故事。1990年，阜新、朝阳两市政府与辽宁电影制片厂合作，把乌兰的事迹搬上银幕，片名就叫《女司令》。2000年，辽宁省希望工程与朝阳、大连等市共同投资70多万元，在乌兰的祖籍朝阳凤凰山下的嘎查村，建起一座乌兰希望小学……

　　经历岁月洗礼，铁血锻造，乌兰成为忠诚的无产阶级革命战士！

　　任岁月流逝，英魂永存，乌兰是中国共产党百年党史上的一颗星，永远闪烁！

画不上的句号

商国华

在文字田园耕耘，最愉悦的莫过于在文章收笔后，望着结尾的句号，深深地喝上一口咖啡。想不到的是，就在我的一部文稿发至出版社后，本该欣慰的眼神，却被突发的纠结取代了。

一种悔不该收笔过急的怅惘，让我断然给出版社发去了如下的文字："对不起，已发稿件，不是文本的句号。"

从自我欣赏的角度说，我的那部长篇报告文学，无论是文章主题结构，还是故事筛选，都是欣然自喜的得意之作。

这是一部描写沈阳鼓风机集团冲破国外技术封锁的篱笆，以自我核心技术，研发制造了世界第二台把煤变成油的 10 万空分压缩机的故事。

从出版社的视角看，这是一部描写东北振兴路上的共和国长子青春不衰，敢啃硬骨头的"宏大叙事"。而且，又是出版社主动约稿的好事，如何按下暂停键呢？

纠结始于 2018 年 5 月上旬的一天，就在我整理采访笔记时，一张 10 万空分压缩机的照片吸引住了我的眼球。就在我拿起照片凝视的瞬间，一种触电的感觉，让我的手一阵阵地发颤。照片透出的思考，犹如传递着一种发问："你虽然采访了 60 多位压缩机的研发制造者。然而，你见到过工作状态下的 10 万空分压缩机吗？"

是呀！真正的压缩机我没见过。见不到它，岂不等同一个工人没完成生产的最后一道工序吗？不行，说什么我也要见到它。如同一种急于见到意中人的渴望，聚结着越发强烈的信号。

我的信号被沈鼓人捕捉到了。

2018 年 5 月 12 日，我的脚步踏上了银川的土地。

这不是 880 多年前，岳飞"驾长车"抒发"壮怀激烈"的贺兰山吗？对了，东北许多支援三线的工厂，也是在这里打下建厂桩基的呀！还有呢！这可是一些人笔下"秦腔一吼黄沙起"的地方啊！而我的眼前，竟是遍地的马兰花、沙枣花与沙棘、沙柏间青葱与嫣红的大写意，难怪如今的银川又有了"塞上江南"的美誉呢！

此刻，我居然像个朝圣者，释放着顶礼膜拜的目光。而随着视线的拓展，随处可见的凝水塔、储备缸与硕大的阀门叠映，那气势犹如一个个"钢铁侠"在为宁东煤化工基地排兵布阵。

随着越野吉普车轮的放缓，一栋足足有 8 层楼高的厂房挡住了我的视野。

骤然间，近在咫尺的厂房与远山轮廓的剪影，撩起了我左右游动的眼球，进而，连起了一幅远近呼应的图画，而就在这幅图案的叠印下，加速的心跳与炽热的血涌，拱开了我的喉咙。

"是煤化工基地到了吧？这背靠黄河，依偎贺兰山，立足河套平原的风水，真是妙哉至极的宝地呀！"

无疑，这就是被列为宁夏"一号工程"的宁东煤化工基地了。而让我的认知为之一亮的是，煤地质学家拍板的全国 13 个大煤田，银川响当当地排列其间。无怪，10 万空分要在这里安营扎寨呢！

沈鼓销售经理刘润强对这块土地做了如上的诠释。

贺兰山、秦腔黄沙、塞上江南、全国十三大煤田之一，这历史与现实串起来的碎片，加快了我即刻想见到 10 万空分压缩机的步履。

顾不上前不久闯进我心血管的五个支架，揉搓我疼痛的神经了。

一种急于与亲人相拥的欲望,驱使我疾步踏上铁网编织的楼梯。二层、三层、四层,尽管急促的呼吸揪起了超速的心跳,我还是在四楼的旋转梯口停下了脚步。

我的目光被远处凸起的一尊"铁甲"吸引了。此刻,脑海中那幅10万空分的照片,渐渐与眼前的这个庞然大物叠印到一起了。这哪里是大型压缩机装置呀,分明是遵循父辈支援三线的足迹,又一次走进大西北的"东北虎"嘛!

"一个20多米长的设备,用了这么大的厂房吗?"我的叩问脱口而出。

"没错!楼上楼下3000多平方米的工作间,都是为它打造的,你可以再近点看看它。"

宁东煤化工基地的孟总迎着压缩机的轰鸣,点开了我探究的话题。

随着一只大手伸过来,孟总把我扶上10万空分压缩机的工作平台。可能是因为朝拜的心情未泯,我的脚步慢得像一只蜗牛在地上一寸寸地挪动,眷注的眼神回放着打量后的感悟。

这是我平生第一次,近距离把眼球投在一个钢铁组合的庞然大物上。我看到了,那机身下一个个螺帽,就像一颗颗钢铁纽扣,在壳体上排列得整整齐齐,而机身下散热的网格,就像上下排列的牙齿,张弛有序的旋律中,倾吐着均匀的呼吸。

由此,一个掘进煤海的钢铁战士,在我的心头瞬间塑成。

"战士该是血肉之躯呀?""没错,它就是沈鼓以自我核心技术的染色体孕育的儿女嘛!"此间的自问自答露出了我嘴角上翘的窃喜。

把眼前的10万空分压缩机比作孩子并不夸张,也绝非煽情。

我一遍遍轻抚着10万空分的躯体,在感受中,还原着把它称为"孩子"的比喻。

来到这块西北高地,没想过去凭吊西夏的亡灵,也没想去倾听激越高亢的秦腔,至于品味枸杞的甘甜与油泼面入口细腻的渴望,也从未在我的舌尖上聚集。而面对面地看一眼 10 万空分压缩机在这里的业绩，才是我匆匆此行的动机。

孟总读懂了我的心思，一句由衷的评价，解开了我关注的话题。

"你们沈鼓的这台设备，到这个月 15 号就工作满两年了，它可是一直出满勤，干满点的，这种工作态度让我们没想到。"

孟总的话，如同煤化工基地对 10 万空分压缩机的颁奖词，让我兴奋得在镶嵌着沈阳鼓风机集团的标志前，不由自主地蹲了下来。我的双手随着目光的走向，轻轻地擦拭着沈鼓的标牌。一种形象思维跃然跳起。

"这标牌不就是这'孩子'的脸盘儿吗？"顿时，从胸腔拱出的声音，滑出了我的声带。

"孩子，你在银川还好吗？你独自守在这里，未免有些孤独吧！宁东人对你的评价，你听到了吧？孩子，你为咱沈鼓长脸了，为咱们国家争气了呀！"

那"孩子"毕竟是辽宁人锻造的血脉，随着压缩机轰鸣的声响，我解析出了那"孩子"铿锵中质朴的语句。

"我不孤独，当年家乡支援三线的子孙，还依然与我倾吐着乡音。虽然现在的我独一无二，但明年，我的弟弟就会一个接一个地来到我身边的。放心吧！"

一定是听觉神经触碰了情感的泪腺，霎时间，我的泪珠一颗接一颗地滚落在炽热的标牌上，而升腾的热气，悠然游出窗外，向北，向北，一直向北飘去。

说什么呢？我真想让我的手臂无限地变长，一下子把这"孩子"揽入我的怀中，我更想随意拉长我的视线，看见这"孩子"，随着压缩机叶片的旋转，以每小时 10 万立方米的制氧量，把这块土地下采掘的黑金，顷刻间氧化成柴油或石脑油。

我做到了，就在我吻别沈鼓标志的同时，我的两只手掌紧紧贴上了 10 万空分压缩机的胸膛。

入夜，落枕难眠。我给曾经采访过的国家能源局黄鹂司长发去了按捺不住的感叹。

"黄司长，我见到沈鼓的 10 万空分压缩机了。此时，用兴奋与惊诧来描述我的心情，已经是苍白无力了。只有为 10 万空分冠以'东北虎下山'，辽宁'钢铁大侠舞剑'的美名，才能显现出 10 万空分超凡的力量，而如果把它比作共和国长子的'孩子'，则更显得合乎情理。"

10 分钟后，黄鹂司长回复了我的微信。

"由衷地感谢你！

"把地下的煤炭变成油，是我们几代人的梦。半年前，我与隋总也到过 10 万空分的现场。什么感受呢？泪水与笑声交集。

"我们真诚的希望，有更多的人能通过你的作品，了解沈鼓创造自我核心技术的意志与艰辛。如此，我们实现制造业强国的目标，就不会很远了。"

该是为我的报告文学补上后记的时候了。

"曹编辑，一周之内，我会将补充的章节发你，就此，为这部作品画上句号也正逢其时。"

4 个月之后，正当天安门上空礼花绽放的时候，远在宁夏的沈鼓集团销售经理刘润强打来电话，得意的乡音近乎嘶哑。

"两台 10 万空分压缩机，已经安装在银川宝丰基地了！"

一年后，正当我翻开飘着墨香的长篇报告文学《锻造中国芯》，抚着额头而闭目沉思的时候，刘润强的又一则信息发了过来。

"我们的第四台、第五台 10 万空分压缩机，又在银川落户了。"

刘润强的喜讯，泛起了我珍藏的话语："我不会孤独，我的弟弟会一个接一个地来到这里的。"

那天，我在已经封存的采访日记里，补上了这样一句话：

"创造没有止境，创作也永远画不上句号。

冰心玉壶

韩光

　　20世纪60年代，我出生在辽西边地一个小山村里。那里属于丘陵地，十年九旱，风调雨顺的年景不多。当时农民归生产队管理，过着"日出而作，日入而息"的生活，谁家都不富有，都将打将地数着日子。有几家"漏斗户"每到青黄不接时，得靠政府的救济粮才不至于断炊。

　　因为闭塞、贫困，村里人都没怎么见过世面，除了少数参军的青年人走出去，其他人很少有出远门的时候。当时不仅物质生活贫困，文化生活也单调。只有放露天电影时，村子才沸腾起来，家家锁上房门，男女老少老早就聚集在生产队的打谷场上等着看电影。电影多半放映的是"样板戏"，我还小看不懂，兴趣不大。但有两场电影，给我留下了难以磨灭的印象，并成为我人生最初始的动力源。

　　看动画片《大闹天宫》时，我只有七八岁。那是冬天的一个寒夜，穿着棉衣服还冻得直哆嗦，可我一丁点都不觉得冷。直到放映完了，还觉得没看够。孙悟空的本领咋会那么大呀？带着这个问题，第二天上学时我便向老师请教。

　　老师是位五十开外的大高个，读了不少书，在村里算是肚里最有墨水的人了。闻听我问这个问题，老师很高兴地看着我说："孙悟空的本领也不是天生的，是拜师学艺勤学苦练得来的。练就了七十二变的本领，才能上天入地，与妖魔鬼怪做斗争。"

"我要是像他那样，也能有本领吗？"我两眼放光地问道。

"那是自然的。只要肯学知识，就能开阔视野，知识就是力量嘛！"老师停了一下，"我们不是刚学过《少先队员之歌》嘛，听党话跟党走，像孙悟空似的多学本领，就能成为共产主义的接班人！"

老师的话，好像给我打开了一扇窗户，我有些不好意思地说："以前我太贪玩了，今后我一定好好学习。"

"我相信你是个说话算话的学生。"

打那以后，我真的像变了个人似的，天天早早地就去上学，再也不觉得板凳硌屁股了。

转年的冬天，我又看了电影《闪闪的红星》。冬子的形象深深地印在了我的记忆里。老师问我："冬子那么小，为什么那么勇敢坚强？"

"因为他的父亲是党员，他是党员的孩子！"我回答得理直气壮。

"这样看，你很佩服冬子啦？"见我点点头，老师又说，"人从小就该有理想有抱负，你佩服冬子，你就照他那样做吧。"

"那冬子后来能成为党员吗？"问完这个问题，我吐了下舌头，脸红了一下。

"他那么优秀，咋会不是党员呢！"老师像是没发觉我的脸红了似的，"只要你像他那样勇敢，将来准错不了。"

我在向冬子学的同时，还想形似，过年时哭着闹着硬是求爸爸给我买了一颗红五星戴在棉帽子上，觉得特别美。

1976年10月，粉碎了"四人帮"，学校的教育走向了正轨。我更加认真地学习了，因为只有学到了更多的知识，才能更好地建设祖国呀！

在努力学习的同时，我开始阅读课外书了。听说《钢铁是怎样炼成的》是本好书，就想方设法借来，虽然读得一知半解的，但打心眼儿里喜欢保尔，我又多了个学习的榜样。尝到了阅读的甜头，我陆续读了《把一切献给党》《红岩》《林海雪原》等书。一个强烈的想法突然在我的脑海里生了根，将来我一定要加入中国共产党。

高考后，我当了一段时间的老师就参军了。在军队这所大学校里，我学到了很多东西。当兵的第一年年底，我就向连队党支部递交了入党申请书。

从递交申请书那天起，我就盼着能入党。可日子流水般哗哗地淌着，有关我入党的事一点动静都没有。当我实在等不及了，就去找党支部书记询问。党支部书记先是肯定了我的工作，然后说："入党可不是图名声好听，先要把自己的思想改造好。"他还给我开列了几本必读书。我将《论共产党员的修养》《纪念白求恩》《为人民服务》《愚公移山》等文章读了又读。之后，不再心浮气躁了。

当兵的第二年秋天，我到装甲兵指挥学院大专班学习。在三年的学习时间里，我什么事都极尽所能去完成，因为个头小力量有限，效果总是不如别人明显，直到毕业时我还不是一名党员。不过，我没有气馁过，因为我相信只要不断地提高自己，终有一天能迈进党的大门。

毕业后，我分配到一个装甲步兵团的通信连当排长，训练时我身先士卒，很快便与战士打成一片。当排长的第二年夏天我终于加入了中国共产党。"我志愿加入中国共产党……"当我举起右拳，在鲜红的党旗面前宣誓时，眼里满是激动的泪花。

由我向党组织递交入党申请书，到成为一名共产党员，过去了五年多，同其他战友相比，我是入党最晚的一个。人生的最大愿望实现了，我对自身要求也不再那么严格了。

"咋刚入党就有了船到码头车到站的思想呢？"没多久，党支部书记便直截了当对我说。腾的一下，我的脸就红到了脖子根上，惭愧地低下了头。

党支部书记跟我谈了很长时间，从他语重心长的话里，我猛然醒悟到：作为一名党员如果放松了对自身的要求，那就没有了先进性，就不能为别人做表率，也就没有了号召力，一生都要改造自己的思想。

知道自己错在哪儿了，也就知道自己应该怎么做了。轻装上阵的我又劲头十足地投入工作之中。

在尽心尽力干好工作的同时，我发现身边有不少值得宣传的战友，就写成新闻稿件投给团里的《军人之声》。每当我的稿子被选播后，战友们都挺高兴，干工作更来劲了。

经过一段时间的"练笔"，我又有了新的想法，把认为不错的稿件投给了军区的报纸。可有一两个月，我连一篇新闻都没有发表出来。

"要不就别在这上面瞎费劲了！"我想打退堂鼓了。

"在做一件有益的工作时，如果遇到困难就投降了，那还是名共产党员吗？"党支部书记了解到我的心态后，立即找我谈心，"真正的共产党员要有这个本事，那就是'困难面前有我们，我们面前没有困难'！"

党支部书记的一席话让我顿开茅塞，再写新闻时，我下的"笨"功夫更足了。功夫不负苦心人。在经历了多次失败后，我写的一篇新闻稿件终于见报了。

在报纸上发表的新闻稿虽不足 100 个字，却给我注入了无穷的力量，我把业余时间全用在写新闻稿件上了。凡事都是这样，一旦入了门就不难了。只一年，我在报纸上就发表新闻稿件 20 多篇。当时，团里的新闻报道工作不太理想，一年也发表不了多少新闻稿件，由于我的"加盟"实现了质的飞跃，团政治处很快便让我负责团里的新闻报道工作。

在团政治处有了自己的办公室，我天天坐在椅子上接二连三地打电话要情况，一旦认为能写成新闻，便不过夜写出来投出去。可几个月过去了，竟然颗粒无收。我感到颜面扫地，天天躲着领导走。

然而，躲过初一躲不过十五。一天晚上，我在办公室写稿时，政治处主任进来了。他看了看我写的新闻稿件，说："你这么写新闻可不行，脚底板下出新闻，你的素材在训练场。共产党员最该搞好调查研究，如果胡编乱造，十有八九发表不出来。"

我按政治处主任的要求去做了。见天一身汗水一身泥地与战士们一样摸爬滚打，由于与战士们零距离，还真抓到了不少"活鱼"，再也不用搜肠刮肚地编新闻了。

由于我写新闻成绩突出，先后被调到师政治部、集团军政治部从事新闻报道工作，后来又调到军区出版社当副编审，先后三次荣立二等功、七次荣立三等功。在战友们的眼里，我算得上是个名人了。

每当别人向我取经时，我总是这样对他说：世界上怕就怕"认真"二字，而共产党员最讲认真。如果你始终按着要求去做，始终认真下去，想不取得成绩都难。

我说的都是心里话，真的，入党后，我的确总在不断改造自己的世界观。如果一名共产党员始终表里如一、闻过则喜的话，哪还有克服不了的困难呢？一片冰心在玉壶，应该是一名共产党员对自己的起码要求，党员应该永远不忘初心，永远不停止前进的脚步。我虽然做得还不够好，但我始终在努力地往好里做。

潮流里的幸福

蓝歌

从京城给儿子操办完婚事，我因有公务急着处理，便急匆匆地登上高铁赶回东北。刚刚坐稳，儿子、女儿精心整理后的一幅幅婚礼场面发到我的微信里，不一会儿，老伴儿给儿子儿媳吃子孙饺子长寿面的短视频也发过来了，简直就是现场直播。我沉浸在这幸福的时光里，心潮伴随飞驰的列车奔涌，忽然想到这不就是潮流里的幸福吗？

人流、物流、信息流……这新时代的潮流，让我们尊享着、幸福着、快乐着。我们赶上了好时代，我们的儿女赶上了好时代呀！

感慨之余，我回味着父亲乃至祖父说过的话，这么大个国家，没有共产党的领导哪成个样子！前两代人的心中，国家的样子是个什么样，也许这爷儿俩说不全面，但他们紧跟时代潮流的心，却是那样火热。

爷爷出生于1900年，殷实的家道供他念过私塾，是个识文断字、颇有文化修养的人。年轻时，自力更生勤俭持家，经营着几十亩地，房前屋后栽种了不少树木，小日子过得比上不足比下有余。那时的政府也选干部，爷爷凭他的聪明才智和可靠为人，也可以混个甲长、保长啥的当当。可爷爷就是不干，他说那都是欺负人的差使，不如安安稳稳当个农民好好过日子。那时兵荒马乱，军队、土匪一队队人马经常打门前过，我们家时常关门闭户。到了解放战争时期，忽然来了一

282

支队伍驻扎在村里，指挥部就设在我们这个把前街单门独户的宅院里。领头的宁政委动员爷爷，能不能组织担架队去支援锦州前线？爷爷二话没说，凭借自己平时积累的人缘儿挨家挨户做工作，很快组织了十几辆牛车，装满担架、粮食、被褥、锅碗瓢盆等开赴前线。走出去没两天，也就是快到锦州时，前方传来消息说锦州解放了，支援前线的队伍都在撤离，爷爷只好率队打道回村。爷爷说那时支援前线是一股潮流，老百姓渴望翻身解放，都希望共产党、八路军打胜仗。也幸亏了这次赶潮流，当新中国成立后划分成分时，村里有人咬着说我们家曾有过几十亩地，也曾有过碾坊、染坊、豆腐坊，再加上奶奶是大地主的女儿，就成了划归富农成分的依据。情急之下，爷爷给宁政委写了封信，说明没有雇过长工，那些碾坊、染坊、豆腐坊之类的厢房都被1943年的一场大洪水冲垮了。宁政委很快给公家回了信，说划成分要讲实事求是，人家没剥削过别人，再说张显忠这个人特别听共产党的话，曾积极组织过村民支援前线。就这些个理由，征服了公家和那些攀比的人，于是我们家就被划分为中农。爷爷说，要不是共产党实事求是划成分，那后来你老叔就当不成兵，也提拔不上军官，我也当不成军属哇！

爷爷对两个儿子、六个孙子的教诲，就是要跟着共产党走，在革命的潮流里不能掉队。老叔在部队进了陆军保定通信学校，入了党提了干，爷爷帮着选择的儿媳，竟然是老乐园公社的妇联主席。当时老叔所在部队驻扎在昆仑山高地，奶奶有严重的哮喘病需要照看。老婶作为党员，不恋机关的优越环境，在爷爷的鼓励下毅然随军去了部队，结果把国家干部的号头弄丢了，晚年连退休金都没有。爷爷说，跟着共产党走，做出点牺牲没啥了不起的，比起那些牺牲在战场上的儿女，你们是幸运的！后来，老叔的长子和我，也都有了入伍从军的经历，也都入了党，到地方后提了干。

在社会主义革命和建设的潮流中，父亲做过人民公社大食堂的管理员、生产队的小队长，对党的要求，对党的号召，对党的规矩，从来都是牢记着、响应着、坚守着。他那代人虽然经历了吃大锅饭、吃返销粮、割"资本主义尾巴"等磨难，但那种艰苦奋斗、战天斗地、吃苦耐劳的奋斗精神，那种凡事先想着集体、总想着他人、舍小家为大家的真挚情怀，让我辈终身受益。历史的局限、阶级斗争扩大化的禁锢也许束缚过他们的手脚，但他们对美好生活的追求和向往一刻也没有停滞，对党的忠诚与热爱从来没打过一点点折扣，这是我从幼年、少年、青年再到中年，所受到的最朴素的初心教育，使我能够以顽强的意志品质战胜一切挫折和困难，向着理想的人生境地奋发进取。

当改革开放的大潮涌起时，爷爷虽已年逾古稀，仍然辛勤耕耘着那片自留地，常常是把收音机放在墙头上，一边听新闻听歌曲，一边侍弄菜园子。每每听到党和国家有什么大政方针出台，有什么大项目要上，有什么大活动正在举办，就和老少爷儿们聚在树荫底下讨论一番。爷爷善于讲今比古，一个话题联想到过去和现在，就能吸引人们围拢过来，把人们讲得心花怒放，总有盼头的样子。而爸爸那时也正值壮年，把承包地侍弄得年年丰产，还开了豆腐坊，赶着一辆毛驴车走街串屯卖豆腐，每天都有使不完的劲儿。联产承包好政策激发了乡亲们勤劳致富的热潮，不仅家家户户比着多打粮多卖粮，还让家家户户盖起了新房、套上了院套、修起了大门，至于家用电器，陆陆续续也都添置齐备了。让我感触最深的是每年回老家过年放鞭炮，全屯子130多户人家，从午夜11点开始一直到次日1点左右，满屯子雷鸣般炸响，灯火通明，热热闹闹。爸妈说这阵势过去从没见过呀！还不是托共产党的福？

爷爷奶奶、爸爸妈妈都已经作古了，他们的晚年不愁吃不愁穿，也都住上过宽敞明亮的大房子，也都有过生产经营的自主权。他们在幸福中老去，也把希望和寄托留给了下一代。如今，他们名下承包经营过的土地依然被我的兄弟继承着、耕种着，那一份家业也正在兴盛着。

近年来，春种秋收全靠机械化，减省了不少劳力和体力，青壮年基本都在农闲外出打工，收入一家比一家多。随着美丽乡村建设热潮的兴起，水泥硬化的路面已经村村通、屯屯通、街街通，连片土地上都修建了农田作业路，每条街都安装了太阳能路灯，临街的院墙也都美化起来，文化广场更是成为娱乐休闲场所。家家户户早先添置的摩托车、三轮车成了摆设，要出行开起轿车一溜烟就走了，要是谁家有个大事小情的，就见满街筒子停的都是小轿车、大吉普。家家户户的富庶安康，演奏着乡村振兴的连台好戏，真是越看越精彩。这让离家在外工作了 40 多年的我，也做好了退休后回村养老的打算。

每个时代有每个时代的潮流，每代人也有每代人的幸福。回望这百年历史，我们家三代人见证了中国共产党为民族谋复兴、为人民谋幸福的艰辛历程，也在不同的时代潮流中感受到了不同程度的幸福。翻身求解放、推动社会主义革命和建设、实行改革开放、决战脱贫攻坚、全面建成小康社会，直至开启全面建设社会主义现代化国家新征程，每一个历史阶段，我们党都把人民的利益放在首位，并善于激发蕴含在人民群众身上的创造潜能。党团结人民、依靠人民、服务人民的理念，焕发亘古未有的磅礴伟力，创造了世界共享的人间奇迹。这奇迹，让山川生辉、使大地竞秀；这奇迹，让每个人活得都有尊严。

一怀思绪，激情难抑。倏忽之间，已从京城返回家里。此刻，我回味着白天在儿子儿媳婚礼上的祝词，又是一阵兴奋。我给儿子发出一段短信："你要多看手机里的新思想新理念，把握好这个时代的潮流，永远听党话、跟党走，用自己的勤劳和智慧创造属于你们的幸福生活！"

儿子回答："老爸，我懂你的意思，你是党培养起来的国家干部，我也要做国家干部的好儿子！"

嘿嘿，这不就是潮流里的幸福吗?

宝和堂前的凭吊

翟营文

一处建筑也好，一座城市也好，只有和你关注过的具体的人联系起来，这处建筑或城市才会在你的生命里生动起来，留存下来。

每次路过市区西部的宝和堂旧址，我总会停下来静默一会儿，向那些为营口这座城市的解放而出生入死的人致敬。

宝和堂旧址曾是抗战时期中共营口地下党一处秘密联络点。

二十世纪八九十年代的时候，如果坐一路公交车，在渡口站和西大庙站之间还有一站宝和堂，现在连同"小红楼""新华百货""辽无三厂"等熟悉的名字一道被新的站名替代了。

修复后的宝和堂坐落在辽河老街上。

营口这座城市是因河而兴的，它的根就在市区西部，在渡口一带，所以很多老字号老建筑也多在市区西部。2008 年营口市实施保护性开发，全力打造一条以深厚历史文化为根基、以现代经济为发展主线的步行商业街，许多老字号重又现出本来面目，比如"瑞昌成""东记银号""兴茂福"成为历史的见证。

宝和堂在老街的西入口，孤单而寂寞，只有斑驳的红砖和敦厚饱满的宝和堂三个大字还能够呈现往日的风采，每次走过我都要探头向里张望，想看看旧日的繁盛和药店的格局，但门窗都被遮挡起来。沧海变幻，这里已几易其主，后期还有人在这里开过冰激凌店，里面早已物人皆非了。

早期的宝和堂是非常繁盛的，也是当年营口作为贸易口岸繁盛的一个缩影。始建于清光绪年间，总号设在奉天。营口宝和堂为分号，药店坐南面北，最大时堂内设客房、厨房、餐厅、办公室、门房还有货房共计30多间，人员达70多人，各地来此看病的人络绎不绝。抗战时期宝和堂第二分店经理为卜介仁。此人就是营口早期中共地下党员边江（卜如馥）、卜昭敏的父亲，1942年中共晋察冀东北工作委员会决定派张霖、边江夫妇到营口做党的地下工作，1943年5月张霖在宝和堂以账房先生的身份为掩护开展工作。其实他也是为了开展工作便于隐蔽，才于1942年年底经组织批准与边江结为夫妻的，这让我想到了电视剧《潜伏》中的余则成和翠平，也是在共同的对敌斗争中结成深厚的感情，因为他们的目标相同，理想相同，革命意志相同，为了革命献出了自己的一切乃至生命。我能想象得到，在那间灯火通明的药店里一定有一间屋子是他们秘密工作的地方，利用一切机会掌握敌人的情报、秘密发展党员，然后将情报用发报机报告给党组织。灯光中他们面容坚毅，充满对革命前景的致敬和对眼前困难的无畏。

《共产党宣言》中有这样一句话，共产党人不屑于隐瞒自己的观点和意图，他们公开宣布：他们的目的只有用暴力推翻全部现存的社会制度才能达到。让统治阶级在共产主义革命面前发抖吧，无产者在这个革命中失去的只是锁链。他们获得的将是整个世界。这落地千钧的话语多么有力又是多么彻底，也只有这么决绝地向一个旧世界告别，才能创造出一个崭新的世界。这样的奇迹，也只有共产党人能够创造。

张霖夫妇发展的第一个党员是边江的弟弟卜昭敏。当时17岁的卜昭敏在营口市第一国民高等学校读书，并且在同学中有一定影响。张林夫妇就是通过他把革命的火种播撒在同学之中，1943年8月，经张霖边江夫妇介绍，卜昭敏加入了中国共产党，同年11月边江的妹妹陶冶（卜如珍）也加入了党组织。1944 年，张霖为了更好地了解知识分子，做知识分子思想调查，便经岳父介绍到营口同心小学任教。他经常和进步教师一起分析国际国内形势，探讨中国的命运和前途，向青年传播爱国主义思想，宣传灌输反满抗日思想，1945 年 4 月，张霖边江奉命回晋察冀分局汇报工作，撤离营口，离开了他们奋斗中栖身的宝和堂。但他们撒下的革命种子开始发芽，到 1944 年年底卜昭敏又先后发展了同学马洪权、汪迟、房仁民三名党员。这些党员团结并影响了一批青年学生和知识分子，为营口的解放和人民政权的建立，积蓄了力量。

"外人看一座城市的时候感兴趣的是异国情调或美景，而对当地人来说，其联系始终掺杂着回忆。"（《伊斯坦布尔：一座城市的记忆》）。

日本投降后，张霖出任营口市民主政府第一任市长。新中国成立后边江出任辽宁省妇联主席，卜昭敏任第一任共青团营口市委书记，后来任国家经贸委国际局局长。

2019 年的一天，春风和煦，阳光明媚，营口的同志去北京看望了卜昭敏老人，老人虽然已 94 岁高龄，但见到家乡的亲人，格外热情。他的兴致极高，提到以前在营口的岁月，老人面色凝重，眼里闪动着光彩，他说永远都不会忘记那段光辉的岁月。他还提到了一段向苏军搞枪的故事。1945 年 4 月，张霖、边江回中共晋察冀东北工作委员会汇报工作，营口支部暂时由卜昭敏负责。9 月末的一天，卜昭敏和同志们在辽河老街的三井洋行把冀热辽区行署营口市行政特派员办事处的牌匾挂了出去，当时八路军冀热辽第十六军分区七十二团在营口成立，只有一个排的老兵有枪，而国民党控制的武装警察有 200 多人都有武器。为了使我军七十二团尽快武装起来，卜昭敏想到了一个好主意，那就是想办法向苏军借武器。于是卜昭敏把苏军司令请到了三井洋行的特派员办事处，炒了几个好菜，还准备了好酒，与苏军兄弟边吃边谈，苏军司令一再夸赞卜昭敏够朋友，有什么困难尽管开口，他就把

288

借枪的想法说出来，苏军司令二话不说立即同意，趁着热乎劲儿他和同志们开着车，带上酒菜，去苏军仓库提枪，守卫仓库的士兵，见到长官的条子和好吃的，立即打开仓库让他们装车，他们足足拉了几大车武器，把整个七十二团武装起来，为迎接营口政权接收提供了武装保证。

现在老街的天光与辽河的波影都柔和下来，为我们今天的幸福生活镶上了花边，离宝和堂不远就是一处民间艺术家的面塑馆，那柔软的面团被捏成各种花朵和腾飞的巨龙，他那对新生活的赞美和对幸福未来的描绘溢于言表，那捏出来的万紫千红不也正是营口人今天的心声吗？

8月的老街上热闹拥挤，小吃摊都排着长队，情侣在骑着自行车兜风，那样悠闲自在，仿佛整个世界都是他们的，仿佛整个世界都被幸福包围，辽河老街两侧现存百余年的近代建筑有31处，在一个区域内有这么多近代建筑能保留下来，这在全国也是不多见的，辽河老街共有1.3公里长，从头走到尾就是营口的一部历史，这是一个功德工程，它把历史凝固下来，把营口不同时代的身影凝固下来，把营口不同时代的辉煌凝固下来。

但我也稍有遗憾，什么时候能把宝和堂内恢复成当年的样子，让人们走进去参观，可以靠在柜台前面，递上几枚铜钱高喊一声抓药。我更想去张霖、边江夫妇秘密工作的房间去看一看，在那台发报机上按几下，给天下的营口人发去信息，营口的明天会更加美好。

其实凭吊只是为了记住历史，而创造新的更加辉煌的历史，才是今天的人的历史使命。其实营口老街不止1.3公里长，还会继续延伸拓展。

一座城市如果有记忆，那些浮现在它记忆深处的，一定是与他的生命有着密切联系的，尽管岁月会让他们变得发旧，却不会忘记。一座楼，一条街道，都是打开记忆的钥匙。宝和堂在下午的阳光中仿佛被镀上了金色，每块砖每一条轮廓都像一些熟悉的面孔，又像是岁月的纹理，纪念会让轮廓清晰，纪念会唤醒回忆。宝和堂像一位老人那么稳重，那么沧桑，而又有些老迈，它更像是一位老中医在缓慢地伸出手来，为这个城市把脉，为这个快速前行的时代把脉，葳蕤的中药香驱邪避灾焕发活力和生机。

阳光照耀下的沃土

薛雪

去年夏天，北京的一个朋友给我打电话，问我的家乡是不是辽宁盖州。我说是。他兴奋地说，刚买了个西瓜，上面贴着"营润小黄旗"商标，瓜摊旁立的牌子上赫然写着盖州地雷瓜。

我心里油然而生自豪，告诉他，我就是在"小黄旗"出生长大的。他大惊小怪地说，是吗，真是太巧了！主要是，这瓜，太甜、太好了，我从没吃过这么好吃的西瓜！

盖州城往南 5 公里有一片肥沃的土地，良田千亩，生金长银。驰名全国的盖州地雷瓜就出自那里，一个村小组的名字——"小黄旗"，已经比村名——黄大寨叫得响亮，它变成了贴在绿莹莹西瓜上的一枚小小的红色商标，和芳香四溢的西瓜走向了全国。

在我的记忆里，生养过我的那片土地，从来就没有逊色过。

听父辈说，20 世纪 50 年代，公社派一个满脸麻子姓朱的领导驻村，他吃住在社员家里。"朱麻子"是个老党员，他看到村里的土地极不平坦，就和大队干部一起琢磨，想把波浪起伏变成一马平川，几个党员干部白天蹚得浑身土，晚上灯下熬红了眼，最后决定因势就势，把北边有个大高岗的田地顺势平整一下，因为不适合引水灌溉，仍做旱田；而南边相对平整的土地建成水田，种植水稻。

改天换地，需要何等的气魄和干劲？人欢马嘶，几百人大干了一春，秋后收了庄稼接着干。劲风里猎猎的红旗映红了人们的脸庞，胸膛里跳动着对美好生活向往的心。雄心勃勃，希望在野蛮地生长，一切沟壑都被夷为平地。

那可是几百亩的水田哪，星罗棋布，春夏时一眼望不到边的浓绿，金秋时滚滚翻涌着金色的稻浪。

大米在那时候是稀罕的细粮，有多少人家只有在年节时才能吃上一碗雪白的大米饭。但是在我的家乡，大米饭就是家常便饭。

自然是要先缴了公粮的。

缴公粮时我们村人是牛气的，就连穿着工作服的粮库工作人员都要给队里送粮人堆出笑脸，嘴里高声喊着："让一让让一让，先尽着黄大寨的水稻来！"

送粮人脸上的光彩比天上的太阳都足。

我记事的时候，从朝鲜战场上回来后转业的"梁棒子"（因他坚持原则六亲不认，像木头棒子一样倔，大家便给他起了这么个外号）任大队书记。为了响应上级的号召，在梁书记的带领下，村里辟出一块地种上了秋菜，专门供应营口市内居民。

有一年往营口送秋菜的时候，我这个半大孩子也跟着去了。四挂大马车头尾相接，车装得高得不能再高，人在上面刨个窝儿，铺上稻草穿着大棉袄，蜷坐在绿身子白屁股的大白菜围成的"战壕"里，天不亮就出发，马蹄嘚嘚，寒风中奔行 30 公里，三个多小时才到了市内卸菜的地方。早有几个穿着蓝大褂的工作人员迎上来，嘴里呼喊着："快，黄大寨的菜来了，这可是好菜呀，棵儿大心儿满。找个干净地方安排卸车。"

热情是有温度的，天再冷人都不会觉得冷了。抱着鞭杆的车老板和几个跟车的社员，抹着淌到嘴边的清鼻涕咧嘴笑了。我久坐加上天冷，腿脚不听使唤，从车上跳到地上时两条腿一点感觉没有，像木头棒子一样在地上戳，可是看到城里人这么喜欢咱的菜，热情的目光罩定了我们，还用搪瓷缸倒了热水给我们喝，身上和心里一下子就暖了。

能产出优质粮食和蔬菜的土地后来变成了瓜香四溢的西瓜地。

我一直都觉得村里水田改成西瓜地是不几年的事。有次回老家和哥聊起这事，他说有 30 多年了。

村里开始种西瓜是实行家庭联产承包责任制以后的事，领头人是党员、复员军人庄恩奇。他爱读书、看报、听广播，对党的方针政策吃得透，大家还在自家水田里精耕细作想多打粮食的时候，他就在自家地里种上了西瓜。

吃饱肚子早已不是问题，人们想的是如何鼓胀腰包。庄恩奇的西瓜卖了钱，起了带头作用，更多的人家开始种西瓜。如此便一发不可收。西瓜从庄恩奇家的地里开始向外蔓延，先是蔓延了他所在的村小组"小黄旗"，后来全村的地里都种上了西瓜。随着时代的发展，村里那块放不上水的高岗地也安装了滴灌设施。

地方党委和政府对这一现象很重视，支持他们搞科学种植。庄恩奇和几个党员组成西瓜种植试验小组，几年下来，总结出了一套成熟的育苗、嫁接、田间管理技术，又把西瓜种进了温室大棚，提高了产量保证了质量，也使西瓜产业不受天气影响，增强了抗风险性。

"小黄旗"西瓜开始在省内外叫响，成为市场上广受欢迎的瓜王。

这片被世代人耕耘的土地由粗粝变得细腻，由供养人们的肚皮到哗啦啦生钱。村里低矮的民房不见了，取而代之的是一排排锃明瓦亮的小二楼；自行车摩托车不见了，人们下地干活、与商贩谈价格，开着亮闪闪的小轿车……

但是，村里人有着隐隐的担忧。随着各处西瓜越来越多，打着"小黄旗"西瓜旗号的瓜也越来越多，鱼龙混杂，真假难辨。村里人担心这么多年用心血和汗水铸就的品牌会被毁，最终失去市场。

今年秋后，我因事回了趟老家，哥欣喜地跟我说，担忧没有了，彻底解决了！

　　两年前，村里去了个第一书记。这个从城里大机关来的年轻书记很有头脑，也真下力气为大家办事。在各级党委的帮助下，他费尽周折，为西瓜注册了"营润小黄旗"商标。一个小小的红色贴纸，上面有二维码，顾客一扫便知真伪，还能了解到"小黄旗"西瓜的前世今生。从此，家乡的西瓜便有了畅行全国的身份证。

　　大田多稼，既种既戒，既备乃事。家乡的土地，存世何止千年，沧海桑田，岁月更迭，它终于走出荒蛮始见光辉。在共产党领导下的新中国明媚的阳光照耀下，那方沃土馥郁、芬芳，蓄满了蓬勃的力量，不断滋长着丰饶的奇迹。更加美好的未来，正在这奇迹中孕育、生长，必将开出更加娇艳的花来。

我家有个大火盆

魏泽先

我家有一个大火盆，如今算来差不多已经有 100 岁了。

这个火盆不是瓦盆也不是陶盆，更不是铁盆和铜盆，是我奶自己使我家南山上的黄土捏的盆。这个火盆在营子里没有第二个比它大的。冬天，早晨装一盆高粱壳或者是谷瘪糠，压上灶里做早饭的火炭，从早晨吃饭可以一直热到晚上趴被窝。一热一天，有时候第二天早晨重新装火盆的时候，倒出来的热灰还有火星呢。

火盆热了一个冬天，等到开春的时候也闲不着，家里的老母鸡抱窝，这个火盆能装 30 个蛋，老母鸡孵在上面，翻蛋不费劲，寡蛋少，孵出的鸡雏也个个硬棒。

我爸说，他 8 岁那年开春，我奶让他从南山梁上挑来一挑好黄土，使锤子砸碎，摊在屋前的台阶上晒干。然后拿到碾坊，就像轧面一样在石碾子上碾轧，是使筛包饺子擀汤的细面罗筛的。拿到家来，我奶把一件破了再也不能穿的破棉袄的棉絮一点点地撕成绒，和到黄土里面做瓢积。使棉花绒做瓢积的火盆细腻光滑还结实。和泥也讲究，在一个大缸盆里，用井拔凉水，像揉面一样揉到三光：手光、盆光、泥光。然后用树叶包上，搁到阴凉处，用大盆扣上醒。

醒好了，我奶找来一个合适的大瓦盆当模子，把黄泥敷在上面，慢慢地用手拍、捏。仔仔细细，一点都不马虎，一个火盆拍捏下来要花一天的工夫。接下来，要用好几天，每天都要拍捏一遍，还要用一节秫秸梆梆在上面来回擀。随着渐渐干燥，会不停地有裂纹出现，一见到裂纹，就要麻溜儿捏上，再用秫秸梆梆擀平，擀到溜溜光光的。直到再也没有裂纹出现了，使手指弹弹，有了瓦罐一样的响儿，我奶说："成了。"于是，搁到阴处过夏，等到上冬的时候就可以用了。

我问过我爸："不都干了吗，还为啥要过夏呢？"

我爸说："我也问过你奶，你奶说，看上去是干了，可它还没真干，阴一个夏天，经过了几回返潮，湿气才能走光，等到了秋天，随着天气干了，它才是真干。"

我家是蒙古族，对火亲近，我爸他更亲近。

冬天里，蒙古族家庭家家都要有一个火盆的。一家人围着取暖，围着吃饭，围着聊天讲故事。

我家的这个火盆可不是一个平常的火盆，它有故事，这个故事跟我们营子里几个老党员有关。

我爸是1916年生人，中国共产党1921年成立，我爸那年已经五岁，五岁那年就开始领算卦的盲人给家里挣小米了。我爸1946年入党，那年他30岁，正在给人家扛活。那时候，我们家里连一块种菜的园子都没有。

我爸一辈子就拿这个火盆为重，他说，他是在火盆边上入党的。

我爸说，那时候入党，可不是现在这样，风风光光，在鲜艳的党旗下举手宣誓。我问过他，那时候怎么入党，怎么宣誓？

我爸告诉我，他入党的时候，是营子里来了一个打风匣的，口音是山东那边的，说话侉。他在营子里一边打风匣，一边跟大家聊。他住到我家，那时候，我家是雇农，我爸他是光棍。两个人成宿地聊。我爸渐渐地觉醒，就拉来营子里的穷哥儿们，围坐在火盆边，一起听他说革命的道理。穷人要当家做主人，人人有地种，人人都说了算。

实现共产主义，楼上楼下，电灯电话，种地不用牛，点灯不用油。有人问，那吃的呢？说，吃得饱，穿得暖。

有人说："那就是猪肉炖粉条子可劲造？"

他说："这都是小事，大事是人人都当家做主，物质极大丰富，让子孙后代人人都过上比财主都要好上百倍的好日子。"

"那你说，我们怎么干？"有人问。

我爸说，他记得清楚的，那个人拨了一下火盆，剥去一层灰，满火盆都是火星，亮，烤人脸。

他说："看见了没？就像这个火盆，火星多了，火星亮了，就会把黑夜照亮，就会烤人脸，满屋子热。你们每个人要做一个火星，就变成现在的火盆了，烤得满屋子热火，烤得人间都热火。这是说小了，大了说，你们还能做一个个天上的星星。"

"我们还能做星星？"大家惊喜。

他又说："知道星星为啥亮吗？"

大家说："不知道，只知道月亮跟着太阳走，借好人光儿。"

"你们问得对，因为星星跟着太阳走哇。天上的星星只有跟着太阳走才亮，地上的星星跟着共产党才可以亮啊。"

"那，怎么跟共产党走，共产党是谁呢？"

"共产党不是一个人，是一个组织，就像一个大太阳。"

于是，大家纷纷要求入党，报名，发誓跟着共产党这个大太阳走。

我爸说，过了一段日子，打风匣的又来了，说，上级党组织批准了，你们都是预备党员了，等一年预备期过了，宣誓了就是正式的党员了。

一年很快过去，打风匣的来了，一个很冷的夜晚，外面大雪纷飞，北风跟驴似的四处乱踢乱撞。几个穷哥儿们来我家烤火聊天。等到了半夜的时候，把我家的窗户用棉被遮挡住，他在我家的山墙挂上一面党旗，熄了油灯，拨亮火盆里的火，满屋子红堂堂、热火火的。在他的引领下，宣誓。从那天开始，我们营子就有了共产党员。

入党后，几个人就开始带领穷乡亲打土豪，分田地。当时地主不甘心败势，成立了"花子队"武装，互相斗争。我爸说，那时候，可是把脑袋掖在裤腰带上干革命，不知道啥时候就掉了。可是作为共产党员，就得豁出命来，豁出脑袋来，为了子孙后代能过上比财主都要好上百倍的好日子。

在我小的时候，还没有电灯。冬天的夜里，吃完晚饭，撤下饭桌，在墙壁的灯窝儿里掌起一盏煤油灯。在昏暗的灯影儿里，我们姐弟几个和我爸我妈围坐在火盆周遭，我妈她在灯光下纳鞋底，我爸给我们讲他的过去。讲他入党，讲他跑"花子队"，讲他辽沈战役去抬担架，讲他在生产队当政治队长的种种事情。如今，我爸他没了，没了已经将近 30 年，但是，关于他讲给我的故事我一直都没忘。

我爸说，有一天晚上，是冬天，我爸在睡梦中被枪声惊醒，有人咣咣敲窗户，说："德信，快走，'花子队'来了。"我爸叫德信，"花子队"就是地主武装。

我爸匆忙中摸黑蹬上棉裤，披上棉被就磕磕绊绊地跑到房后的山上去了。到了山上，才知道，他把棉袄当棉裤穿上了。每一回说到这，我爸他都要大笑起来，笑完了说，当时就觉着走道儿绊绊拉拉的不得劲儿，没想别的。

辽沈战役的时候，我爸说打锦州，他带队去葫芦岛抬担架。一个多月，往上运物资，往下抬伤员。辽沈战役结束，回家的时候，想起给家里买点啥东西。走的时候，我妈把几张钞票缝在他的内衣里面，说万一用到了，买点吃的。当他从内衣兜里掏出钱，认不得了，黑乎乎一片，好好看看，上面的虱子都爬满了。

我妈问他："这么多虱子，就没觉得咬得慌？"

我爸说："你说我咋就没觉得咬得慌呢？也是哈，一个月没脱过衣裳睡觉，有时候睡在人家，有时候就直接睡在军队的防空洞里，没黑夜没白天，喊一嗓子就走，上去抬弹药，下来抬伤员。走马灯似的不歇脚。回来吃一口饭，一歪身子就睡着了，有的人抱着饭碗就睡着了。"

多少个冬天的夜晚，我们姐弟几个围坐在火盆边，一遍一遍地听我爸他讲过去的故事。

我爸去世的时候，按照习俗，在灵前给他烧纸，就用的这个火盆，按照习俗，在我爸出灵的时候，我作为儿子要把这个盆子在灵前摔碎，叫摔丧盆。我没有摔，我把它保留下来了。我尊重习俗，但是我不信迷信。

我爸去世以后，这个火盆我们使用了好几年。后来家里盖了新房，屋子暖了，再也没有使用这个火盆。再到后来安上了土暖气，寒冷的冬天，烧上炉子，满屋子温暖如春，窗台上的花儿一茬茬开，隔一层大玻璃，看着院子里的冰雪微笑。

如今这个快到百岁高龄的火盆还在，它并没有寂寞。每年开春，我媳妇都把它从老屋抱出来，细心地擦洗干净，在阳光下絮上软软的细草，装一窝鸡蛋，让抱窝的母鸡孵。

每当我看到用这个火盆孵出来的一窝小鸡雏在老母鸡的带领下，在院子里快乐幸福地奔跑的时候，我就会想起我爸，想起这个大火盆以及相关的故事。

我家这个大火盆，所承载的是岁月的沧桑，见证的是我家生活的变化。

它不仅曾经给一个家庭带来温暖、驱散严寒，还能聚拢几个热血青年，点燃可以发光、可以发热的火星，温暖出一片欣欣向荣的土地，孵化出万紫千红的春天。在这样的土地上，在这样的春天里，我们这些子孙后代都过上了老人们想都想不到的今天的幸福生活。